虜囚の犬
元家裁調査官・白石洛

櫛木理宇

角川ホラー文庫
23601

目次

登場人物一覧

白石洛……元家裁調査官
白石果子……白石の妹
和井田瑛一郎……白石の友人。県警捜査第一課の刑事
名取……白石の元上司
紺野美和……白石の元同僚
薩摩治郎……殺人事件の被害者。『茨城飼育事件』の加害者
薩摩伊知郎……治郎の父
薩摩志津……治郎の母
善吉……薩摩家の庭師
幸恵……薩摩家の家政婦
早瀬医師……治郎の担当医
伊田瞬矢……治郎の元同級生
伊田大悟……治郎の元友人
土屋尚文……同右
橋爪蛍介……同右

稲葉千夏……『茨城飼育事件』の被害者
北畠彩香……同右
大須賀光男……夜逃げした一家の父
大須賀弘……光男の長男
大須賀礼美……光男の次女
伊藤竜一……光男の妻の駆け落ち相手
國広海斗……実父と継母と暮らす少年
清水……海斗のクラスメイト
鷺谷……同右
三橋未尋……謎めいた美少年。海斗の友人
三橋亜寿沙……未尋の母
三橋睦月……未尋の異父弟

プロローグ

扉がひらいた。

射しこむ光を背に、黒い影が眼前に立ちはだかる。

逆光ゆえ、その表情はまったく見えない。

ここに閉じ込められてから、いったいどれほど時間が経ったのだろう。部屋はひどく蒸し暑かった。剝きだしの肌に浮いた汗は、とうに塩の粒になってしまった。

爪は十指のうち三枚が剝がれ、膝は擦れて血が滲んでいる。

膝の傷は、幾度となくひざまずかされた証だ。だが爪は剝がされたのではなかった。影が去ったあと、昼となく夜となく壁を掻きむしり、出ようとあがいたせいだった。

もちろん人間の爪でコンクリの壁が壊せるはずはない。わかっている。わかっていても、もがかずにはいられなかった。ここから、逃げたかった。

だがその気力も、黒い影を見た瞬間に萎えた。

絶望で塗りつぶされる。自然と首を垂れてしまう。

勝ち誇ったように、影は怒声を浴びせてきた。侮蔑の言葉が雨のように降りそそぐ。聞くに堪えない罵言。嘲笑。そのすべてが胸を抉る。どす黒い悪意に、無意識に身がすくむ。

嘲りの儀式は、影が飽きるまでつづいた。

顔を上げずとも、体じゅうに影の視線が突き刺さる。冷えきった軽蔑の眼差しであった。

やがて影は、缶詰を手にとって開けた。バタくさい犬のイラストが印刷された、外国製の缶詰だ。湿った音とともに、肉塊が床の皿に投げこまれた。飛沫が床に飛び散る。独特の臭気が鼻を突く。

食え――。影は命じた。

這いつくばったまま、餌皿に口を付けて食うのだ、と。

そして、ふたたびの嘲笑が浴びせられる。屈辱が、胸を深く貫いた。

唇を噛む。何度味わおうと、この屈辱感はすこしも薄れない。心臓が早鐘を打つ。かん高い耳鳴りが脳を裂く。

だが、食うしかなかった。命令には逆らえない。かたちだけでも服従してみせねば、次になにをされるかわからない。

あきらめの息を吐く。四つん這いの姿勢をとり、餌皿に顔を近づける。

舌先で肉塊を舐めた。すでに何度も口にしてきた肉だ。ウエットタイプのドッグフード。どこの国で製造されたかも不明な、生臭くて味のないぐちゃぐちゃの肉。

皿に顔を埋める。食らいつく。餌皿に鼻づらを突っこむようにしてがっつく。

施しに感謝するふりをしながら、必死でむさぼる。

――おまえは犬だ。

影が言う。

――いい恰好だ。犬にお似合いの無様さだ。

ふたたびの侮蔑。罵言。嘲笑。

いっそほんとうに犬だったなら――。絶望の中で、そう思う。

逃げることがかなわないなら、せめて死にたい。死んで生まれ変わりたい。

ああそうだ、次に生まれるときは犬がいい。飼い主に可愛がられて、愛されて、家族の笑い声に囲まれて暮らせる、幸福な犬になりたい。

臭い肉が口内で粘った。一瞬、嘔吐が突きあげる。しかし意志の力で飲みこんだ。

食道から胃へ、ろくに嚙めなかった生臭い塊が落ちていく。

涙が滲み、視界がぼやけた。

皿に顔を伏せたまま、そっと目線だけを上げる。

明かり取りの窓から、四角く切りとられた空が見えた。

ひび割れた、鉛いろの空だった。

第一章

1

白石(しらいし)は審判の場に立っていた。

裁判官は、黒の法服をまとってはいない。グレイのスーツにネクタイという平服だ。高みの法壇に座ってもいない。まわりには弁護士も検察官も、はたまた傍聴人の姿もない。

白石は裁判官の隣に、そして書記官の向かいにいる。

裁判官と向きあって立つのは十四、五歳の少年だった。まだあどけない顔つきで、頬と額ににきびが散っている。背ばかり高く、ひょろりと痩(や)せている。

どこかに犬がいるらしい――。白石は思った。

きゃんきゃんと、さかんに吠(ほ)えている。誰かが審判の場にペットを連れ込んだのだろうか。規則違反だ。それにしても、なんてうるさい。鼓膜に刺さるようだ。

――処分を言いわたします。

裁判官が告げた。

――これからきみを、少年院に送致します。

少年の頬が強張る。のぼった血で一瞬、顔全体が紅潮する。

まだ犬の吠え声はやまない。すこしも止む気配がない。

少年は視線を泳がせた。涙の膜を張った瞳だった。泳いだ彼の瞳が、白石をとらえる。

犬の目だった。黒く、まるく、濡れ濡れとしていた。

どうして、とその双眸が問う。湧きあがった涙で、潤んで揺れる。

どうして。なぜおれがこんな目に。なんで助けてくれなかったんだ。少年が、視線で白石を問いつめる。

少年院なんて行きたくない。おれを、おれたちを助けるのがあんたの仕事だろう。家裁調査官のくせに、どうして。なぜだ。こんなのはいやだ。

犬は吠えつづけている。少年の瞳が白石を糾弾する。

どうして助けてくれないんだ。いやだ。どうしてどうしてどうして――。


そこで、目が覚めた。

白石洛は唸りながら、寝返りを打った。指でまぶたを擦る。

むろんそこは審判の席などではなかった。

見慣れた天井。寝慣れたベッド。枕もとの時計は八時四十三分を指し、遮光カーテンの隙間から朝日が白く射しこんでいる。

予定の起床時間より、約二十分早い。

白石は耳栓をはずし、ベッドから起きあがった。

目覚ましのアラームはかけていない。やかましい音で起こされるのは嫌いだった。おおよそ九時に体内時計で起きられるし、よしんば起きなかったとしても、とくに問題はない。

なぜっていまの彼は、専業主夫の身である。

いや独身ゆえ、正確に言えば『主夫』ではない。しかし『家政夫』と呼ぶには家主と親密すぎるし、『家事手伝い』の呼称も当てはまるまい。手伝いでなく、家事の九割九分を担っているからだ。よって〝広義の専業主夫〟と称してよし、と白石は己の立場を自負している。

寝間着代わりのスウェットのまま、キッチンへ向かう。

昨夜（ゆうべ）のうちに用意しておいた朝食は、冷蔵庫から消えていた。代わりにシンクに置かれていたのは空っぽの皿だ。テーブルには、

〝ごちそうさま。コーヒー淹れといたよ。果子（かこ）〟

のメモ書きが残されている。このマンションの家主であり、年子の妹でもある白石果子の走り書きだった。

きれいに食べ尽くされた皿に、白石は満足感を覚えた。

昨日と一昨日（おととい）は和朝食だったから、今朝はサンドイッチにしてみたのだ。果子の好きな関東ふうのたまごサンドに加え、関西ふうも用意した。

関東ふうの具は半熟の茹でたまごを潰して、塩胡椒と辛子マヨネーズで和えたものだ。バターを塗った薄切りのパンに挟み、味を馴染ませてから食べる。

一方の関西ふうは、ふんわり焼いた厚い出汁巻きたまごを挟む。片側に辛子マヨネーズ、片側にデミグラスソースを塗ったパンを使うのがコツだった。

——主夫の仕事には、第三者の判定がない。

楽と言えば楽だが、達成感を得づらいのは確かだった。だからして白石は、「家人に残さず食べてもらう食事」を目指して生きている。

白石はコーヒーの保温サーバに向かった。

愛用のマグカップになみなみと注ぐ。砂糖は入れず、冷たい牛乳のみ少量足す。

カップをシンクの脇に置くと、彼は皿を洗いはじめた。

この家で朝食をとるのは果子一人だ。白石は、朝はコーヒーのみと決めている。

幼い頃から妹の果子とは、

「双子ちゃん？」

「まあ、よく似てるわねえ」

と言われてきた。だが中身は正反対な兄妹であった。

果子は起きてすぐジョギングし、筋トレをし、朝からもりもりとよく食べる女だ。現在は外資系医療機器メーカーの開発営業部で、毎日夜中まで働いている。

「もともとショートスリーパーだから問題ないよ。五時間以上寝ると、逆に調子悪いのよね」

けろりとそう語る、体力自慢の妹であった。

かたや兄の白石は、胃弱のインドア派である。幼少時からよく風邪を引いた。三半規管が弱いのか車酔いしやすく、満員電車に乗れば人酔いした。そしてロングスリーパーで、最低八時間、常ならば十時間寝ないと体調を崩す。

――というわけで、習慣も生活サイクルも合わない。

白石兄妹が同居をはじめて早や三年。その間、彼らはほとんど顔を合わさず暮らしてきた。

妹の果子が帰宅し、夕飯をとるのは夜の零時から一時ごろだ。その頃、白石はすでに寝ている。

果子がベッドに入る頃も寝ているし、起床する六時半にも寝ている。彼女が約五キロのジョギングと筋トレを済ませ、作り置きの朝食を食べ、八時にマンションを出ていくときもまだ寝ている。

そして九時になって、やっと白石はもそもそ起きだすのだ。それがいまである。

午前中は、そんな白石の家事タイムだ。

コーヒーを飲みながら、まず皿を洗う。次に洗濯機をまわし、掃除をし、洗濯物を干す。ベランダ栽培のプチトマトやラディッシュの世話をする。それが終わったら、パソコンのブラウザでスーパーの特売品をチェックする。

現在の白石の趣味は〝節約と読書〟であった。

べつだん果子の年収は低くない。切り詰めてくれとも言われていない。だが「食費や雑費を月いくらに抑える」という目標設定は大事だった。先にも書いたとおり、主夫業は目に見える成果が出しにくい。日々のモチベーションを保つには、張りあいや達成感が必要なのだ。

さて特売品のチェックを終えたら、次は昼食である。たいていは夕飯の余りものか、お茶漬け、そうめんなどで簡単に済ませる。食後は十五分かけて、ベランダで歯を磨く。デンタルリンスも忘れない。歯間にフロスもほどこす。

その後は食後の血糖値対策のため運動だ。腹筋三十回、腕立て伏せ三十回、スクワット五十回。

さらにランニングマシンで四十分走る。果子が通販で買ったはいいが「やっぱり外で走るほうが性に合うわ」と、埃をかぶらせていたマシンである。ネット配信の海外ドラマを観つつ、まる一話ぶん走るとちょうどいい。

午後二時からはスーパーの特売タイムだった。

愛用の折りたたみ自転車で、片道約八分の距離を往復する。

今日はキャベツ、鮭、ブロッコリー、食用油、上白糖が安かった。酒類などの嗜好品は買わない。果子が小遣いで月末にまとめ買いする約束なのだ。

ただし甘味や菓子なら、特売商品のみ買ってやると決めていた。今月は繁忙期だし、ストレス解消が必要だろうと、棒アイスのファミリーパックを購入した。果子の喜ぶ顔を想像しつつ、冷凍庫にしまう。

つづいて夕飯用の鮭の下ごしらえを済ませる。昨夜仕込んだ、ポトフの味をととのえる。

白石はそこで時計を見上げた。時刻は午後四時を過ぎていた。

――さて、時間が余ったな。

これ以後は専業主夫のフリータイムである。どこへ行こうが歌おうが踊ろうが、近所迷惑にならぬ限り自由だ。

ドラマのつづきも観たい。だが読む本もそろそろ乏しい。

白石は悩んだ。書店へ行くべきか、それとも図書館か。長考の末、「市民税だって安くないんだし、ここは図書館を活用……」と膝(ひざ)を打ちかけたとき。

チャイムが鳴った。

――こんな半端な時間に、誰だ。

白石はうんざりした。

宅配業者か、郵便配達員ならいい。問題は新聞勧誘員か、宗教か押し売りのときだ。やつらはたいていこの時間帯にやって来る。

悩まず出かければよかった、と悔やみつつ、インターフォンのモニタを覗(のぞ)いた。

しかし違った。

モニタに映っていたのは、新聞勧誘員でも宗教でも押し売りでもなかった。もっと面倒くさい相手であった。

白石は思わずため息をついた。

会いたくはない。とはいえ無視するわけにもいかない。もし迎え入れなかったら、あとが面倒なことは経験上わかっていた。

――そうか、今朝の夢。

あれは一種の予知夢だったのかもしれない。

なぜいま家裁調査官の頃の夢を見たのか不思議だった。だがこの闖入者を、心のどこかで予期していたならば納得がいく。見聞きした情報が深層心理へ、ひいては夢へと及ぼす影響うんたらかんたらだ。

――つまり、ここ数日内に目にしたなにかが原因か。

たぶんニュースのたぐいだろう。白石は見当を付けた。

退職以来、彼はニュース番組やワイドショウを遠ざけてきた。刺激が強すぎるからだ。万が一目に入れても、なるべく意識に留めぬようつとめてきた。

――努力して努力して、自分を守ってきたのにな。

なのに厄介だ。心というのは、いつもたやすく理性を裏切る。

白石はいま一度ため息をつき、玄関へ向かった。

いまだチャイムはやかましく鳴りつづけている。黙らせるべく、勢いよく扉を開けた。

「やあ、和井田」

訪問者に向かって白石は言った。

「ひさしぶりだな。――用が済んだら、とっとと帰れよ」

2

「いや、こいつはなかなか美味いな」

昨夜から仕込んだ牛すじ肉とペコロス入りのポトフをたいらげ、和井田は空の皿を突きだして叫んだ。

「おかわり」

「駄目だ。三杯目じゃないか」白石は即座に却下した。

「ケチくせえことを言うな」

「ケチじゃない。これ以上食われたら、果子のぶんがなくなるんだ」

「ふむ。それならしかたない」

けろりと掌を返すあたりが、なんとも彼――和井田瑛一郎らしかった。

この茨城県警捜査第一課に所属する旧友は、見上げるほどの長身巨軀である。

平均身長より五センチ高い白石が、彼と並ぶと子供に見える。鍛えあげた体は堅く引き締まり、さながら筋肉の束であった。

「……で、なんの用だ」

深皿を回収して白石は問うた。

「県警の捜査一課ってのは、そんなに暇なのか。善良な市民から夕飯のおかずを巻きあげた挙句、ソファでくつろいで給料をもらう気か」

「安心しろ、おれは有能だ。血税に見合うだけの働きはこなす」

和井田は白石をじろりと見上げた。

「それはそうとおまえ、また料理の腕を上げたな。早いとこ結婚しろ。きっといいお婿になるぞ。この腕前なら引く手あまただ」

「残念ながら、妹の世話で間に合っている」

「ケッ」

和井田は吐き捨てた。

「すかしやがって。イケメンの余裕かよ」

白石洛と和井田瑛一郎は、高校時代からの友人である。

高校では白石が理数科で、和井田が普通科。大学では白石が人間学群心理学類の臨床心理学専攻で、和井田が社会学類の法学専攻と分かれてはいた、しかし、七年を通して同じ学び舎に通った。

――和井田は、昔からとにかく強引なやつだった。

白石はそうしみじみ思う。

一度も同じクラスになったことはない。なのに、気づいたときには勝手に友達認定されていた。

しょっちゅう呼びだされ、キャンプや旅行の頭数に入れられ、しまいには文化祭に出演するバンドのメンバーにエントリーされた。

「は？　ベース弾けるんだろ？　だったらいいじゃねえか」

いったいなんの問題が？　と和井田はきょとんと言い切った。

そのくせ文化祭が終わった途端、

「おい、ボーカルより女の声援を浴びるベースがいるか！　おまえはリズム隊だろ。縁の下の力持ちだろう。もっと謙虚にふるまえ！」

と文句を付けてきた。

それ以来、和井田は白石の容姿に対して難癖が多い。

「……なあ和井田」

旧友にコーヒーを差しだし、白石は言った。

「こう見えても、ぼくだって暇な身じゃないんだ。夕飯をもう一、二品作りたいし、風呂掃除もしたい。用事があるのかないのかはっきりしろ。ないなら、このコーヒーを飲んですぐ帰れ」

「はあ？　用があるに決まってるだろう」

なぜか和井田が胸を張る。

「いまは平日の夕方だぞ。果子ちゃんに会えないとわかりきっている時間帯だ。彼女なしでおまえの顔だけ見て、いったいおれになんのメリットがある」

「だったら早く済ませろ。とっとと帰れ」

「まったく小姑みたいな野郎だ。だがコーヒーは美味い。味わってやるから、まずは飲ませろ」

生意気にも堪能している様子である。白石はしかたなく黙った。

向かいのソファに腰を下ろし、友人が飲み終えるのを無言で待つ。

やがて和井田はカップを置いた。そして、低く言った。

「――白石。おまえ、〝薩摩治郎(さつまじろう)〟という名に覚えはあるか」

白石の頬が強張った。

――薩摩治郎。

瞬時に記憶がよみがえる。幼さを残した顔が、脳裏にはっきりと浮かぶ。

能面のように無表情で、よどんだ瞳をした少年だった。

「……ああ」

彼はうなずいた。

「覚えている」

「だろうな。おまえはそれほど忘れっぽかあない。薩摩の過去の経歴を調べていて、家裁調査官の欄におまえの名を見つけた。やつが家裁送りになったのは七年前、十七歳のときだそうだな。おまえを今日訪ねた理由は、それだ」

「ということは……治郎くんが、なにかしたのか」

白石は尋ねた。和井田が目をすがめて言う。

「おまえ、やっぱりニュースは観ちゃいないんだな」

「観てない。観ないようにしていることは、おまえだって承知だろう」

「まあな」

和井田はうなずいた。

彼らしからぬ表情でまぶたを伏せてから、目を上げる。

「ではあらためて言う。薩摩治郎は今月の十二日、午後三時に殺害された。殺害現場は県庁から徒歩十二分、つまり水戸市内のビジネスホテルだ。所持品から薩摩だと推定され、のちに母親が遺体を確認し、本人だと確定した。検視の結果、死因は刃物で刺されたことによる失血死。要するに刺殺だ」

「刺、殺……?」

白石は唖然と繰りかえした。

じわじわと「殺」の文字が頭に染みこんでくる。

つまり、殺されたということだ。自分が家裁調査官だった頃に担当した少年が、ホテルの一室で何者かに殺された――。

「自殺の可能性は、ないのか」

「ない。刺創の角度や数からいってあり得ん。はっきり言っちまえば、滅多刺しだ」

「ホテルなら防犯カメラがあるだろう。犯人は写ってなかったのか」

「残念ながら、古い安ホテルでな」

和井田は肩をすくめた。

「出入り口と駐車場のカメラはかろうじて本物だったが、各階のフロアに設置されていたのはダミーだった。つまりチェックインする薩摩は写っていても、薩摩の部屋を出入りした犯人の姿はとらえていない。おまけにビジホとラブホの中間じみたホテルで、ご休憩コースありってやつだ。人の出入りが激しすぎたのさ」

白石はぽかんとその説明を聞いた。

──殺人に、ラブホテル？

どの単語も、記憶の中の薩摩治郎と繋がらない。かけ離れていた。

和井田がつづける。

「捜査本部では現在、犯行当日のその時間帯にホテル内にいた客を、しらみつぶしに当たっている。だが平日昼間のご休憩コースと言やあ、不倫カップルかデリヘル目当てのお一人さまが大半だ。いい子ちゃんのおまえでも、そのくらいは察せるだろう。ほとんどが偽名で、フロントではこそこそ顔を隠す客だらけだったのさ」

「……通り魔、とかじゃないのか」

白石はあえいだ。

「犯人ははなから、彼に対する殺意があったと……そう見なしているのか」

「そりゃまあな。刃渡り十八センチのナイフを所持して、ホテルで休憩したがる客はそうはいるまい」

「十八センチ？」

白石は息を呑んだ。

白石家の出刃包丁は刃渡り十五センチだ。十八センチとなればかなり大きな刃である。護身用だの、アウトドア用に持ち歩くサイズではない。

脳裏にふたたび薩摩治郎の顔が浮かぶ。

しかしその生白い頰は、やはり「殺人」という無残なワードとは結びついてくれなかった。

「というわけでだ」

和井田が膝の上で指を組む。

「マル害こと薩摩に対して、白石、おまえの意見がほしい。やつはどんな少年だった？　印象はどうだった？　どの程度打ちとけた？　おまえは当時、やつとなにをどう話し、どれほどやつを理解したんだ？」

「いや、待て。……待ってくれ」

白石はかぶりを振った。

「あれから、七年も経っている。ぼくが知ってるのは少年期の彼だけだ。ぼくより、もっと適役がいるだろう。ここ三年以内の治郎くんを知っていて、彼の交友関係や心理にくわしい相手が――」

「いいや」

和井田がさえぎった。

「薩摩治郎は、おまえの手を離れた四箇月後に高校を中退している。それ以後はいわゆる〝引きこもり〟として、自宅で七年間を孤独に生きた。生身の薩摩と最後に触れあった、数すくない人間の一人がおまえだ。同時におまえは犯罪社会学と、臨床心理学の専門家でもある。少年心理のプロフェッショナルだ」

「プロじゃ、ない」

白石はあえいだ。

「ぼくは、とっくに退職した。ただの〝元〟専門家に過ぎない。彼について話す義務も、おまえから情報を聞く権利ももうない」

「いや、関係者さ」

和井田は言った。

「どう否定しようが、おまえが薩摩治郎の担当官だった事実は動かせん。おまえは七年前、やつの家族と面接し、密に会話した。そしてやつの心理を分析した。立派な関係者だ」

「でも、……でも、家裁調査官には、守秘義務がある」

「ああ。『職務上知り得た秘密を漏らしたときには、一年以下の懲役、または五十万円以下の罰金』だろう?」

和井田が暗唱した。

「だがこれは殺人事件の捜査だ。警察による捜査照会は『正当な理由』にあたり、義務違反の罪には問えん」

「違う。そうじゃない」白石は頑固に拒んだ。

「法律じゃなく、モラルの問題だ。ぼくは、被害者の権利を――」

「薩摩治郎は〝ただの被害者〟じゃあない」

和井田はぴしゃりと言った。

「これがただの単純な殺人事件だったら、おれだっておまえの隠遁生活をわざわざ邪魔しに来やしない。だが捜査本部が立った。事情が変わったんだ。いまのおれは薩摩治郎の心と脳味噌を、徹底的にほじくりかえす必要がある」

「……どういう意味だ」

「知りたいか? それならおれの話を聞け」

和井田が片眉を上げる。

「さっきおまえは『どういう意味だ』と訊いたな。これから話すのが、その問いの答えだ。いいか、おまえはもう後戻りできんぞ。耳をふさがず最後まで聞け」

いやだ、と言いたかった。しかしできなかった。

粛然とソファに座ったまま、白石は旧友の語りに耳を傾けた。

3

四月十二日、午後三時三十一分。

「水戸市のホテルで死体発見の通報あり」

と、警邏中の警官が緊急無線を受けた。警官はパトカーを方向転換させ、現場のビジネスホテルへ急行した。

通報された『ホテル高ヶ峰』は、お世辞にも瀟洒な建物ではなかった。外壁は灰いろにくすみ、安っぽいライトに囲まれて料金表が光っていた。

殺害現場となった部屋は、三階であった。狭苦しい禁煙のシングルルームだ。壁に向かった袖机とベッド、ユニットバスがあるだけの簡素な造りである。

被害者は若い男性だった。

部屋の床で仰向けに倒れ、シャツの胸から腹にかけてが血で染まっている。

絶命していると一目でわかった。

ベッドに乱れはない。脱いだらしいジャケットが袖机の椅子に掛けてある。

警官が本部に無線報告をしている間に、機動捜査隊と鑑識が到着した。現場保存を彼らに任せ、警官は第一発見者の身柄を確保した。

「二時間休憩のコースで、チェックインしたお客さまだったんです」

第一発見者はホテルの従業員であった。正社員でなくアルバイトだという彼は、怯(おび)えで唇を紫にしていた。

「一時から三時までのご休憩だったのに、三時二十分を過ぎても下りてこないし、内線で電話をかけても出ないし……。外からノックしても、応答がなかったんです。だから規定どおり、三回警告した上で、マスターキイで中へ……」

死体を見つけたときの光景を思いだしたのか、彼はそこで絶句した。

「財布がありました。マル害の所持品でしょう」

機捜隊員が片手を挙げた。

椅子に掛けられたジャケットから見つけたらしい。手渡された財布を、機捜(キソウ)の主任がひらく。札入れには三枚の万札。カード入れには各種の会員カードに交じって、国民健康保険の保険証が入っていた。

姓名は、薩摩治郎。

生年月日によれば満二十四歳。住所は茨城県古塚(こづか)市東白山(ひがしはくさん)町二丁目三番十一号。

世帯主は薩摩志津(しづ)となっていた。

「ええ。お一人でのチェックインでした。いえ、べつに不審に思ったりは……。入室してから、デリヘルを呼ばれるんだろうと思ってました。けっこう昼間に多いんです、そういうお客さま」

従業員はそう証言し、

「常連ではありません。はじめてのお客さまだと思います。ぼくはここでバイトして二年になりますが、すくなくともその間に見かけたことはなかったです」

とも言った。

被害者の掌や前腕には、多くの切創があった。おそらく防御創だろう。左手の小指にいたっては、切断されかけて皮膚一枚で繋がっていた。

「また、しつっこく刺したもんだなあ」

臨場した検視官は、ため息まじりに言った。

「犯人はよっぽどマル害に恨みがあったか、嫌いだったか、もしくは怖かったんだろうよ。ひでえもんだ」

確かにそうこぼしたくなるほど、遺体は滅多刺しにされていた。刺創は胴体に集中しており、死亡後も刺したとおぼしき創(きず)が複数あった。

「とはいえ、怖がられるほどマル害は大柄じゃあない。筋肉質でもないし、格闘技をたしなんだ様子もない。やはり怨恨(えんこん)ですかね」

機捜の主任が相槌を打つ。

直腸温度と死後硬直の度合いからして、死亡時刻はおよそ三時間前。この時点で時刻は四時を過ぎていたため、入室してさほどの間を置かず殺されたことになる。

「まだ若いのになあ。勤め人には見えないが……学生かね？」

検視官がつぶやく。

「かもしれません。所持していた保険証は国保ですし」

会社勤めに見えなかったのは、被害者の髭と髪型ゆえだ。髪を背中まで伸ばし、首の後ろで結んでいる。ファッションで伸ばしたわけではなさそうだった。髭も同様で、ただの無精髭に見えた。

午後四時十七分、検視官が殺人事件と断定。

県警の刑事部捜査一課に連絡が行き、その後は捜査一課強行犯第一係の係官が動いた。いわゆる庶務担当官である。殺人事件となれば、捜査本部を開設せねばならない。それらの段取りは、庶務担当官の役目であった。

担当官は所轄署の幹部や刑事部長との会議をセッティングするかたわら、実動部隊として強行犯第三係から人員を集めた。その中に、和井田瑛一郎もいた。

さらに担当官は、薩摩治郎の自宅へと電話を入れさせた。遺体の確認のためだ。世帯主の〝薩摩志津〟は、治郎の母親であった。

だが登録の電話番号には、誰も応答しなかった。

「しかたない。直接向かわせよう」

この県警からの要請を受け、薩摩家へと向かったのが古塚市下町交番の勤務員二名である。

この時点では、誰もが「単純な怨恨殺人だろう」と思っていた。しかし約二十分後、事態は急展開を迎える。

薩摩家は町内でもっとも目立つ、広大なお屋敷であった。

赤土の油土塀がぐるりと敷地を取り囲んでいる。門扉の片側は、柿葺きの屋根をいただく数寄屋門づくりだ。残る片側は、車で出入りしやすい自動シャッターに改築済みだった。

交番勤務員二名が尋ねたとき、門とシャッターは閉ざされていた。しかし数寄屋門の門扉には閂がかかっておらず、手で押すと容易に開いた。

庭の飛び石をたどって、二人は玄関に立った。

インターフォンのチャイムを押す。チャイムのボタンの横には、有名な警備サービス会社のシールが貼られていた。

彼らはたっぷり一分待った。だが応答はなかった。

二度、三度と押す。やはり反応はない。屋敷のまわりを半周したが、中で人が立ち働く気配さえなかった。

「あっちに離れがあります」

年若い巡査が、竹林の向こうを指した。

なるほど、竹林を天然の目隠しにして、敷地内に離れ家が建っている。平屋建てだが、粗末な造りではない。ぱっと見にも、二、三室はある大きさに映った。

彼らは離れ家にたどり着いた。しかしインターフォンがなかった。警備サービス会社のシールもない。扉に手をかけてみたが、施錠されている。

「母屋も離れも留守か。夕飯の買い物にでも行ったんですかね」

「かもしれん」

そう年配の巡査長がうなずきかけたとき。

かすかに、叫声が聞こえた。

思わず二人は顔を見合わせた。目顔で「聞いたか？」「聞きました」とうなずき合う。

二人は黙りこみ、耳を澄ました。

ふたたび短い叫声が聞こえた。

女だ。確かに離れ家の中から聞こえた。悲痛で、切羽詰まった声——精神の均衡を失いかけている声音だった。

ふだんの警邏なら、悲鳴や怒号を聞いたところで動揺などしない。二人とも、家庭内の喧嘩には慣れていた。DVや児童虐待にもだ。

だがその瞬間の彼らは、あきらかに常とは違う空気を嗅いだ。

殺人事件だと事前に知らされていたせいではない。この離れ家に近づいたときから、二人はひりつくような違和感を皮膚でとらえていた。言葉だけでは、けして説明しきれぬ感覚であった。

「突入しよう」

巡査長が言った。相棒が目をまるくする。

「でも、上の許可を……」

「駄目だ、あの声を聞いただろう。——一刻の猶予もならん。あとの責任は、おれが負う。窓を割って突入するぞ」

結果的に、巡査長のこの判断は正しかった。

それが証明されたのは、わずか十数分後のことだ。

巡査たちは東側の窓ガラスを懐中電灯で割り、靴のまま離れ家に侵入した。

窓のすくない家だった。おまけに雨戸が堅く閉ざされ、陽はまだ高いのにひどく薄暗い。

巡査長は手袋をはめ、壁の電灯スイッチをつけた。

彼らは短い廊下に立っていた。小型冷蔵庫と電子レンジ、そして直冷式冷凍庫が右の壁に寄せて置かれていた。その奥に洗面台があり、行き止まりにトイレの扉があった。

左側は、柱で二部屋に区切られている。

一方の部屋はガラス障子だが、もう一方は重い木製の扉だった。把手に、武骨な南京錠がぶら下がっている。

「なんか……臭くないですか？」

若い巡査がささやく。「しっ」巡査長が、唇に指をつけた。

中になにかいる。気配を感じる。むろん鍵のありかはわからない。

巡査長は、南京錠に手をかけた。ツルの部分を指でつまみ、引きながら、懐中電灯の柄で、彼は錠を小刻みに叩きはじめた。叩くごとにツルがずりあがっていく。一分足らずではずれたが、十分にも感じた。

木製の扉を、そっと開ける。

誰もいない。しかし悪臭はますますひどくなった。なにか生きものを飼っている臭い――手入れのよくない獣の臭気だ。

巡査長は、懐中電灯で室内を照らした。

家具らしい家具はない。何十もの段ボールが、壁に押し付けるようにして積まれている。段ボールの側面に書かれた商品名はどれも、ミネラルウォーターとドッグフードだった。

「犬を、飼ってるんでしょうか」

「わからん」

表に犬小屋はなかったはずだ。室内犬だろうか。だが吠え声も、唸り声も聞こえない。鎖の音がする――。巡査長は思った。鎖が床に擦れる音がする。なのに、どこから聞こえるのかわからない。

一歩踏みだしかけて、彼はあやうく転びかけた。なにかに靴の先端が引っかかったせいだ。舌打ちし、懐中電灯で足もとを照らす。

床に、跳ね上げ戸があった。

この把手のせいでつまずきそうになったのだ。身をかがめ、巡査長は顔を寄せた。錆びた鎖が巻かれ、やはり南京錠がかけてあった。

先ほどと同じ要領で錠をはずした。鎖を解く。

跳ね上げ戸をひらいた。

途端にむわっと悪臭が突きあげる。思わず鼻を覆った。下へとつづく木製の階段が見えた。暗くてよく見えないが、地下室へつづいているのは間違いない。

二人はいま一度顔を見合わせた。

ともに下りよう――、と目で会話する。一人が下り、一人が残るべきだと理性ではわかっていた。しかしいまは、相棒と離れるのが怖かった。

先導役は若い巡査が請けた。片手で懐中電灯をかまえ、片手で鼻を覆う。一段一段、慎重に下りていく。

地下室の壁は漆喰だった。あちこちに黒ずんだ汚れが散っている。空気はよどんで湿り、悪臭のせいだけでなく、息苦しかった。

人の気配が濃くなる。誰かが奥で息を殺しているのがわかる。

「誰だ」

巡査長は言った。

「誰かいるな。——誰だ！」

短い悲鳴が湧いた。

巡査長は悲鳴の方向へ灯りを向け、ぎょっと立ちすくんだ。

女がいた。

全裸だ。身に着けているものは革製の首輪のみであった。首輪には鎖が付いており、壁に嵌まった鉄輪に繋がれていた。

女の肌は垢じみ、髪は脂でべっとり固まっていた。頬のこけた顔の中心で、瞳だけが白く爛々と光っている。目の焦点があやしい。

座敷牢——。その単語が巡査長の脳裏を駆け抜けた。

かつて日本の富裕層では、一族の不名誉になるような者が生まれると、座敷牢で一生幽閉する習慣があったという。そして薩摩家は確かに裕福だ。だが人権第一なこの二十一世紀で、まさかそんな——。

「き、きみは」

誰だ。薩摩一族の者か。そう問いかけた声が、

「たす、けて」

女の声でさえぎられた。

細い声だった。しかし、確かに正気の声音であった。

「きみは……いや、あなたは、誰です」

巡査長はつばを呑み、あらためて尋ねた。

「われわれは、警察です。姓名は言えますか？　ここの家人とは、どんな関係です」

「わた、しは」

女は呻いた。

「わたしは、北畠彩香、と言います。いまは、何年の何月ですか？　わたし、九月にここに閉じこめられて……、七十二日まで数えたけれど、そのあとが、わからなくなって……あ、あの男は、捕まったんですか？　警察が、逮捕してくれたの？」

呂律がまわっていなかった。うつろだった両の目に、みるみる涙が盛りあがっていく。

巡査長は呆然と女を見た。

──九月だって？

もし去年の九月だとしたら、彼女は半年以上監禁されていたことになる。信じられなかった。だが彼女の様子を見れば、でたらめでないことは明白だった。

よく見れば女は首輪だけでなく、右足首にも鉄製の枷を嵌められていた。

床には犬用の餌皿がふたつあった。ひとつには水が入っており、もうひとつにはウエットタイプのドッグフードがぶちこまれている。

また床の隅には、排泄用のおまるが置かれていた。この悪臭の源は女の排泄物と、腐ったドッグフードに違いなかった。

「……県警に、連絡しろ」

巡査長はゆっくりと相棒を振りかえった。

「それから、救急車も呼べ。いますぐだ。——どうやら薩摩治郎ってやつは、ただの被害者じゃあないらしい」

北畠彩香と名乗った女は、病院へ搬送された。

ひどい栄養失調と脱水症状を起こしており、即座に点滴がなされた。百六十センチの身長に対し、体重は三十九キロまで落ちていた。

首輪と足枷を嵌められていた箇所は、擦れて傷になり、膿んでいた。また殴打で折れたらしい肋骨と尺骨が、曲がったまま癒合していた。

また膣には擦過傷が見られた。乱暴な性交渉を繰りかえし強いられたせいだろう。右手の小指が折れ、両指の爪は合わせて三枚が剝がれていた。

県警が北畠彩香の名で照会した結果、確かに去年の九月、千葉県で同名の行方不明者が出ていた。届を出したのは夫であった。

——北畠彩香、二十六歳。

既婚。子供はなし。失踪当時、千葉県仙馬郡在住の専業主婦。

事情聴取を任されたのは、和井田だった。

「患者の回復を待ってからにしてください」

と担当医は言った。しかし頼みこんで、五分だけ面会を許してもらった。

デリケートな事件ゆえ、女性警察官を同席させ、病室内に担当医と看護師を待機させての聴取であった。

「……夫に、殴られていたんです」

消え入りそうな声で、彩香は言った。

彼女の夫は八歳年上の会社員だった。インターネット上の趣味サークルで知りあい、二年の遠距離恋愛を経て、一昨年の春に結婚したという。

「結婚前はやさしい人でした。でも婚姻届を出した途端、別人のようになって……」

彩香自身は長野で生まれ育った。

千葉は、夫の実家と会社がある土地だ。彼女は結婚のため仕事を辞め、誰一人知人のいない関東に越してきたのである。

「あの人、お酒を飲んでは殴るんです。夕飯の味付けを薄くすれば『まずい』と殴られ、濃くすれば『おれを殺す気か』と殴られ、泣けば『辛気くさい』と殴られ……。三月と経たないうち、結婚を後悔しました。でも実家は祖父母の介護で大変だし、頼れませんでした。役場に泣きついたけれど、『夫婦で話し合ってください』『旦那さんも、お仕事のストレスで大変なんでしょう』とあしらわれて……」

彩香は唇を嚙んだ。

女性警察官が確認したところ、彩香はＤＶシェルターや、配偶者暴力相談支援センターの存在を知らなかった。福祉の窓口といえば町役場しか把握していなかった。子供がいないためか、保健師や民生委員とも馴染みがなかった。

ある夜のことだ。彩香はことさらひどく夫に殴られた。

夫は倒れた彼女の顔や腹を踏みつけ、

「おまえみたいな役立たずのブスを養うのは、嫌気がさした」

「とっとと出ていけ。どこへでも行って野たれ死ね」

と、窓を開けて彼女のバッグを放り投げた。

彩香はよろめきながら、バッグを拾いに走った。散らばった財布や携帯電話をかき集め、アパートに戻った。しかし夫はすでに、中からドアチェーンをかけていた。

「ビジネスホテルか、ネットカフェでも行けたらよかったんですが……。お財布に、千円しか入っていなくて」

しかたなく彩香は、三十分かけて二十四時間営業のマクドナルドまで歩いた。

着いたときには空腹を通り越し、吐き気がしていた。口内の傷に沁みないよう、彼女はミルクを注文した。腫れつつある顔は常備のマスクで隠した。

ミルクをストローで吸いながら、彼女は携帯電話をいじった。

千葉に頼れる知りあいは一人もいない。長野の友人にメールしようかとも思ったが、すでに夜中だった。第一みじめすぎて、誰にも打ち明けられなかった。

ゆっくりと店内を見まわす。

深夜のマクドナルドは、昼間とはまるで客層が変わっていた。ホームレスじみた風体の男。キャリーバッグを引きずる老女。男か女かもわからないバックパッカーたち。ある者はテーブルに突っ伏し、ある者は椅子にもたれて放心している。

――わたし、なにしてるんだろう。

自嘲の笑いがこみあげた。いい歳をして、いまのわたしは家出少女みたいだ。

――家出少女。

頭に浮かんだその単語が、彩香を馬鹿げた行動に走らせた。

その場で彼女は、ツイッターのアカウントを作成したのだ。使ったのはフリーメールのアドレスだった。〝#泊めてくれる人募集〟のハッシュタグを付けて、

「26女。千葉。今晩泊めてくれる人を探してます。助けてください」

と発信した。

ふだんならこんな愚かな真似はしない。

だがそのときは、どうにも人恋しかった。暴力によって叩き潰され、踏みにじられた自尊心を、誰かに癒やしてほしかった。

一時間待った。しかし届いたダイレクトメッセージは二件だけだった。

だよね。ネットの世界じゃ二十六歳なんて、もう需要のないおばさんだよね――。そう苦笑しながらひらく。

一件目は、あきらかな冷やかしだった。しかし二件目のメッセージは、

――大丈夫？

の一言ではじまっていた。

その言葉が、彩香の胸を貫いた。誰でもいいからそう言ってほしかったのだと、彼女ははじめて自覚した。

メッセージはさらにつづいていた。

――大丈夫？　つらいことでもあった？　おれでよかったら、話聞くよ。

彩香の目から涙が溢れた。泣きながら彼女は返信した。
三、四通やりとりしただけで、相手が茨城在住の男性であり、自分よりすこし年下であることがわかった。
――車あるし、一時間もあればそっちに着くよ。

――待ってて。M社の白のスポーツカーで、目印は赤いスカルマークのステッカー。

当てにせず彼女は待った。だが一時間後、ステッカー付きのスポーツカーは、ほんとうにマクドナルドの駐車場にあらわれた。

「やさしそうな人に、見えました」

病室の彩香はそう語った。

「身長も、わたしとさほど変わらないくらいで……。大柄で怖そうな人だったら、たぶん警戒したと思います。でもメッセージのやりとりがまともだったし……心が弱っていたせいもあって、信じてしまいました」

供述に矛盾はないな。和井田は思った。

検視された薩摩治郎の遺体は、身長百六十四センチ。

童顔でおとなしそうな容貌の男であった。彩香がだまされたのも無理はあるまい。

なお無免許運転であり、車は父の伊知郎名義だった。

「でもあの家に……竹林の陰の家に着いた途端、あいつは豹変しました」

彩香は「視界の隅で、火花が散るのを見た」と言う。

いや、見たように思った。その瞬間にはすべてが遅かった。彩香は気を失い――目が覚めたときには、あの地下室にいた。

「火花はたぶん、スタンガンだったんだと思います。首にはすでに首輪が付けられていました。足枷もです。しかも、鎖が壁に繫がっていて……」

だが彼女にとって一番恐ろしかったのは、首輪でも足枷でもなかった。

先住者がいたことであった。

「先住者……？」

和井田は問いかえした。彩香が頰をゆがめる。

「そうです。わたしが来たときは、すでにチイちゃんがいました。でもあの子は、もう半分くらい、おかしくなっていた。おかしな方向を見てぶつぶつ言うか、泣いてばかりでした。それをある日、あの男が『うるさい』と怒りだして、『泣くな。いったいなにが不満なんだ』と、チイちゃんの足首を縛って、逆さに吊り下げて――」

十数秒、彩香は絶句した。

「……どのくらいの時間吊るしていたか、わかりません。でもあいつは、暗くなっても下ろしてくれなかった。やっと下ろしてもらえたときには、チイちゃんの顔は真っ赤に膨れあがってた。すこし吐いて、……ぐったりして、動かなくなった」

そしてそのまま、二度と動かなかった――。

その供述を最後に、彩香はパニック状態に陥った。

急いで「これ以上は無理です」と医師が割って入り、和井田たちは病室から追いだされた。

捜査本部に戻った和井田は、すべてを上に報告した。

聞き終えた係長は額の汗を拭い、低く唸った。

「〝先住者〟か。こりゃあ、マル害の庭一帯を掘りかえしてみなきゃならんな。主任官とも合議の上、捜索令状を請求するぞ。……くそ、これじゃ誰が被害者だか、わかったもんじゃねえ」

4

和井田が話し終えたあとも、しばし白石は口がきけなかった。

ソファから動けない白石を後目に、和井田が立ちあがる。彼はコーヒーサーバから勝手に二杯目を注ぎ、ソファへと戻った。

「翌々日には係長の見立てどおり、庭から新たな遺体が見つかった。しかも二体だ」

「二体……？」

「ああ。骨盤からしてどちらも女性だった。ただし一体は新しく、もう一体は完全に白骨化していた。後者は十年以上前に殺され、埋められたと推定される」

和井田はコーヒーをぐいと呷った。

「ひとまず、新しいほうの人骨に話を絞るぞ。こちらの身元は歯型からすぐに割れた。群馬県支倉市の実家から、去年の六月に出奔した少女だ。姓名は稲葉千夏。十八歳の高校三年生。捜索願——じゃなかった、行方不明者届だな」

舌打ちして、

「行方不明者届が、義父から出されている」と言いなおした。

「ただし稲葉千夏には、家出の前歴が複数回あった。そのため所轄署は事件性なしと見なし、捜索しなかったようだ」

「それが……逆さ吊りにされて死んだ子か」

白石は問うた。和井田がうなずく。

「ああ。検視の結果、歯型以外の特徴も合致した。つまり北畠彩香が監禁される三箇月も前から、稲葉千夏は地下牢にいたことになる。……北畠彩香が言ってたよ。『あの子を世話しなきゃいけなかったから、その間はなんとか正気を保っていられた。最初から一人だったら、もっと早くおかしくなっていただろう』とな」

「その稲葉千夏さんは、いつ頃に埋められたんだ」

「北畠彩香の証言および検視から推測すると、二月のなかばだ」

和井田はいったん言葉を切り、

「さて、おまえの意見を聞くにあたって、これから先はどうしても言わなきゃいかん情報だ。白石、おまえの精神状態がまだ安定しきっていないのは知っている。だがあえて言わせてもらうぞ。いいな?」と言った。

「ああ」

身がまえつつ、白石はうなずいた。

和井田がふたたび口をひらく。

「では言う。――稲葉千夏は死後、骨から肉を削ぎ落とされていた。離れ家の冷凍庫から発見されたビニール袋には、その肉の三割ほどが入っていた。さらに地下室の餌皿から、ミンチ状にされた彼女の肉が検出された」

「な、――……」

思わず白石は絶句した。

そんな彼に、「どう思うよ」和井田が片目を細める。

「要するにマル害は――薩摩治郎は、稲葉千夏を北畠彩香に食わせていやがった。『あの子を世話する間は正気を保っていられた。最初から一人だったら、もっと早くおかしくなっていた』と言わしめた相手にだ。やつは彼女が世話していた少女を、よりによって犬の餌に混ぜて食わせた。この事実をどう思う？　これほどの悪意が、人間のどこから湧いて出るものか、おまえはいったいどう解釈する？」

白石は答えられなかった。

和井田がつづける。

「ちなみに古い骨のほうは、頭蓋骨縫合癒着から見て二十代から三十代の若い女だそうだ。十年以上前ってことは、当時の薩摩治郎はまだ〝少年〟だった。……おれがおまえの意見を聞きにきた理由が、これでわかっただろう？」

「ああ」

白石は首肯した。

「よく、わかった」

うなじの汗を、なかば無意識に拭う。

「さて、ここからが本題だ」和井田がソファにもたれた。

「おまえが担当官だったときのマル害は、どんなやつだった？　まずはやつの印象から教えてもらおう」

「彼は、治郎くんは――」

白石は眉間をきつく揉んだ。

「おとなしい、無口な少年だった。当時、高校二年生だったはずだ。ぼくはまだ、調査官としては駆けだしのひよっこだった。治郎くんは三件目の担当で……なにを訊いても、

『はい』と『いいえ』くらいしか答えてくれなかった」

「そのときの薩摩は、なにをやらかして家裁の世話になったんだ？」

「白骨の件とは、おそらく関係ないよ」

白石は言った。白骨、の単語が喉にひっかかる。

「治郎くんは、高校受験に失敗した。そして彼の意に染まない高校に入学したのさ。治郎くんの父親が、すべり止めの受験を許さなかったせいだ。志望校に落ちた彼は、定員割れで二次募集をかけた私立高校に入るしかなかった。治郎くんの性格には、とうてい合わない校風だった」

「いじめられたのか」

「ありていに言えば、そうだ」

白石は認めた。

「ただし、暴力を受けてはいなかった。治郎くんの生家は裕福で、利用価値があったからだ。いじめっ子たちは彼から金を巻きあげ、いわゆる〝パシリ〟にした。治郎くんはいじめっ子たちの遊興費を払わされ、歌ったり踊ったりの道化を演じさせられた挙句、万引きや恐喝の見張り役をさせられた」

「万引き、恐喝の見張り……ね。なるほど」

和井田が唸る。

「つまりいじめっ子ともども、やつはパクられちまったのか。窃盗および暴行の、従犯にされたんだな？」

「それだけじゃない」白石は首を振った。

「彼らは、もっと重い罪を犯した。金を脅しとろうとした相手に反抗され、ナイフで腹部を刺したんだ。被害者の少年は、内臓に損傷を負った。長く後遺症が残るだろう重い損傷だ。……見張り役だった治郎くんも、逮捕をまぬがれなかった」

「で、家裁送りになっておまえが担当したわけか。主犯はどうなった？」

「当時の主任が受け持ったよ。確か少年院送致になったはずだ。従犯のもう一人は、観護措置で済んだ」

「薩摩治郎は？」

「彼はただの見張りだったからね。主犯にいじめられてもいた。普通なら、ごく短い試験観察で済んだはずだが……」

「だが、なんだ」

和井田が問う。白石は答えた。

「さっきも言ったように、彼は『はい』と『いいえ』くらいしか口をきかなかった。ひどく無気力で、健全な精神状態とは言えなかった。だから裁判官と協議して、試験観察の期間を延ばすことにしたんだ」

「ふむ。試験観察ってのは、具体的になにをするんだ」

「本人との面接、心理テスト、家族を加えた面談などだ。事件の背景を見るために、学校の教師を訪ね、担当医に会って話を聞く。必要があれば友人や近隣住民にも会う。あらゆる角度から少年を理解し、どんな処遇が最適かを検討し、その結果を報告書にまとめて、最終的に裁判官へ提出する」

「かたっくるしい言いかたをするなよ」

和井田は手を振った。

「要するに、その子を裁判にかけるべきか否かの材料を集めるってわけだろ。おれたち捜査員の仕事と、たいして変わらん」

「裁判じゃないぞ。少年事件では『審判』と言え」

白石は真顔で訂正した。

「それに、警察の捜査員と家裁調査官の仕事はまったく違う。和井田たちは犯人を起訴するために調書を取るが、ぼくらは少年を心理的、精神的にサポートするために調べるんだ。捜査員は、べつだん犯人を理解する必要はないだろう。でもぼくたちは彼らと交流し、その人間的成長と更生を——……」

そこで、彼は絶句した。

胃の底から吐き気がせりあがる。みぞおちに手を当て、白石は思わず体を折った。喉もとまで酸っぱい胃液が迫る。息が詰まる。

「おい」

和井田が覗きこんできた。

「どうした、気分が悪いか」

「……ああ、いや……」

呻くような声が出た。全身に脂汗が滲んでいるのがわかる。

自分でも、思いがけない反応だった。

時間をかけて記憶を薄れさせ、癒やしたつもりでいた。なのに「少年の人間的成長と更生」なんて綺麗ごとを口にした途端、体はたやすく理性を裏切ってくれる。

――やはりまだ、回復していないんだ。

白石はやんわり和井田の手を払い、大きく深呼吸した。

吐き気がおさまるまで、ゆっくりと数回、深い呼吸を繰りかえす。過呼吸を起こさないよう留意しながら、ソファに体を倒す。

「すまない」

白石は言った。

「つづきは――薩摩治郎くんと会ったときのことは、あとで文章にまとめてメールする。悪いが、しゃべるより文章にしたほうが負担がすくなそうだ」

「そのようだな。おれのパソコンのアドレス宛てに頼む」

和井田はあっさりうなずいた。

こいつのこういうところが楽だな――。白石はあらためて思った。

家裁調査官を辞めると言ったとき、周囲はみな、

「せっかく国家公務員になれたのに、もったいない」

「ひとまず休職でいいじゃないか」

とすすめた。白石の意思を即座に受け入れたのは、果子と和井田だけだった。

「のんびり屋のお兄ちゃんに、都会のペースは合わなかったね」

「ああ。こいつは生粋の田舎者だからな。駄目なもんは、まわりがどう騒いだって駄目だ。本人の好きにさせるしかねえ」

そう笑い飛ばした上、二人で白石を繁華街まで引きずっていった。

ショットバーを三軒もはしごさせられたおかげで、翌朝はひどい二日酔いだった。しかし気分は、嘘のように楽になったのを覚えている。

――あれから、もう三年が経つのか。

和井田はコーヒーの残りを飲みほし、「じゃあおれは帰るぞ。次は果子ちゃんがいるときに来る」と腰を浮かせた。

「無駄だぞ。果子は夜中にしか帰らない」

「三百六十五日働いてるわけじゃあるまい。休日だってあるだろうが」

「おまえ、この手の顔は嫌いじゃなかったのか」

白石はわざと己を指さしてみせた。

和井田が「馬鹿か」と即座に吐き捨てる。

「言うほど、果子ちゃんとおまえは似てねえぞ。そしてイケメンは敵。すなわちおまえはおれの敵だ。――だが、昨日の敵は今日の友と言うからな。友情のためにまた来る」

意味不明なことをまくしたて、早足で出ていってしまう。

白石は見送りに立たなかった。

なんとか吐き気はおさまっていた。ぎこちないながらも最後に軽口が叩けたことにも、われながらほっとしていた。

額に残った汗を拭う。

薩摩治郎の記憶と、たった今聞かされた話をいま一度反芻する。

鼓膜の奥で、治郎の押しころしたような声がよみがえった。

――ぼくは、犬だ。

5

粛々と白石は夕飯を終え、風呂を済ませた。

風呂あがりに見上げた時計は午後八時を指していた。冷めて味の沁みたポトフを、鍋からタッパーウェアへ移し替える。果子の好きなマカロニチーズと、鮭の南蛮漬けも冷蔵庫へしまった。ビールは三本冷やしておいた。

「果子へ。マカロニチーズとポトフは温めて食べるように」

メモに書きつけてから、すこし考え、「和井田がよろしくと言ってたぞ」と書き添える。

自分のためのビールを一本抜き、白石は自室にこもった。

デスクトップパソコンをスリープから起こす。

スパムに交じって、メールが一件届いていた。和井田からだ。件名は『さっきの話の補足』。本文は箇条書きにされていた。

「以下は薩摩治郎の母、志津の証言。

＊〝ストレス性難聴で、離れのことはわからなかった〟この難聴については、精神科医の診断書あり。

＊女性を何人か連れこんでいることは気づいていたか。〝気づいていた。息子が怒って暴れるのが怖くて、詮索できなかった。食事を一日二回作って、離れに届ける以外は許されなかった〟

＊〝敷地が広いので、近所から騒音の苦情はなかった。悪臭への苦情のほうが多かった。残飯を腐らせたんだろうと思っていた。中に入らせてもらえなかったから、掃除できなくて困った〟

＊なぜ治郎はビジホに行ったか。誰と会う約束だったか。〝知らない〟

＊志津は死んだ亭主にも、息子にも殴られていた様子。近隣の証言あり。本人は〝そういうこともあった〟とひかえめに認める程度。

＊無気力であきらめきった顔つき。身体に痣あり。典型的バタードウーマン。
＊精神的に不安定なためか、証言に揺れあり。肉親であることを差し引いても証言の信憑性は薄く、捜査への協力は見込めない」

メールはここで終わっていた。じつに和井田らしい、実用一点張りのメールである。

白石はビールのプルトップを開けた。

――世帯主は志津さんだ、と言っていたな。

ということは、伊知郎さんは亡くなったのか。

治郎の父である薩摩伊知郎は、不遜なワンマン親父だった。七年前に白石が報告書に記した評価は、

『尊大。独善的。支配的。高圧的な態度と物言い。息子をコントロールしようとする。反抗を許さない。自我や欲求を押さえつける』

ちなみにこの態度は息子に対してだけではない。

伊知郎を知る人間はみな、口を揃えて彼をこき下ろした。いわく、

「初対面から威圧してくる偉そうな人」

「傍若無人。無礼。人を人とも思わない」

「怒鳴って言うことを聞かせようとする、クレーマー気質の爺さん」と。

白石はマウスを操り、テキストエディタを立ちあげた。

津波のように、あの日の記憶が押し寄せてくる。七年前、はじめて薩摩家を訪問した日の記憶であった。

ぐるりと敷地を取り囲む油土塀。柿葺きの屋根をいただく数寄屋門。門扉から玄関までつづく飛び石。涼しい葉擦れを鳴らしていた竹林。

玄関で白石を出迎えた、青白い志津の顔。

〝無気力であきらめきった顔つき。典型的被虐待女性〟——。そうだ、そのとおりだ。学習性無力感の、お手本のような表情だった。

通された客間の上座には、すでに薩摩伊知郎が座っていた。そしてその隣には、表情を失った精気のない治郎がいた——。

白石はキーボードを叩きはじめた。

＊　＊

「こいつは、わたしが五十七歳のときにできた子なんだ」

薩摩伊知郎の第一声はそれであった。

誇らしげに彼は言い、治郎の髪を乱暴に掻きまわした。親しみのこもった仕草というより示威行為に見えた。わたしがなにをしようとこいつは文句を言わない、従順なんだと見せつけるような態度だった。

当時、治郎は十七歳だった。

かたや父の伊知郎は七十四歳。

「いまの女房とは、三十歳離れとる。三番目の女房さ。〝女房と畳は新しいのに限る〟と言うが、新しいだけじゃあ駄目だ。やはりガキを産める、まともな腹をした女でなけりゃな。ははははは」

伊知郎は座椅子にそっくりかえって哄笑した。

通された客間は十二畳の和室だった。床の間には花鳥画の掛け軸が下がり、備前焼の壺が据えてあった。だが掛け軸も壺もごてごてと装飾過多で、ありていに言えば俗悪だった。

伊知郎もまた、その客間に似合った俗物だった。白石がなんの用件で訪問したかなど、まるで頓着しなかった。自分のことばかり一方的に話した。

いわく資産家の生まれであること。不動産を多く所有し、親の遺産を受け継いで不労所得で暮らしていること。

妻の志津は、伊知郎がお飾り役員を務める会社で事務員をしていたこと。早々に手を付け、志津が妊娠するやいなや退職させて籍を入れたこと。先妻と先々妻との間に子はなく、五十七にして初の子宝に恵まれたこと。

「むろんDNA鑑定は済ませた。わたしはそういった雑事にぬかりない男だからな。正真正銘、治郎はわたしの子だ」

「人間五十年なんぞと言うが、いまの時代、男は五十からさ。三十の坂を越えたら一気に老けこむ女とは違う。男は三十、四十が遊びざかりだ。二十年遊んで、五十になったところで年貢を納め、子孫を残す。これが人生を正しく満喫するこつだ」

うそぶく伊知郎の横で、やはり治郎は身じろぎひとつしなかった。

志津はといえば、休まず立ち働きつづけていた。家政婦がいるというのに、任せて腰を下ろす様子はない。白石に茶を差しだしたとき、その袖口から痣が覗いた。治りかけの内出血の痣であった。

「どうぞお母さんも座ってください。お話をうかがいたいですから」

見かねて白石は声をかけた。

ちらり、と伊知郎が横目で志津を見やる。志津は急いでまぶたを伏せた。

「こいつはいいんだよ。ろくにものも言えん女だ」

伊知郎は鼻で笑った。

そそくさと志津が客間を出ていく。治郎はやはり、無言で座っているのみだ。

ふたたび伊知郎の自慢話がつづきそうになったが、

「あのう、すみません」

白石はなんとか割って入った。

「親御さんの立場から、今回の事件についてはどうお考えですか」

むろん、治郎が窃盗および暴行の従犯となった件だ。伊知郎はそこで、はじめて口ごもった。

「まあ、――そうだな。誉められたことじゃあないわな」

　煙草に火をつけ、煙を噴く。

「とはいえ、あれだ。うちの子は、もとはと言やあ被害者だぞ。こいつは主犯の悪ガキから金を脅しとられていたんだ。弁護士だって『訴えれば間違いなく勝てる』と言っていた。あーあ、まったく納得いかんよ。なんだって被害者であるうちの子が、家裁送りになんぞされちまうんだ……」

　伊知郎は横を向くと、

「くそったれ。こうなりゃほんとうに訴えてやるかな」

　独りごとのように吐き捨てた。

「このままじゃ腹の虫がおさまらん。おれを馬鹿にしやがって、糞いまいましい。……ガキが。馬鹿ガキがっ」

　最後の罵倒は、空に向けた激しい怒声だった。治郎がびくりと肩を震わせる。そんな薩摩父子を、白石は冷ややかに観察した。

　家裁送致となる少年少女の多くが、恵まれない生い立ちだ。その事実を、彼は知識でも経験でも知っていた。

　親に毎日殴られて脳障害を負い、足を引きずって歩く少年がいた。親から売春を強いられ、その金を酒代にされる少女がいた。掘っ建て小屋に一家九人で住み、掘った穴で用を足すしかない少年がいた。

一方、薩摩家は裕福だ。非行少年にありがちな崩壊家庭とはほど遠い。社会的弱者でも、依存症患者でも福祉対象者でもない。

だが目の前の薩摩父子は、白石の目に〝ある種の典型〟と映った。

——典型的な、支配型の虐待だ。

富裕な家庭には、ときおりこの型の虐待が見られる。わが子を暴力やモラルハラスメントで押さえつけ、畏縮させつつ育てるのだ。その結果、子供は精神が健全に発達せず、鬱状態、無気力、不登校などに陥る。

——とはいえ薩摩伊知郎は、すこし珍しいタイプだな。

富裕層における加虐常習者は、外面を取りつくろうのが巧い。失うものが大きいからだ。保身のため弁護士のアドバイスを仰ぎ、家裁調査官の前では礼儀正しく、殊勝にふるまってみせる。

しかし薩摩伊知郎からは、まるで保身の念が感じとれなかった。

その尊大な態度は大げさで、芝居がかってさえいた。

——なにより気になるのは、彼の情緒不安定さだ。

きょときょとと泳ぐ眼球。強迫観念的とも言えるおしゃべり癖。落ち着きなく動く指さき。それに先ほどの、唐突な感情の爆発。

——どうやら伊知郎さん自身も、問題を抱えていそうだ。

自己愛性パーソナリティ障害か。それとも反社会性パーソナリティ障害か。

これは時間をかけるべきケースだな。そう判断した。人格障害の疑いがある父親。無力な母親。ひたすらに畏縮して育ったらしい、自尊心の低い息子。

先にも思ったように、ある意味で典型的である。それだけに一朝一夕で改善する関係ではない。

養育環境からさかのぼっていこう。白石は思った。

現在の治郎くんの性格が、いかにして形成されたか知る必要がある。

少年本人が変わらなければ、主犯から引き離したところで無駄だ。また別のいじめっ子にカモにされるだけだ。

よし方針が決まった、と白石は資料をめくった。

「お父さん、治郎くんは小学生の頃、不眠と不安障害で心療内科にかかっていますね」

「あ？　それがどうした。眠れないことくらい誰にでもある」

予想どおり、伊知郎はいやな顔をした。

「町医者に薬を出してもらっただけだ。べつに息子はおかしくなったわけじゃない。今回の事件とも、とくに関係ないぞ」

「もちろんです」

白石はうなずいた。

「ぼくが言いたいのは、優先すべきは治郎くんの心の安定だ、ということです。眠れないと人は不安になる。不眠そのものに追いつめられるんです。でも馴染みのあるお医者さんがいるなら、ありがたいですよ。その先生に協力していただきながら、みんなで治郎くんをサポートしていくのがいいでしょうね」

　精いっぱい穏やかに微笑みかけた。

　家裁調査官は担当少年のためなら、垣根を越えて各関係機関と協力し合える。ここが最大の強みだと白石は思っていた。医者はもちろん、小中高の教師、福祉職員、すべての専門家ならびに関係者から聞き取り調査し、協力を要請できる権利を持っている。

「では本日はこのへんで」

　白石は腰を浮かせた。

「忙しい中、お時間を割いてくださってありがとうございました。治郎くん、近ぢかまた来るからね」

　治郎はわずかに顎を引いた。うなずいたらしかった。

　結局最後まで、一言も発しないままだった。

＊　＊

——以上が、薩摩家を初訪問した日の顚末（てんまつ）だ。

白石はテキストをいっさい読みなおさず、誤字チェックもせず保存した。和井田宛てのメールにデータ添付し、「参考にしてくれ」とだけ記して送った。

すっかりぬるくなったビールを飲みほす。時計を見ると、午後十一時を過ぎていた。

まだ果子が帰る気配はない。

眠れる気がしないな――。つぶやいて、席を立った。

「今日だけ」と言い聞かせ、白石は二本目のビールを自分に許した。

6

翌朝起きると、テーブルにはいつものメモが残されていた。

〝ごちそうさま。瑛一くん来てたんだ？　会いたかった。果子〟

果子は和井田を「瑛一くん」と呼ぶ。昔からなぜかうまが合う二人なのだ。そのくせまめに連絡を取りあっている様子はないから不思議である。

朝食代わりのコーヒーを飲みつつ、白石は皿を洗った。

清掃用ワイパーで床を掃除し、いつもは昼食後におこなう筋トレを午前中にこなした。

しかし頭の中は、薩摩治郎とその家族のことでいっぱいだった。

――十年以上前に埋められたという人骨。

――監禁されていた二人の女性。

――鎖。首輪。ドッグフード。

少年の声が、またも耳の奥で再現された。

ぼくは犬だ、と言ったあの声。みずからを卑下しながらも、まるきり無感情に響いた平たい口調。

白石は自室のパソコンに向かった。ブラウザを立ちあげる。

専業主夫になってからというもの、白石はごく限られたサイトしか閲覧しないと決めていた。ブックマークは近所のスーパーや市立図書館のサイト、人気の収納術およびレシピサイト、サプリメントの通販サイトのみである。

ツイッターだのフェイスブックだのは手を出していない。ニュースはポータルサイトのヘッドラインだけ確認し、コメントのたぐいは見ないようにしていた。匿名掲示板や、そのレスポンスをまとめたアフィリエイトサイトはとくに避けた。

——あの一件以来だ。

あれ以来、白石は人の悪意に触れるのが怖くなってしまった。

そうなればもう、家裁調査官の仕事は務まらなかった。

白石は水戸家庭裁判所矢継支部で、少年事件を三年間担当した。転勤したのは四年目の春である。赴任先は、東京家庭裁判所本庁だった。

国家公務員なら転勤は当たりまえだ。わかっていて調査官になった。だが赴任先でのわずか半年の勤務で、彼の心は折れた。

以後、白石は妹名義のマンションで、専業主夫として暮らしている。

あれから約三年が経った。とはいえ、まだまだ心身のリハビリ中だ。回復しきってはいないと、和井田とのやりとりであらためて思い知った。

――いまのぼくが、この事件にかかわるべきではない。

そう頭ではわかっていた。しかし白石は『薩摩治郎　殺人　女性監禁』のワードで検索をかけた。

――約2，160，000件（0・48秒）

無機質な数字とともに、膨大な量の記事が表示される。

新聞社や週刊誌のウェブサイト。ポータルサイト内のブログ記事。ウィキペディア。匿名のレスを編集したアフィリエイトサイト。

白石は約十五分かけて、主な記事に目を通した。

彼が調査官として働いたのは、たったの三年半だ。担当した少年はけして多いとは言えない。だがそれだけに、ほぼ全員を覚えていた。
一、二度しか面接しなかった少年がいる。何度面談を重ねても手ごたえがなく、最後までわかり合えぬままだった少年もいる。
――中でも、薩摩治郎はどこか特別だった。

起こした傷害事件そのものは悪質と言える。とはいえ治郎は積極的に加担したわけではなく、むしろ被害者に近かった。印象に強く残るような少年ではないはずだった。――本来ならば、だ。

匿名掲示板では、事件への憶測や冷笑が飛びかっていた。

「薩摩の被害者はたった三人？　ありえねー。もっといるだろ」

「ホテルで殺されたのは復讐か？　それとも天罰？　義賊の仕業？」

「おれも女を監禁してみたい！　広い敷地、無職、金持ちの三拍子が揃えば可能ってことだな。不労所得生活者こそ現代の勝ち組」

「被害者が臭かったって報道に萎えたー。やっぱ三次元の女って糞だわ」

そのほかも殺人、首輪、陵辱と、不穏なワードがモニタにあふれる。

どうやら薩摩治郎が女性を首輪で繋いで監禁していたこと、庭から二体の人骨が掘りだされたことは広く報道されたようだ。

しかし「ドッグフード」「人肉」に言及している者はいなかった。報道規制がかかったのか、と白石は推測した。

つづいて雑誌社のウェブサイトに飛ぶ。

宅配業者や近隣住人の証言が、複数載っていた。

「ええ、あの家にはしょっちゅう配達してました。母屋じゃなく離れのほうに直接です。たいていはネット通販会社からの荷物ですよ。臭い家だなとは思ったけど、あんまり気にしてませんでした。本人がいかにもあれな感じだったし、風呂に入ってないんだろうなって……。監禁事件だなんて、ほんとびっくりです」

「犬を飼ってるんだと思いこんでました。だってドッグフードや水を、何度も箱買いしてましたからね。てっきりあの悪臭も、犬の臭いだとばかり。犯人ってあの離れに住んでた人なんですか？　印象？　ものすごく愛想の悪い人でしたよ」

「ああ治郎ちゃんねえ。子供の頃はいい子だったけど……。いつの間にか、あんな感じになっちゃいましたね。とくにお父さんが亡くなってからは、人が変わったみたいでした。奥さんも扱いに困っていたようですよ。たまに出歩いているのは見かけましたが、ええ、挨拶なんかしてもらったことないです」

近隣の証言は、どのウェブサイトでもほぼ一致していた。

いわく、母親を殴っていたようだ。いわく、滅多に姿を見かけず、コンビニなどへ行くときしか外出しなかった。いわく、ちいさい子がいるご家庭は怖がっていた、等々。

治郎に同情的なニュアンスは皆無と言ってよかった。

白石はマウスを離した。指でこめかみを押さえる。

――ぼくは犬だ。

十七歳の、薩摩少年の声がよみがえった。

――ぼくは犬だ。犬だ。犬だ。犬だ。犬だ。犬だ……。

少年は憑かれたように繰りかえし、壁に頭を打ちつける。制止しても止まらない。額が割れ、血が流れてもなお、薩摩治郎は繰りかえしていた。ぼくは犬だ――。

自虐的なその声に、別の少年の声が重なる。

――ビッチ。

対照的と言っていい、侮蔑に満ちた声音だ。

——ケツをこっちに向けろよ。雌犬。

白石はきつくまぶたを閉じた。

こめかみの脈動がおさまるのを待つ。どくどくと痛いほど鳴る血のざわめきが、鎮まるまで無言でじっと待つ。左の手首に右手を当てる。

ようやく脈が平静になったのは、たっぷり二分後だった。

ブラウザを閉じる。パソコンを再度スリープ状態にする。

デスクの抽斗を開けた。古いスケジュール帳やメモ帳、文具をかき分けて、白石はプラスチックの小箱を取りだした。

退職の際、返却しそこねた名刺の箱であった。

7

中学生の薩摩治郎を診た精神科医は、さいわい白石を覚えていた。

電話口の声は、記憶のままの滑らかなバリトンだった。

「ああ、あのときの調査官の方ですね。……治郎くんの件は、非常に残念です。通院をつづけてくれていたらと、いまさらながら悔やまれますよ」

「まったく同感です」

白石は彼に「退職した」とは告げなかった。

「じつは彼に関して、今回もぜひ先生のご意見をお聞きしたくご連絡しました。急なことで申しわけないのですが、今日か明日で、空いている時間はございますでしょうか？」

と慇懃に訊いただけだ。

医師が答える。

「外来は午前十二時で受付を締めきります。遅くとも二時までには診療が終わりますから……そうですね。午後の診療まで、三十分ほどなら時間を取れると思いますが、どうでしょう？」

そうして白石はいま、古塚市の『メンタルクリニック早瀬』にいる。

ひさしぶりに締めたネクタイのせいで、喉もとが窮屈だ。体形を保っておいてよかった、と白石はひそかに安堵した。身に合わないスーツでは、「着慣れていないな」とすぐに見抜かれてしまう。

院長の早瀬医師は紳士然とした、六十代後半とおぼしい男性だった。七年前よりいくらか痩せ、いくらか白髪が増えたようだ。彼は縁なしの眼鏡をずりあげて、

「このたびのことは、わたくしどもにとっても残念な事件です。担当の少年が成人後も、調査官のお仕事は終わらないんですね。ご苦労さまです」

と生真面目に言った。

白石の良心がずくりと疼く。なんとか押しころして、

「検察は、あらゆる材料をほしがりますから」

とだけ答えた。この返答なら、すくなくとも嘘ではない。

「治郎くんの試験観察を終える際、こちらでの〝診療の継続〟を条件にしたかと記憶しております。――あれ以後の彼について、おうかがいしてよろしいでしょうか」

「ええ。ですが……」

目に見えて、早瀬の顔が曇る。

「あまり、ご期待にそえる情報はないかと」

「通院はつづかなかったのですか？」

白石の問いに、医師は眉根を寄せた。

「一箇月ほどは、約束どおり毎週通ってくれました。しかし二箇月目から、二週に一回になり、一月に一回になり……。急かすのはプレッシャーになるかと、様子見していたのがまずかったようです。気づけば彼は、高校を辞めて引きこもっていました」

ため息をついて、

「最後に会ったのは、お父さんの葬儀でです。『いつでもクリニックに来てくれ』と声をかけたんですがね。治郎くんは顔も上げませんでした」

「お父さんは――伊知郎さんは、いつ亡くなられたんです？」

「確か四年前ですね。不幸な事故でした。松の枝ぶりを見ようとしたのか、脚立から落ちて、庭石に頭をぶつけたんです。出入りの庭師が早朝に発見しました。すでに伊知郎さんは昏睡(こんすい)状態で、異常ないびきをかいていたそうです。救急車で搬送されたものの、意識が回復しないまま亡くなりました」

頭蓋内出血か脳挫傷(ざしょう)かな、と白石は考えた。四年前ならば、死亡時の年齢は七十七歳か。

――ということは、当時の治郎くんは二十歳だ。

成人した彼は、父親の死をどう受けとめたのだろう。

「こういう訊きかたは、よくないでしょうが」

白石はためらいがちに問うた。

「伊知郎さんは、その……亡くなるまで、お変わりなかったですか。つまり、治郎くんとの関係は」

「大きな変化はなかったようです」

早瀬医師は答えた。

「まあ、あの人のことはしかたがないでしょう。伊知郎さんはすでに七十を過ぎて、人格が形成されきっていました。それにわたしどもの患者は、あくまで治郎くんです。彼のほうから積極的に父親との距離を変えていれば、と思いますね。勝手を承知で言えば、彼はもっと早く実家を出るべきでしたよ」

「当時も、先生と何度かお話ししましたね。薩摩家の親子関係について」

あの頃、早瀬医師と白石の意見はほぼ一致していた。薩摩治郎の無気力さや自尊心の低さは、親からの過度の抑圧によるものだ。物理的にも精神的にも距離を取らせるべきだ、と。

「伊知郎さんは、ライウス・コンプレックスだったのかもしれません」

早瀬はしんみりと言った。

ライウスとは、ギリシア悲劇の主人公、エディプス王の実父である。「汝(なんじ)の息子は父である汝を殺し、母を娶(めと)るだろう」との神託を聞き、ライウスはわが子を恐れて山に捨てた。しかし息子エディプスは生きのび、やがて神託どおりに父を殺す。有名な〝エディプス・コンプレックス〟の語源である。

「エディプス・コンプレックスは、『父と同一化を望みながらも対抗する』という、男児のアンビヴァレントな心理を指します。それに対し、ライウス・コンプレックスは『いずれ自分を、越えていく息子への恐れと反感』を意味します。老いた父は権力を奪われまいと支配力を強め、わが子の成長を阻む……」

早瀬医師は額を撫でた。

「気持ちはわからなくもないんですよ。わたしにも、息子がいますからね。息子の成長は嬉(うれ)しい。反面、同時に自分の老いを気づかされて寂しい。そんな心理は誰にだってあります。だが、伊知郎さんは……我が強すぎたんでしょうな」

「資産家の生まれで、甘やかされて育ったそうですから」

白石は相槌を打った。

「ええ。あの人は祖父母に育てられたんですよ。俗に言う『年寄りっ子は三文安い』ってやつです。可愛がられるばかりで、ほとんど叱られないから、わがまま放題に育ってしまった。わたしは伊知郎さんとは十五歳違うんですがね。それでも彼の悪評は、よく耳にしましたよ」

早瀬がかぶりを振って、

「いや、すみません。故人の悪口はいけませんな」と打ち消す。

「では、治郎くんの話に戻しましょう」

白石は言った。

「この七年、彼はまれにコンビニなどへ行くほかは、引きこもり同然の生活を送っていたそうですね。ほとんど外界とは交わらず過ごしてきた」

「そのとおりです。わたしはてっきり、治郎くんは鬱状態だろうと思っていました。社会不安障害や、パニック障害も併発しているのだろうと」

「しかし鬱状態にある人間は、あんな殺人を犯しません」

「ですね」

早瀬は顔をしかめた。

「こんな言いかたは失礼ですが、殺人でなく女性との心中ならば、驚きはなかったでしょう。心中は一種の拡大自殺です。そして鬱症状は、自殺願望を誘発しやすい。だが複数の女性を監禁し、さらに殺害したとなると――」

言葉を切る。

不可解だと言いたいのだろう。白石も同意だった。

「それはそうと、あの伊知郎さんが、よく高校を辞めさせたものですね」

「いや、伊知郎さん自身が退学させたんだそうですよ」

「ほう」白石はすこし驚いた。

薩摩伊知郎は見栄っ張りだ。一人息子が高校中退だなんて、「世間体が悪い」と激怒しただろうと思っていた。

「あの人はほら、衝動で動くかたでしたから。ある日急に『薩摩家から縄付きを出したなんて、末代までの恥だ。二度と表を出歩くな。学校も辞めさせる』と言いだしたんだそうです。これもまた、彼のライウス・コンプレックスが原因かもしれませんね。伊知郎さんは、治郎くんを孤独にさせておくのが好きだった」

「子供の頃から、そうだったとお聞きしました」

白石はうなずいた。

「治郎くんが学校の友達を家に呼ぶのも、遊びに行くのも許さなかったと」

ありし日の薩摩伊知郎を彼は思い浮かべた。

小学生の息子から友達を遠ざけたことを、伊知郎は恥じるどころか誇らしげに語っていた。

ガキの好きなようにさせるなんて、馬鹿のやることだ。やつらはまだ右も左もわかってやしないんだから、親が導いてやるのは当然だ——と。

「でもね、治郎くんにも小学校の五、六年生あたりは、人並みに仲のいい友人たちがいたんです。〝仲良しグループ〟ってやつですね」

早瀬は低く言った。

「その頃、伊知郎さんが海釣りにハマって、朝から晩まで家を留守にしていたのも好都合でした。でも飽きて家にいるようになってからは……おわかりですよね。あの調子で、息子の友人関係をぶち壊してしまった」

「なるほど。想像は付きます」

白石は首肯した。

〝仲良しグループ〟とやらの話は初耳だ。だが不思議ではなかった。当時、治郎はろくにものを言わなかった。七年前の白石と早瀬医師は、父子関係ばかりを問題にしていた。

「伊知郎さんは、子供がお嫌いでした。とくに男児を忌み嫌っていましたね。たとえば薩摩家の塀から、松の枝が突き出ていたとします。その枝を外から男の子が見上げていただけで、伊知郎さんは真っ赤になって怒鳴るんですよ。白石さんもご存じでしょう。ほら、例の『馬鹿ガキがっ、糞ガキっ！』です」

と苦笑した。

白石も同じく苦い笑みを返す。

あの屋敷に通っていた間、何度も聞かされたフレーズだ。なにかと言えば『この馬鹿がっ！　馬鹿ガキ！』、もしくは『糞アマ！』だった。

息子を『馬鹿ガキ』と怒鳴り、妻を『糞アマ』と罵りつづけた伊知郎には、自分以外のすべてが愚鈍に見えていたのだろうか。

「伊知郎さんは、彼らをこっぴどく家から叩きだしました。まるで、犬ころでも追い立てるようにね」

早瀬医師がつぶやく。その言葉に、思わず白石はぎくりとした。

――犬。

脳内で少年の声がする。

ぼくは犬だ。犬だ。犬だ。犬だ。犬だ。犬だ……。

「あの頃の治郎くんは、何度も言ってましたよ。『ぼくは犬だ』と」

「ああ、わたしも聞いたことがあります」

早瀬が首肯する。

「自分は無力だ、と言いたいときに使っていたようですね。『ぼくは犬だからなにもできない』だの、『犬は檻で死んでいくしかない』といったふうに」

「檻で……」白石は呻いた。

早瀬医師も、はっと口をつぐむ。監禁事件との相似に気づいたのだろう。犬。檻。死。

無力感。檻で死んでいくしかない、という不吉な言葉――。

　ノックの音がした。扉がわずかに開く。

「先生、そろそろ午後の診察です」

　顔を覗かせたのは年かさの看護師だった。早瀬医師が片手を挙げ、

「ああ、いま行く」と応える。

「すみません。長々とお時間を取らせてしまって」

　白石は頭を下げた。

「いやいや。こちらこそ、あまりお役に立てませんで」早瀬医師が手を振る。

　早瀬は数秒の沈黙ののち、

「彼の名誉のためにというか……最後にひとつだけ。治郎くん自身は、けして動物が嫌いじゃありませんでした」

　と付けくわえた。

「ほんの一時期ですがね、アニマルセラピーで猫と触れ合わせたことがあるんです。猫を抱いた彼は、じつにいい顔で笑っていました。治療をつづけられていたら……と、つくづく悔やまれますよ」

8

つづいて白石は、薩摩家の元庭師である善吉と再会した。

「ああ、家裁の人か。おひさしぶり」

早瀬医師と同じく、善吉も白石を覚えていてくれた。

一昨年に引退し、家業は孫に継がせたという。自慢の庭を背にあぐらをかいた姿は、いかにも悠々自適のご隠居といったふうだった。

「あんた、歳とらないねえ。ちっとも変わらないじゃないか。こっちはすっかり爺いになっちまったってのにさ。イケメンは得だね」

とお追従まで言う。変わらないのは引きこもっていたせいです——との言葉を、白石はすんでのところで呑みこんだ。

「このたびのことは、善吉さんもさぞ驚かれたでしょう」

と、お茶を啜って無難に切りだす。

善吉は頭を振った。

「驚いたなんてもんじゃないよ。坊ちゃんが刺されたこともだけど、まさかあの離れに女の人が閉じこめられてたなんてなあ。かわいそうだし、なんで気づいてやれんかったかと、申しわけなくもあるし——。正直言って、坊ちゃんと女の人たちと、どっちを気の毒がっていいのかわからんよ」

「きっとみなさん、そう思っているでしょう」

白石はひかえめに認め、湯呑を置いた。

「ところで、あの離れはいつ建ったんですか？　ぼくが七年前に訪問したときは、なかったようですが」

「いやいや、昔からあったさ。竹林でうまいこと隠れてるから、ぱっと見にわかりにくいだけでね。建ったのは、えーと、四十年ほど前か。旦那さまが、最初の奥さまと結婚なさってた頃だよ」

「客間代わりにしてたんですか？」

「いやあ。もとは麻雀用の小屋として建てたんだ。町の雀荘だと、ほら、警察の手入れがあったりして面倒だろう」

「伊知郎さんは、麻雀がご趣味でしたか」

「いっときだけね」善吉が苦笑する。

「なにしろ金と暇を持てあましてる人だ。競馬だの船だのバイクだのと、いろんな趣味に手を出しては放りだしてたよ。麻雀だって、あんな小屋まで建てといて、五年と経たずに飽きちまった。しかし地下室があるとは、さすがのおれも知らなかったな」

「庭に死体が埋まっていたそうですね。十年も前から」

白石の言葉に、元庭師の頬が強張る。

「手入れをしていて、気づきませんでしたか」

「……これは、言いわけになるが」

喉に引っかかるような声で、善吉は言った。

『離れのまわりは、簡単な草むしりだけでいい』と旦那さまに言われてたんだ。竹林はもちろんだが、あのへんには茗荷(みょうが)やら韮(にら)も生えてくるんでね。除草剤は撒(ま)くなと言われてた。それがまた、まるまると太ったいい茗荷で……」

はっと口をつぐむ。

白石は聞こえなかったふりをした。まるまると太った茗荷。韮。竹林。土中の肥料は、いったいなんだったのか。

白石は話を変えた。

「そういえば、お孫さんが家業を継がれたんですね」

「ああ」

善吉が、ほっとしたようにうなずく。

「では薩摩家の庭は、お孫さんが引きつづき手入れを?」

「三年前から孫に任せてるよ。とはいえ、やっぱり離れのまわりは草むしりだけだったらしい。奥さまに『息子が怒るから、離れにはあまり近づかないで』と再三注意されてたんだ。おれのときと同じ――いや、もっと頻繁に言い含められていた」

「治郎くんの機嫌をそこねたくなかったんですね、志津さんは」

「だろうな。殴られて育った子は殴る大人に成長する、なんてよく言うが、坊ちゃんがまさかそうなるとはなあ。虫も殺せない、おとなしい子だったのに」

　ため息が苦かった。

　白石は質問をつづけた。

「善吉さんは、志津さんが気づいていたと思いますか？　離れの地下に、複数の女性が監禁されていたと」

「思わんね」即答だった。

「奥さまは耳が遠くなっておられた。何度も殴られたのと、ストレスが原因だそうだ。嘆かわしい話さ。旦那さまが亡くなって暴力から解放されたはずが、今度は実の息子に殴られるなんてな。考えるだにしんどいよ」

「治郎くんは、いつから離れに住んでいたんです？」

「旦那さまの四十九日を終えてすぐかな。あそこに住みついてから、とんと姿を見なくなったね。たまに近所のコンビニに行ってたようだが、それも陽が落ちてからのことさ。最近は通販商品を届ける宅配業者と、奥さましか近寄れなかったようだ」

「宅配業者は母屋でなく、離れに直接配達していたんですね？」

「ああ。水だの缶詰だのを、段ボールで何箱も買いこんでたからね。インターネットを使って、カード決済で買っていたらしい。奥さまが『わたし名義のカードで、治郎がどんどん買ってしまうから困るわ。限度額なんか気にもしないんだから……』と半べそで愚痴ってたっけ」

　そう言ってから、善吉が「インターネットといえば」ぽつりとつぶやく。

「坊ちゃんが、またいじめられてたって可能性はないかな」

「は？」

　白石は聞きとがめた。

「いじめですか、誰に？」

「いやさ、いまどきのインターネットじゃ、誰とでもすぐ会えるんだろう？　だからそういう手段で知りあった誰かにいじめられて、無理やり女の人の監禁場所を提供させられた――なんて、考えられんかね。それでややこしいことになったから、坊ちゃんは口封じに殺された、とか……」

　善吉は、禿げあがった額を何度も掻いた。

「だって治郎坊ちゃんはさ、あんなことができる子じゃないよ。おとなしい子だったんだ。勉強ができて、行儀のいい優等生だった。旦那さまがあんまり叱るもんだから、ちょっとずつおかしくなっていったけど……。もとは、そりゃあ出来のいい子だった」

　切なげな口調だった。白石は、静かに言った。

「伊知郎さんは、治郎くんの友達を追いはらってしまったそうですね」

「そうなんだ」

　善吉が洟を啜る。

「坊ちゃんが中学生になるちょっと前かな。旦那さまが釣りに飽きて、いつも家にいるようになったんだ。旦那さまは『うるさい、邪魔だ。馬鹿ガキが！』ってしつこく怒鳴って、みんな追いだしちまった。たいした剣幕だったよ。それでもぽつぽつ通ってくれる子はいたけど、紅葉が赤くなる頃には、ぱったり見なくなったな」

「どこの子だったか、わかりますか」

「わからん。すくなくとも、うちのお得意さまの子じゃあなかった」

善吉は天井を仰いで、

「ああ、あの子たちが、坊ちゃんとずっと仲良くしてくれてたらなあ。そしたら家裁の世話になるような事件は、起こさなかったと思うんだ。高校も辞めずに済んだだろうさ。あんな恐ろしい監禁事件だって、きっと……」

片手で顔を覆った。

「……子供には、友達が必要だよ。なのになにもかも取りあげて、一人にさせて……。旦那さまは、罪なことをなすったもんだ」

語尾が湿って揺れる。

「そういえば、庭に倒れていた伊知郎さんを発見したのはあなただそうですね」

白石が問う。

びくり、と善吉の肩が跳ねた。発見したときのことを思いだしたのか、双眸に怯えが浮いた。

「ああ。——あれも驚いたよ。おっかなかった」

「庭に入ったときは、すでに伊知郎さんは倒れていたんですか」

「そうさ。松の下で、くの字になって転がってなすった。大いびきかいてたよ。おれぁ学はないが、倒れていびきをかくのが危ないってことくらいは知ってる。息子に持たされた携帯電話で、急いで救急車を呼んだんだ」

「伊知郎さんは脚立から落ちて、庭石で頭を打ったそうですね。しかし落ちた瞬間は、目にしていないと？」

「まあ、見ちゃいないが……けど、馬鹿でもわかるよ、そばに脚立が倒れてたし、庭石には血が付いてた。旦那さまは、せっかちで我慢のきかないかただったからなあ。『早めに来い』と電話一本くれりゃあ、いつでも駆けつけたのにさ。結局は、あのせっかちさが身を滅ぼしたんだな」

顔をゆがめる善吉に、白石はさらに尋ねた。

「ほんとうに、事故だったんでしょうか」

「え？」

「だって伊知郎さんが脚立から落ちるところは、誰も目撃していないんですよね？　でしたら脚立などは、偽装の可能性だって」

「いやいや」

善吉は手を振った。皺ばんだ顔が、目に見えて引き攣っている。

「あんたもそんな、なんでもかんでも疑やぁいいってもんじゃないよ。あれは間違いなく事故さ。警察がちゃんと調べたんだ。その上で事故と決着したんだから」

「ですよね。警察は捜査したでしょう」

白石はうなずいた。「自宅での変死ですからね。専門家が遺体を見分した上で、伊知郎さんの死を事故と断定した」

「そうさあ。おれだっていろいろ訊かれたよ。お巡りは、ご近所にもくまなく話を訊いてまわってた。きっちり仕事してたよ。このおれが保証する」

善吉は言いきってから、

「……でもまあ」

ふっと声を落とした。

「まあ、調べるのも疑うのも当然さな。なにしろ旦那さまはほら……ああいう人だったから。敵がすくなくなかったからね」

あんたもわかるだろう？　と言いたげな響きだった。

白石は「ですね」と調子を合わせた。

「それに伊知郎さんの敵といえば、例のあの人がいるじゃないですか。ええと、名前をど忘れしましたが……きっとあの人も、念入りに調べられたんでしょうね？」

われながら下手な鎌かけだった。しかし善吉は、

「おう、不動産屋の禿げ親父な」

と間髪を容れず反応した。

「確かにあいつはうさんくせえや。旦那さまと何度も揉めていなすった。警察も、いの一番に疑ったようだがね。でもあの朝、あいつにはアリバイってやつがあってさ」

「その人じゃないです。あっちの、ほら……」

白石がさらに誘導すると、

「ああ」

元庭師ははっきりと顔をしかめた。

「そうか。……あんた、大須賀さんの件まで知ってたのかい。やさしげな顔しといて、やっぱ油断ならねえな。あんな古い話まで掘り起こすとは」

「家政婦さんに聞いたんですよ」

白石は嘘を重ねた。

「ところで大須賀さんは、そうとう伊知郎さんを恨んでいたようですね」

当てずっぽうでつづけてみる。さいわい的をはずしていなかったようで、

「そりゃ無理もないさ。あそこん家は、旦那さまとアレしてからというもの、不幸つづきだったから」

と善吉は嘆息した。

「金の切れ目が縁の切れ目って言うけど、ほんとだよ。金がなくなった途端、ほかの全部も失くしちまう。積みあげるのは時間がかかるが、失くすのは一瞬だからな」

「ええ。運命とは怖いです」

あたりさわりなく相槌を打つ白石に、「まったくだ」と善吉は首肯した。

「大須賀さん家は、代々ここに住んでたんだぜ？　ひいじいさん、いや、ひいひいじいさんの前の代から根を下ろしてなすったんだ。それをあんな、夜逃げ同然に故郷を追われてさ……。口さがない連中は『薩摩家にかかわったせいだ。疫病神にとっ憑かれたんだ』なんて噂したもんだ」

横を向いて、低く付け足す。

「……いや、神は神でも犬神（いぬがみ）か」

「は？」

白石は片眉を上げた。

「いやあ、いまのはなし、冗談冗談」

善吉が打ち消すように両手を振る。

「まあとにかく、旦那さまは間違いなく事故死さね。日本の警察は優秀なんだ。あんただって同じ公務員じゃあないか。そこまで勘ぐるもんじゃあないよ」

第二章

1

まぶたを薄く開けただけで、白石の視界はいっぱいの光で満たされた。

カーテン越しにも文句なしの晴天だとわかる。同時に寝坊したことも悟る。朝の九時に、太陽がこの角度で射しこむわけがない。

あくびを噛みころしながら、白石はリヴィングに入った。

テーブルに残された果子のメモを読む。

〝お兄ちゃん、具合悪いの？　お米炊くの失敗してたよ。風邪なら無理しないで〟

慌てて白石は炊飯器を開けた。

がっくりと肩を落とす。昨夜研いでセットした米は、つやつやの炊きたて白飯ではなく、ぐちゃぐちゃの粥状に成り果てていた。

どうやら二合の米に対し、三合ぶんの水で炊飯してしまったらしい。なんという初歩的な失敗か。専業主夫も四年目だというのに、不甲斐なさに身が縮む。

白石は反省しながら、各部屋に掃除機をかけ、昨日サボった洗濯をした。せっかくの晴天だからとシーツや綿毛布を洗い、布団を干した。窓ガラスを拭き、ベランダ菜園の手入れをした。

BGM代わりのテレビを横目に、果子のシャツにアイロンをかける。

昼のワイドショウがはじまった。

いつもなら消すか、チャンネルを替えるところだ。だがその日はあえてそのままにしておいた。目はアイロン台に据えたまま、耳だけをそばだてる。

トップニュースは沖縄の基地移設問題だった。つづいてイギリスの総選挙がどうの、EUがどうのと進行していく。

しかし薩摩治郎の名は出されなかった。とくに事件の続報がないせいだろうか、監禁事件のかの字も流れない。

CMを挟んで、番組は薬物使用で捕まった元アイドルの話題に切り替わった。

——とうに飽きられた話題なのかもしれない。

そう思った。治郎が殺され、彩香が発見されたのが今月の十二日。二体の人骨が掘り起こされたのが翌々日だ。すでに十日近くが経っている。市井の人びとにとっては、きっと消費し尽くされたニュースなのだろう。

そういうものだ。白石は口の中でつぶやく。

人の噂も七十五日。風聞はすぐに飽きられ、消える。忘れることができないのは、いつだって直接かかわった者たちだけだ。

——そして傷を癒やせぬまま、当事者は取りのこされる。

白石はアイロンを置いた。

午後からは、愛用の自転車を駆って図書館へ走った。そういえば返却期限が今日だと、はたと気づいたのだ。

予約本を含む六冊を借りた帰り道で、行きつけのパン屋にさしかかる。

焼けた小麦とバターの匂いに、胃が鳴った。今日はじめて覚える空腹感だ。ついふらふらと、誘われるように入店してしまう。

この店はセルフサービスでパンを取っていくのではなく、ガラスのディスプレイ越しに注文するケーキ屋形式である。馴染みの店主と挨拶を交わし、お薦めを尋ねながら購入した。袋を抱えて店を出たのは、約十分後だった。

キャベツの千切りをたっぷり挟んだカツサンド。ツナとポテトサラダのバゲットサンド。果子の好きなベーコンエピ。さくさくのカレーパンは揚げたてで、袋越しにも温かかった。

空腹のせいか、つい買いすぎてしまったようだ。冷めないうちに、と白石は急いで帰宅した。

まず自転車をたたんで玄関にしまう。次にコーヒーを淹れなおす。脱いだジャケットをハンガーにかけ、果子のためにベーコンエピを取り分ける。よし、温かいうちにさあパンを、と意気ごんだところで。

チャイムが鳴った。

このタイミングはもしや――。思わず眉根を寄せる。

いやたぶん当たりだ。こういう最悪のタイミングで来訪するやつは一人しかいない。

モニタを確認せず、白石は玄関扉を開けた。

「やあ和井田」

予想どおり、立っていたのは和井田瑛一郎だった。

「なんの用だ。済んだら帰れよ」

「用はない」

和井田はむっつりと言った。珍しく、左手に大きな黒革のバッグを提げている。

「無料のコーヒーを飲みに来ただけだ」

「もっと悪い。帰れ」

追いはらおうと白石は手を振った。だが、和井田がいち早くその手を摑んで止めた。

顔を近づけ、彼が耳もとでささやく。

「――おまえ、薩摩家の元庭師に会っただろう」

白石はぎくりとした。和井田がせせら笑う。

「好青年ぶって、うまく話を聞きだしたようだな。警告してやる。いまのおまえが国家公務員を名乗るのは、軽犯罪法第一条十五号の資格詐称にあたるぞ」

「名乗ってない」

白石は反駁した。

「正直言えば、昔の名刺は持っていった。……でも渡していないし、すくなくとも現職だとは言わなかった。それに、なんらの金銭的利益も得ていない」

「大声を出すな。ご近所に与える騒音も静穏妨害罪だぞ」

和井田は靴を脱ぎ、白石を押しのけるようにして上がりこんだ。リヴィングに入り、湯気のたつコーヒーとパンの袋に目を落とす。

白石は慌てた。「待て和井田」

「なんだ」

「おまえこそ現役の公務員だろう。いまそれを食ったら問題になるぞ。ぼくの資格詐称を問うどころか、口封じの賄賂を受けとったと見なされ――」

「うるせえ」和井田は一喝した。

どっかりとソファに座り、カレーパンにかぶりつく。美味いな、とひとりごちながら、咀嚼の合間に忙しくコーヒーを呷る。

しかたなく白石はキッチンに戻り、自分のコーヒーを注ぎなおした。バゲットサンドを手に、旧友の斜め前へ腰を下ろす。

「おまえな、人の昼食まで邪魔して楽しいか？」

「なにが昼食だ、もう二時だぞ」

和井田は壁の時計を顎で指した。

「生活リズムの遅いおまえが悪い。……とはいえ、おれも今日は昼メシにありつけなかったんでな。ちょうどよかった。うん、こいつはなかなか美味い」

早くもカレーパンを食べ終え、つづけてカツサンドの袋も破る。

「それより、元庭師となにを話してきたかを吐け。早瀬とかいう精神科医ともだ」

「そっちが本題か。おまえ、さっき用はないと言わなかったか？」

「嘘だ」和井田がしれっと言う。

白石はため息をついた。

「早瀬先生と会ったことまで知ってるのか」

「当たりまえだ。捜一（ソウイチ）の情報収集力を舐（な）めるなよ」

和井田は白石の鼻先に指を突きつけた。

「というわけで、おまえはおれに隠しごとなんかできん。物理的にも性格的にもだ。御託はいいから、おれが食い終える前に全部ぶちまけてすっきりしちまえ」

観念して、白石は話した。

もとより情報を隠そうと企（たくら）んでいたわけではない。早瀬医師と、元庭師の善吉。両者と交わした会話を、あらいざらい打ちあけた。

「……なるほどな」

すべて聞き終え、和井田はソファにもたれてうなずいた。

「元庭師の爺（じい）さん、おまえには機嫌よくべらべらしゃべったようだ。調書によれば警察相手にゃ口が重かったようだが……。よし、よくやった」

「和井田に誉められてもな」

白石は不機嫌に言った。「べっに、警察のために訊いたわけじゃない」

和井田はそれを無視して、

「マル対が――マル害つまり薩摩治郎を刺したと見られる男が、ホテルの防犯カメラ映像で特定されたぜ」

無造作に言った。

「治郎が入室する二十分前に、二階下の客室にチェックインしてやがった。サインした姓名は『田中太郎』。バイク用のゴーグルとスキングローブをはめ、マスクで鼻の上まで隠していた。そのくせ駐車場および駐輪場のカメラには写っていない。いでたちとは逆に、バイクじゃなく徒歩で来たようだ」

「そんな風体で、よくあやしまれなかったな」

「前にも言ったとおり、デリヘルがよく呼ばれるホテルなのさ。ホテルマンいわく『マスクとサングラスで顔を隠すお客は珍しくありません』。おかげでマル対については上背と体型くらいしかわからん。身長は百七十センチを切るくらいで痩せ形。言葉は流暢で、なんの訛りもなかったそうだ。精算は室内の自動精算機で済ませ、無言でフロントに鍵を置いて帰った。フロント精算か室内精算か選べるシステムなんだそうだ」

和井田は食べ終えたカツサンドの袋を丸めた。

「マル対の足どりは、その後不明だ。次の防カメ地点で撮られる前に、目立つゴーグルやスキングローブ、マスクははずして捨てたようだな。上着もだ。ホテルの仕組みや防カメの位置を、きっちり把握した上での犯行と言える。完全に計画的だ」

「となると、やはり監禁事件がらみか」と白石。

「その線は濃い。だがまだ詳細はわからんし、なにひとつ断定できん。くわしい事情は、捕まえてから聞いたほうが早いかもな」

「そもそもそいつは、どうやって治郎くんをホテルまで誘いだしたんだ？」

　白石は首をかしげた。

「事前に連絡できたなら、そいつは彼の個人的な電話番号やメールアドレスを知る相手ってことになる。そんな人物は、ごく限られていたんじゃないのか」

「そこだ」

　和井田は指を鳴らした。

「マル害は携帯通信機器を持っていなかった。スマホもケータイもなしだ。離れには固定電話すら設置されていなかった。外部との通信手段は、デスクトップパソコンを経由したインターネットのみだった。該（ガイ）パソコンはむろん捜査本部が押収し、ここ一年の通信履歴を取得済みだ」

「じゃあその履歴で、治郎くんのすべては丸裸ってわけだな」

「と思うだろ？　だが実際には、やつをおびきだした手段がいまだにわからんのだ」

和井田は吐き捨てた。

「マル害があの日、誰に、どんな通信手段で、どう言われてホテルまで出向いたのか、さっぱりだ。マル害は引きこもり同然だった。出歩くのは深夜から明け方まで。行動範囲はコンビニと、二十四時間営業のレンタルショップくらいのものだ。コンビニ店員によれば『一度も口をきいたことはない。商品をあたためますかと訊いても、うなずくか首を振るだけだった。声を聞いたことすらなかった』そうだ」

派手に舌打ちする。

「まあ通信履歴を取ったのは無駄じゃなかったがな。北畠彩香および稲葉千夏と、マル害との接触はプロバイダ経由で確認できた。間違いなくマル害が、一連の監禁事件の主犯、かつ単独犯だ」

「……七年前の治郎くんは、女の子とは無縁の少年だった」

白石はつぶやいた。

「本人が引っ込み思案なのももちろんだが、父の伊知郎さんが許さなかったんだ。彼は治郎くんに、彼女どころか友達さえ作らせなかった」

「そのようだな」

和井田が同意する。

「とはいえネットで検索すりゃあ、基本的な会話マニュアルくらい学べる時代だ。実際にログを確認するとわかる。マル害は彼女たちに、毎回同じ台詞(せりふ)を送っていた」

——大丈夫？

——つらいことでもあった？　おれでよかったら、話聞くよ。

——車あるし、一時間もあればそっちに着くよ。

「彼女〝たち〟ということは、ほかの女性とも治郎くんは接触したんだな？」

「ああ。ネットを介して五十人強とコンタクトを取っていた。しかし九割は、店の外から確認するだけで立ち去ったようだ。やつの好みじゃなかったんだろう。実際にさらったのは例の二人だけだ。……おい、そろそろ本題に入るぞ」

和井田が前傾姿勢になった。

「白石、おまえは臨床児童心理学のエキスパートだ。監禁中に北畠彩香は、稲葉千夏から生い立ちその他を聞きだしている。たまに正気に戻ったとき、千夏がぽつぽつと自分から話したらしい。稲葉千夏は家出常習犯だった。周囲にはいわゆる非行少女だと思われていた。だが詳細を知れば、ただの非行じゃあなかったとわかる。だからこそ、おれはおまえの意見を聞きたい」

「いや待て、待ってくれ」

白石は和井田を手で制した。

「言っただろう。ぼくはもうプロじゃない。国家公務員でもなく、警察に協力する義務や権利もない。それに一線をしりぞいて、すでに三年が経っている」

「だとしても、薩摩治郎に関してはおまえが一番くわしい」

和井田はさえぎった。

「稲葉千夏はその治郎に誘拐され、半年以上監禁された。その上、殺されて挽肉(ひきにく)にされたんだぞ。たった十八歳の少女がだ。その事実におまえはなんとも思わんのか」

バッグを開け、白石の胸に紙束を押しつける。

コピーされた事件資料の束であった。

「おれは、申しわけないと思っているぞ」

和井田が言葉を継ぐ。

「公僕としても、一人の大人としてもだ。なぜ助けてやれなかったのかと、心の底から悔いている。白石、おまえはどうだ。すこしでもおれと同じ気持ちか。だったらその資料に目を通せ。警察のためじゃねえ。稲葉千夏のためにだ」

白石は、数秒迷った。

どうする？　と自分への問いが湧いてくる。

早瀬医師や善吉に会ってさえ、まだ心のどこかで決めかねていた。いつでも引きかえせると思っていた。

だがこの資料を見てしまえば違う。白石は稲葉千夏に対し、責任が生じる。他人の人生を覗(のぞ)き見ておいて、はいさようならと背を向けることはできない。

もし家裁調査官だった頃なら、ためらいなく見ただろう。

しかし、いまの自分ならどうだ。

──おまえは殺された少女の人生を背負えるのか。いまの、弱く脆いおまえが。

手が震えた。

だが白石は結局、資料をめくった。コピーしたばかりなのか、紙は手が切れそうに新しかった。

2

死体で発見された家出少女こと稲葉千夏は、群馬県支倉市大字門塚に生まれた。両親は同じく群馬県出身。二歳上の兄がいる。

長子である兄は、出産時の事故により足に障害があった。母親は夜も昼もなく息子の世話に追われた。父親は第二子をほしがったが、

「まだ二人目の子供なんて考えられない。それより目の前の息子のことを考えて」

と母親は拒みとおした。

しかしある夜、酒に酔った父親は避妊なしで妻を犯した。

その結果できた子が、千夏だ。

父親は堕胎を許さなかった。母親は産むべきか悩みながらも、息子の世話に忙殺された。そうして堕胎時期を逃した結果、千夏はこの世に産み落とされた。

両親は、千夏が一歳半のとき離婚した。

「子供は絶対に二人ほしい」と執着していたはずの父は、即座に親権を放棄した。養育費は三箇月だけ振りこまれたものの、その後はぱったり途絶えた。

　母は兄のみを溺愛し、千夏を養育放棄した。

「あんたなんて産みたくなかった」

「お兄ちゃんだけで手いっぱいだったのに、あんたまでできちゃうなんて」

「何度も、母子もろとも死のうと思った」

　母から絶えず恨み言を聞かされながら、千夏は育った。

「ほしくない子だったから、どうしても可愛いと思えない」とも言われた。

　千夏はろくに風呂にも入れてもらえず、つねに飢えていた。近隣からは、幾度も児童相談所へ通告された。見かねた民生委員の手引きにより、千夏は四歳から六歳、八歳から十三歳の九年間を児童養護施設で過ごすことになる。

　だが千夏が十四歳のとき、生活は一変する。母親が再婚したのだ。

　新しい父親は「家族四人での生活」を望んだ。母は千夏を施設から引き取り、義父ともども支倉市の借家へと引っ越した。

　義父から千夏への性的虐待がはじまったのは、同居して半年経つか経たないかの頃である。

　最初は風呂や着替えを覗かれる程度だった。

「きつく抗議すると、また施設へやられるかも」と千夏が考えあぐねているうち、義父は行為をエスカレートさせていった。

肩や腰に手で触る。顔を近づけて髪の匂いを嗅ぐ。性的なからかい言葉をかける。千夏がいやな顔をすると、義父は「冗談冗談」と逃げ、「千夏ちゃんに誤解されてるみたいだ。悲しい」と母親に泣きついた。

母親は千夏をひっぱたき、

「養ってもらってるんだから、愛想くらい振りまいたらどう」

「あんた、自分の立場わかってないんじゃないの」

と怒鳴りちらした。

妻のお墨付きを得た義父は、大っぴらに千夏の部屋を出入りするようになった。

そして母が法事で実家へ帰った夜、ついに千夏は義父に強姦される。当時、彼女は十五歳になったばかりだった。

その夜から、千夏はできるだけ義父を避けた。母親は「仲良くして」「なにが気に入らないの」と娘を責めたてるばかりだった。

千夏には、相談できる親しい友人がいなかった。それまで施設と実家を行き来しており、中学は途中で転校していた。頼れる大人や親類もまわりにいなかった。

保健室の養護教諭に遠まわしに打ちあけたが、

「親御さんとよく話しあおうね。家族なんだから、心をひらけばわかりあえるわ」

と諭されて終わった。

千夏は高校一年生の夏休み、はじめての家出をした。すぐに見つかって連れ戻されたが、その後も義父の隙を衝いては逃げだした。

千夏は小遣いを厳重に管理されていた。しかし彼女には秘密のスポンサーがいた。足の不自由な実兄である。

兄は千夏が虐待されていると知っていた。

「この足じゃ、あいつには反抗できないから」

とこっそり彼女の手に千円札や五千円札を握らせてくれた。兄自身もやはり、陰で義父に疎まれていたのだ。

千夏は兄からのカンパを逃走資金にし、三年間のうちに五回家出した。そうして六回目の家出で、薩摩治郎の手中に落ちることとなる――。

「これらは北畠彩香の証言から得た情報を、捜本(ソウホン)で裏取りしたものだ。彼女の証言と稲葉千夏の経歴に、矛盾はほぼなかった」

和井田が資料を指して言う。

「北畠彩香はツイッター経由で治郎に拾われた。稲葉千夏は、『プチ家出BBS』というサイトで治郎と出会った。彩香が作ったアカウントと、千夏の書き込みはまだネット上に残っており、確認は容易だった。ただし治郎のツイッターアカウントは、とうに削除済みだ。掲示板の書き込みも同様だった。まあプロバイダにログが残っていたから、消したところで無駄だがな」

「治郎くん本人のIPだったか」

「むろんだ。離れのデスクトップパソコンからのアクセスだった。串(くし)も刺していない、素のままのIPだ」

「不用心だな」

「ああ。ちなみにミネラルウォーターとドッグフードも、該(ガイ)パソコンからネット通販で注文していた。電動挽肉機ならびに冷凍庫も同様だ。手錠や足枷(あしかせ)などの拘束具は、SMグッズの通販サイトからの購入だ」

「IPを偽装しなかったのは、捕まってもいいと捨て鉢だったからか。それとも精神の荒廃が進んでいたのか……」

「どっちだと思う」

「わからない。ぼくは成人後の彼に会っていないからな。一度でも顔を見るなり、声を聞くなりしていたら、判断材料になっただろうが……」

「音声データならあるぞ。ただし薩摩治郎のじゃあないがな」

和井田がバッグからICレコーダを取りだす。

「誰の音声だ」

「北畠彩香さ。病室で聴取した際の、録音データだ。ゆっくりとだが彼女は回復に向かいつつある。医師の許可をとって、十分きっかり話してもらったんだ」

和井田が再生スイッチを入れる。

自分が聞いていいのか、と白石は一瞬ためらった。

しかし止める間はなかった。かぼそい女性の声が流れだした。

疲れきった声だ。精神的にも肉体的にも困憊していると、その語気だけでわかる。傷ついた者特有の揺れと震えがあった。

「すまん和井田、音量を絞ってくれ」

白石は言った。

「ぼくは、まだ……傷ついた女性の声を聞くのに、抵抗がある」

無言で和井田は音量を下げた。

北畠彩香の口調は弱よわしかった。だが滑舌がよく、聞きとりやすかった。

「わたしはずっと、チイちゃんを守っていました。あの部屋であの子を守って、世話してきたんです……」

その役目があったから、つらくても生きていられました。彼女は言った。でもあの子がいなくなってからは、いつ死んでもいいと思ってました——と。

北畠彩香は千夏をかばい、庇護することで心の均衡を保っていたという。また千夏のほうも、年上の彩香にべったり甘えきっていたようだ。

千夏は夜ごと彩香にしがみつき、すすり泣いた。

「いままでは五回とも東京に逃げて、すぐ連れ戻された。でもこっちならお義父さんも追ってこないかと思って、電車をたくさん乗り継いで来たの」

「水戸駅前のコンビニでパンを買って食べたら、お金が残り十二円しかなくなった。誰でもいいから助けてほしかった。だからコンビニの駐車場から、ネットにアクセスしたの。拾ってもらえるなら、鬼でも悪魔でもいいと思った」

「そんなふうに考えたから、ばちが当たったのかな。まさか……まさかほんとうに、鬼に捕まるなんて思わなかった」

激しくしゃくりあげる千夏を彩香は抱きしめ、

「大丈夫。きっといつか出られるよ」

と、そらぞらしい慰めを言うしかなかった。

二人を攫った男は、二日に一度、地下室に下りてきた。

男は彼女たちを代わるがわる強姦した。そして水とドッグフードの皿を淡々と交換し、機械的におまるを取り替えた。

彩香たちは布きれ一枚与えられなかった。己の排泄物の悪臭を嗅ぎながら、裸のまま、ドッグフードを手づかみで食わされた。塩分不足を防ぐためか、ドッグフードにはたまに醤油がかけてあった。

いつかきっとおかしくなる。彩香は思った。

こんな暮らしがいつまでもつづいたら、頭がどうにかなってしまう。わたしたち二人とも、きっと正気ではいられない――。

しかし自分の舌を噛み切る勇気はなかった。地下室にはフォークやナイフなどの尖った道具はもちろん、縊死に使えそうな布やビニール類も見あたらなかった。

鎖を首に巻いて絞めようか、と考えたことはある。だが長さからして、お互いの協力が不可欠だった。二人とも、お互いを殺すことだけはしたくなかった。

「一人にしないで」

千夏は泣いた。

「ここに来てから、ずっと一人だった。何日も、何十日も一人だった。あんなのは二度といや。お願いだから、置いていかないで」

だが皮肉にも、彩香を置いて死んだのは千夏のほうだった。

監禁犯はほとんど口をきかなかった。寡黙な暴君だった。二日に一回規則正しく下りてきて、彼女たちを交互に犯し、食料と水を替えた。おまるを替えるときさえ、眉ひとつ動かさなかった。

監禁生活がつづくうち、彩香と千夏は汚れた。髪は脂でべとつき、肌には垢が溜まった。顔や手すら洗えない生活だった。

彩香自身は嗅覚が鈍麻していたが、きっとひどい臭いを放っていたはずだ。しかし監禁犯は彼女たちがどんなに汚れようが、垢じみようが気に留めなかった。

こんな汚れた女たち相手に、よく〝その気〟になれるものだ――。彩香はいつも不思議だった。衛生や美への、男の無関心さが気味悪かった。

性的興奮より、男は支配に憑かれているように見えた。支配したいという欲望でなく、支配しなければならないという強迫観念に。

男は彼女たちを犯し、ときおり殴った。

彩香たちが「せめて体を拭きたい」「髪を洗わせて」と自己主張したときは、必ず殴った。「今日は何日なの。外はどうなっているの」などという問いは、ただ黙殺した。

彼女たちを殴ったあと、急に弱気になる日もあった。

床に膝を突き、頭を両手で抱え、「ごめんよ」と謝るのだ。

「ごめん、ごめんよ……ほんとうは、殴りたくない。乱暴なことはしたくない。でもぼくは、こういう人間でいなきゃいけないんだ。ごめんよ、アズサ……」

涙声だった。なぜか監禁犯は、彩香と千夏をひとしく「アズサ」と呼んだ。

「殴ってごめんよ、アズサ」

「どこにも行かないで。離れないで。アズサ」

といったふうに。

また機嫌のいい日には、二人を眺めつつ「ぼくたちは家族だ」と言うこともあった。

「ぼくたちは、みんな犬だ。犬の家族だ。アズサ、何人でもいいからぼくの子供を産んでくれ。ここでみんなで、楽しくいつまでも暮らそう」――。

再生が終わった。

「北畠彩香の声を聴いてみて、どうだ」

和井田が言う。

「なにかわかったか」

「ああ」白石は答えた。

「当然ながら、北畠さんは傷ついている。無力感に打ちのめされている。だが監禁される前……おそらく夫にDVを受ける前から、反抗心の乏しい女性だった。稲葉千夏さんもそうだと推測するが、不当な仕打ちに慣れており、それに甘んじる傾向がある。たぶん北畠さんの生い立ちも、稲葉さんと同様に不遇だったんじゃないかな」

「当たりだ」

和井田は低く言った。

「北畠彩香の生家は、ちょっとばかり特殊でな。父方の曾祖父母と祖父母、叔父、両親、弟、そして彩香の九人がひとつの家にひしめきあって暮らしていた。しかし働いていたのは彩香の父親だけで、あとは全員無職だ。とくにこの叔父が曲者で、毎日パチンコや競艇にぶらぶら通っては、彩香の母を殴って金をせしめていたらしい」

「それは虐待だ」

白石は憤然と言った。

「子供を直接殴るだけが虐待じゃない。日常的に暴力をふるう姿を、子供に見せることだって虐待なんだ」

「そこはおれも同感だ。……話を戻すが、北畠彩香は高校を卒業後に就職し、せっせと家に金を入れていたそうだ。『母のためだった』と言っている。苦労した母を守りたい一方で、彩香は生家を出たくてしかたがなかった。おかしな男に引っかかったのは、そのせいもあるだろう。自由のない女にとって結婚は、生家を出るための最高の大義名分だからな」

「自己肯定感の低い人間ばかりだ」

白石は声を落とした。

「治郎くん、北畠彩香さん、稲葉千夏さん。全員が虐待の被害者だ。治郎くんの『ぼくたちは、みんな犬だ』という自虐的な言葉も、いたって示唆的だ」

「かもな」

和井田はいったん同意してから、

「だがいまは示唆だのなんだのの分析より、ほしいのはもっと直接的な言葉だ。薩摩治郎のような男が、女を監禁して殺す心理について教えろ」

「……さっきも言ったが、治郎くんは自己肯定感と自尊心が低かった」

白石は低く応えた。

「彼は女性と対等な関係を築けない。自由意志がある女性や、自分の足で行動する女性は、性的対象どころか恐怖の対象だ。けっして逆らわず、出ていけず、彼を馬鹿にしない女性相手でないと安らげないんだ」

「だから女がほしけりゃ、さらって監禁するほかない、と？　弱った女にしか勃起できんってことか」

「平たく言えば、そうだ」

「北畠彩香が言った〝支配したいというより、支配しなければならない強迫観念〟ってのも、その心理の延長線上にあるのか？」

「強姦は性欲でなく、征服欲と支配欲の産物だからね。たとえば女性を泥酔させるか、薬物で昏睡させてレイプする常習犯がいるだろう。あれも正気の女性とは向きあえない、もしくは向きあいたくない男が支配欲を満たすための犯罪だ。治郎くんの監禁は、その欲望をエスカレートさせた一例じゃないかな。……ただ彼の場合は、もっと心理的に複雑だと思う」

「どういう意味だ」

「ぼくが知っている治郎くんと、監禁事件を起こした治郎くんはあまりにかけ離れている。七年前の彼は、すでにあやうかった。しかし単独では、万引きすらできない少年だった。まるで別人だ」

言葉を切り、白石は目を伏せた。

「――すまんが、ここまでだ。この七年間で彼になにがあったか、わからないうちはこれ以上言えない。判断材料がすくなすぎる」

「わかった」

和井田は存外あっさりと引いて、

「おまえ、アズサという名に心当たりはあるか」と尋ねた。

「ないと思う」

「そうか。男女問わず使える名だが、昨今じゃ女性のほうが多いだろうな。おまえはマル害を『女の子とは無縁の少年』と評したが、同級生なり近隣住民なり、接点のあった女性を当たってみるさ」

言いながら、和井田は空のカップを指した。催促するように白石を見る。

白石はため息とともに立ちあがった。自分のカップと和井田のカップに、コーヒーを保温サーバからなみなみと注いで戻る。

「ミルクは？」

「いらねえ」

「胃を悪くするぞ」

「心配するな。おれはおまえと違って頑健だ」

白石は和井田にカップを渡した。自分のコーヒーにミルクを入れ、すこし逡巡（しゅんじゅん）してから尋ねる。

「おまえ、北畠さんに……そのう、人肉の件は言ったのか。つまりその、ドッグフードに、稲葉千夏さんの肉が」

「言っていない」

和井田は即答した。

「薩摩治郎が生きていたなら、いずれ裁判でわかっただろうがな。だがいまは事態がどう転ぶかわからん。知らずに済むなら、それが一番だ」

「だな」白石はうなずいた。

――ごめん、ごめんよ……ほんとうは、殴りたくない。乱暴なことはしたくない。

――でもぼくは、こういう人間でいなきゃいけないんだ。

――ごめんよ、アズサ……。

食べかけのバゲットサンドがまだ半分残っている。しかし食欲はとうになくなっていた。袋に戻しながら、和井田に問う。

「古い人骨のほうはどうした。身元は判明したか」

「まだだ。歯があらかた叩き折られていて照合できんし、DNAも一致するサンプルがなかった。検視官によれば『股関節に脱臼の痕あり』。こいつはおそらく、出産した際のものだそうだ」

――経産婦か。

白石は心中でひとりごちた。

頭蓋骨縫合癒着から見て二十代から三十代の女性で、埋められたのは十年以上前だと以前に聞いた。仮に十四、五年前だとすると、治郎は当時十歳前後である。あらゆる意味で、彼には荷が重すぎる犯行だ。

そんな思いを見透かしたかのように、

「薩摩治郎の親父は、人を殺せるやつだったか？」

和井田が問う。

白石は一瞬、建前で返答しようか迷った。だがやめて、正直に答えた。

「被害者の年齢と、性別による。たとえば若い男なら——息子や業者以外の男なら、否だ。伊知郎さんは尊大で傲慢(ごうまん)だったが、馬鹿じゃなかった。たとえ喧嘩(けんか)しても、勝てない相手と見れば引いたはずだ」

「では、相手が若い女だったら？」

「……殺せるか殺せないかで言ったら、前者だ」

「よっしゃ」

和井田は自分の膝を叩いた。

「ときに、おまえら専門家は〝虐待の連鎖〟ってのをよく口にするよな。マル害は父の伊知郎に、肉体的にも精神的にも虐待されていた。おまえは治郎の犯行を認めたくないようだが、さすがに連鎖の可能性は認めるだろう？」

「いやらしい言いかたをするな」

白石は顔をしかめた。

「子供が殺人者なら、親も殺人者かもしれない——とでもぼくに言わせたいのか？　答えは『あり得ない』だ。犯罪は遺伝しないし、連鎖もしない。犯罪者の子供ならば、長じて犯罪者になるなんて考えには反対だ。……ただ」

「ただ？」

「弱者である自分を乗り越えたい、支配する側にまわりたい、という欲求なら、治郎くんにもあったと思う。早瀬先生は、ライウス・コンプレックスについて言及した。対になるエディプス・コンプレックスは『父との同一化を望み、かつ乗り越えるために父殺しをはかる』という衝動だ。父との同一化をもくろんだ時点で、精神がいびつに停滞してしまったという推測は、充分に成り立つ」

「いちいち面倒くさい言いかたをするなよ」

和井田が肩をすくめる。

「つまり治郎の犯行は親父の物真似だったかもしれん、ってことだ。だったらおれの意見と同じじゃねえか。おまえだって、伊知郎がまっさらのシロだとは思っちゃいない」

「まあ……、そうだな」

白石は認めた。

指を組み、またほどいてから顔をあげる。

「なあ、伊知郎さんの死は、事故で間違いないのか？　むろん捜査や検視はしたんだろう。和井田の担当じゃなかったのか？」

「残念だな。その件で県警の出番はなかった」

和井田は資料とＩＣレコーダをバッグに詰めなおして、

「薩摩家は古塚署の管轄区域だ。古塚署刑事課は一応の捜査こそしたものの、はなから事故と見込んでいたようだな。捜査報告書によれば、半月足らずで事件性なしと断定している」

「だが、いまはどうなんだ」

白石は尋ねた。

「いまのおまえは、事件性なしと思っているのか」

「………」

口の減らない和井田が、珍しく詰まった。ただでさえ険のある顔が、いっそう凶相になる。

しかめ面のまま資料を詰める和井田に、白石は尋ねた。

「ところで、志津さんの様子はどうだ？」

「元気とはお世辞にも言えんな。なんだ、会いに行く気か」

白石はすこし考えてから、「いや」と首を振った。

バッグを抱えて和井田が腰を浮かせる。

「おい白石」

「なんだ」

「ひとつだけアドバイスしておくぞ。おまえは家裁調査官だと名乗るな」

鼻先に指を突きつけ、きっぱりと命じる。

「誰に会おうと好きにすりゃあいい。だが資格詐称の罪は犯すな。絶対に、はっきりとは名乗るんじゃねえぞ」

3

翌朝、白石はいつもの時刻に起きた。

キッチンを覗く。果子はきれいに朝食をたいらげていったようだ。

朝食は季節にふさわしく、筍飯を炊いておいた。おかずは簡単に出汁巻き玉子と香の物、筍と薄揚げの味噌汁である。

いつもの〝ごちそうさま〟のメモに、和井田への言及はない。

なんとはなし、白石はほっとした。

予報によれば今日の降水確率は六十パーセントらしい。洗濯は明日にまわし、念入りに掃除をした。貯蔵庫のストック残量を調べ、冷凍庫の霜取りをし、ガスコンロの五徳を磨き、マンションの自治会費を集金しにまわった。

家に戻って、時計を見る。

昼どきにはまだ間があった。すこし休憩するかと、借りてきた小説をひらく。

しかし内容はさっぱり頭に入ってこなかった。目で文字を追っているだけだ。視線はページの上を移動するものの、あらすじすらろくに飲みこめない。

鼓膜の奥で、声がやまない。

――ぼくは犬だ。

犬だ。犬だ。犬だ。犬だ。犬だ。犬だ……。

白石はあきらめて本を伏せた。リヴィングを出て自室へ向かう。

自然と足はチェストに向いた。床に膝を突き、一番下の抽斗をひらく。ここ数年分の年賀状をおさめた抽斗であった。


「おう。ひさしぶりだな、白石」

男が片手を挙げて店に入ってきた。

白石は立ちあがり、丁寧に腰を折って挨拶した。

「おひさしぶりです。名取主任」

「はは。そうしゃちほこばるなよ。おれはもうおまえの上司じゃない」

名取が笑った。むろん軽口だ。わかっていても、白石の胸はちくりと痛んだ。

そうだ、もう彼は上司でも先輩でもない。――白石が退職してしまったからだ。

「お呼びたてしてすみません」

「いや、どうせランチはいつも外で食ってるんだ。ちょうどよかった」

名取は手を伸ばし、メニューをひらいた。

場所は水戸家庭裁判所矢継支部から、ほど近いビストロである。奥の個室を電話で予約したのは約一時間前のことだ。かつては、白石自身も足しげく通った店だった。名物はビーフシチューと、白身魚を使ったグラタンだ。

「おれがこっちに戻ったと、よく知ってたな」

「いただいた年賀状に書いてありましたよ」

「そうか。そういやあ書いた気がする」

白石の答えに、名取は大げさに額を叩いた。

家裁調査官はおおよそ三、四年のサイクルで転勤を繰りかえす。名取が富山に異動していったのは、白石が調査官二年目の春だ。以後はずっと、年賀状のみの付きあいをつづけていた。

名取はビーフシチューを、白石はグラタンのランチセットを頼んだ。ウエイトレスが出ていくのを待って、白石は切りだした。

「……薩摩治郎くんのニュース、ご覧になりましたか」

名取が眉を曇らせる。

「観た。……そうか、あの子はおまえの担当だったもんな。なんの用かと思ったら、その話がしたかったのか」

「すみません。でも彼について話せる人が、ほかにいなくて」

「言っておくが、おまえのせいじゃないぞ」

名取は強い口調で言った。

「おまえが罪悪感を抱くいわれはない。おれたちはちゃんと仕事をした。おれもおまえも、裁判官もだ。幾度となく合議し、少年にとって最適と思える道を模索した。……あの審判から、七年も経っている。あの監禁殺人は、おれたちの手を完全に離れたところで起こったんだ」

おれたち、か——。白石は目を伏せた。

七年前の事件で、白石は従犯の薩摩治郎を受けもった。そして目の前の名取は、主犯の伊田瞬矢(いだしゅんや)を担当したのだ。

個室のドアがノックされた。ウエイトレスがサラダとスープを置き、一礼して出ていく。

白石は尋ねた。

「伊田くんのその後を、ご存じですか」

和井田から防犯カメラの男の体格を聞かされたとき、白石が真っ先に思い浮かべたのが伊田瞬矢だった。百七十センチを切るくらいの中背で痩せ形。軽量級のボクサーを思わせる、俊敏そうな少年だった。

「言っておくが、元担当少年の個人情報は教えられんぞ。こんな基本のセオリーまで忘れたわけじゃあるまい」

ということは、名取は伊田の現状を把握しているらしい。

白石は殊勝な顔を装って、

「わかっていますが、気になってしょうがないんです」と言った。

「なにがだ」

「伊田くんは少年院送致と決まったとき、『全部、薩摩のせいだ』とずいぶん暴れたでしょう。『おれは刺すつもりじゃなかった。薩摩が急におかしくなったから、あせってナイフを突きだしちまった。おれがネンショー行きなら、薩摩のやつは病院にぶちこまなきゃ不公平だ』と……。彼はかなり、治郎くんを恨んでいた様子でした」

「おいおい。伊田くんが治郎くんを殺したと言いたいのか？」

名取は呆れ声を上げた。

「あり得んよ。そりゃあ伊田くんは、確かに退院後もしばらく荒れていた。だがいまはすっかり更生してる。いまの会社だって、勤めて四年目だ。しかも正社員だぞ。親御さんだって『別人のようにまるくなった』って喜んでるんだ」

では伊田は現在も近場に住んでいるのか。白石は思った。この口ぶりなら、まだ親元にいる可能性も高い。

「彼はもう、治郎くんを恨んでいないんですか？」

「当たりまえだ。あのとき『薩摩のせいだ』と暴れたのも、八つ当たりの悪あがきに過ぎない。いきさつはおまえだって覚えてるだろう」

「ええ」白石は首肯した。

事件の概要は、いまもはっきり覚えている。

あの夜の伊田瞬矢は、治郎ともう一人の仲間を連れて繁華街へ繰りだした。いざこざが勃発したのは午後の九時過ぎだ。通りですれ違った少年に、伊田が因縁を付けたことからはじまった。

よくある「おまえのツラが気に入らない。金を出せ」という因縁だ。しかし相手の少年は拒んだ。彼らはその場で言い争いになった。

口喧嘩は十五分ほどつづき、そして悲劇が起こった。

伊田瞬矢の証言によれば、「いきなり薩摩がパニクりやがった」のだそうだ。

前ぶれもなく、治郎は激しく震えだした。顔いろを変え、その場で悲鳴をあげはじめた。一種の恐慌発作に近かった。

そのパニックは、まわりの少年たちにも伝染した。先にナイフを出したのは被害者少年だったという。伊田瞬矢も自分のバタフライナイフを抜いた。

伊田は被害者少年と数分揉みあい、そして――。

「気が付いたら、ブレードがあいつの腹に突き刺さってた。やばいと思って……怖くなって、逃げた」だそうだ。

それがあの事件のほぼ全容だ。仲間の証言も一致していた。少年らしく短絡的な、それだけに悔やまれる傷害事件であった。

白石は目線を上げた。

「被害者少年の腹部に刺さったナイフは、伊田瞬矢くんのものではありませんでした。伊田くんのバタフライナイフは、すでに叩き落とされていた。被害者少年は伊田くんと揉みあううちに、自身の所持品だったナイフで刺されたんです」

「ああ。刺さったのは被害者自身のナイフ、そして先に刃物を出したのも被害者だった。その点が重視され、怪我の重さに反して、伊田くんは短期処遇で済んだ。反省の態度が薄く、冷や汗ものではあったが……」

「しかし治郎くんは、なぜあんなことでパニックを起こしたんでしょう」

白石は鎌をかけてみた。

じつを言えば、なぜ治郎があのとき恐慌状態に陥ったのか白石は知らない。書類にあった供述は「怖くなった。逃げたかった」それだけだ。治郎自身は話そうとせず、審判でも重要視されなかった。

――でもぼくはいま、そこが知りたい。

だからこその鎌かけだった。

「あんなこと、なんて簡単に言ってやるなよ」

と名取はナプキンで口を拭いて、

「思春期の少年はデリケートで、侮辱には過敏なものだ。かく言うおれだって、面と向かって言われたら不愉快だよ。『そこの犬っころ』だなんてさ」

――そこの犬っころ。

顔に動揺が表れないよう、白石はこらえた。

名取が言葉を継ぐ。

「確かにおれたちからすりゃ、なんてことない言葉さ。でもさんざんいじめられ、伊田くんのパシリにされていた治郎くんにとっては違う。傷ついた本人にしか、心の傷の深さはわからない」

「そうですね。すみません」

白石は低く謝り、

「……治郎くんは、犬が嫌いでした」と付けくわえた。

「そうか」

名取がうなずく。ふたたびノックの音がした。

運ばれてきたのはメイン料理とパンだった。ぐつぐつ煮立つシチューボウルとグラタン皿。二種のパンには、バターとバジル入りのオリーヴオイルが添えられている。

「まあともかく、伊田くんは治郎くん殺しの犯人じゃない。そいつは百パーセント確かだ」

名取は首を振った。

「なにより彼にはアリバイがある。その時刻は社をあげて、廃ビルの解体作業にかかっていたんだ。元請けの現場監督ならびに社員全員が証人さ」

なぜ知っているんです、と白石は訊かなかった。つまり名取自身も、伊田瞬矢のアリバイを確かめたのだ。あえて問うのは藪蛇であった。

代わりに白石は椅子から腰を浮かせ、

「すみませんでした」

あらためて名取に頭を下げた。

「主任を呼びだしてこんなことを訊くなんて、失礼だとはわかっていたんです。でもニュースを観てから、不安で、いてもたってもいられなくて……」

「いやいや、いいよ。気持ちはわかる」

名取が手で彼を制す。

「それにおまえも——あれだ、いろいろ大変だもんな。カウンセリングは、まだ受けてるんだろ？　あんな強烈なニュース、心が揺れるのも無理ないさ。ぶっちゃけおれだって、かなりビビった」

彼はビーフシチューのボウルを指さし、

「さあ、食おうぜ」

ナイフとフォークを取り上げた。

「メインの前におまえが納得してくれてよかった。腹に一物あるままじゃ、せっかくの料理が台無しだもんな。おれ、ここのシチュー大好きなんだよ」

デザートは、アイスクリームを添えた黒糖のシフォンケーキだった。濃いコーヒーとともに、ゆったりと口に運ぶ。

「お時間を割いてくださって、ありがとうございました」

重ねて礼を言う白石に、「いいって」名取は鷹揚に首を振った。

「おれもおまえのことは気になってたしな。一度会いたいと思ってた」

フォークを置き、小声で言う。

「……紺野さんとは、連絡を取っていないのか」

白石の手が止まった。

名取は彼をいたましそうに見た。

「なんで知ってるんだ、って顔だな。お節介ですまん。でもあの頃の本庁には、おれの同期も何人かいたんだよ」

その言葉が、白石の耳を右から左へ素通りする。世界が遠くなる。

脳裏に、ある女性の白い顔が浮かんだ。肩にかかるまっすぐな黒髪。切れ長で奥二重の、涼しげな双眸。

紺野美和。

――ビッチ。

少年の声が、彼女の記憶に重なる。嘲笑をたっぷり含んだ声音だ。

――ケツをこっちに向けろよ。雌犬。

白石はきつくまぶたを閉じた。脳内で十数えてから、目をひらく。

「会えません……よ」

なんとか言葉を押しだした。

個室内の酸素が、急に薄まった気がする。息ができない。喉もとに空気のかたまりが詰まって苦しい。

「……彼女のほうが、ぼくに、会いたがらないでしょう」

シフォンケーキが、口内で乾いたスポンジに変わっていた。

4

次いで白石は、七年前に薩摩家で家政婦を務めていた女性と会った。

薩摩志津は彼女を「幸恵さん」と呼んでいた。最後に見たときよりかなり太ったが、元気そうだった。

幸恵は白石から有名店のシュークリームを受けとって、

「これはまた、懐かしいお客さまだこと。ご丁寧にお菓子までありがとうございます。お父さん、お客さまからお土産をいただきましたよ」

と仏壇に化粧箱を供え、鈴を鳴らした。

仏壇に線香を上げさせてもらってから、白石は客間の座卓に座りなおした。砥部焼の丸湯呑で煎茶が差しだされる。

「すでにお察しとは思いますが、幸恵さん。本日は、薩摩治郎くんについてお話をうかがいたくお邪魔しました」

「ええ、……そうですよね」

幸恵は睫毛を伏せた。

「坊ちゃんがまさか、あんな亡くなりかたを……。家庭裁判所というのは、死後も調査をなさるものなんですね。ご苦労さまです」

「いや、そこは──まあ、ケースバイケースです」

白石は言葉を濁した。この程度なら、ぎりぎり詐称にはあたるまい。

「幸恵さんは、薩摩家をいつお辞めになったんです？」

「旦那さまが亡くなった三箇月後です。奥さまが『あの人はもういないし、わたしでも身のまわりのことくらいはできますから。それに治郎が、家に人が出入りするのをいやがるし……』とおっしゃって」

「そのときには、治郎くんはもう離れ家に住んでいたんですか？」

「ええ。あそこに籠もってしまわれました。食事は一日二回、奥さまが届けておいででしたね。わたしが運ぶのでは駄目だったんです。奥さまでないと、口も付けようとしませんで」

「外から、彼の暮らしぶりはうかがえましたか」

「いえ全然。灯りがついているかどうか、かろうじてわかるくらいです。毎日明け方ごろに灯りを消して、正午ごろに起きておられましたね」

「たまにコンビニなどで買い物をしていたようですが」

「夜食を買いに出るくらいはあったようです。でもわたしは夕方の五時に帰っていたので、まったくお会いできませんでした」

幸恵はため息を吐いた。

「まさかあの坊ちゃんが、女の人をさらって閉じこめるだなんてねえ……。いまでも信じられませんよ」

おとなしい、やさしい子だったのに——。

そう言って目がしらを押さえる。

「旦那さまのせいですよ。坊ちゃんを締めつけて、勝手ばかり押しつけて……。子供なんて、親の思うようには育ちゃしないのに」

「伊知郎さんは、治郎くんの友達を追いだしてしまったそうですね」

白石は切りだした。幸恵が涙ぐむ。

「ええ。お友達も趣味も、坊ちゃんから取りあげてしまいました。それだけじゃありません。奥さまに近づくことまで禁止したんです。子供から母親を奪うなんてねえ。これ以上、ひどいことはありませんよ」

「伊知郎さんはなぜそこまでしたんですか。あの人は、治郎くんをどうしたかったんでしょう」

「自分の言うことだけ聞く、奴隷がほしかったんでしょうよ」

彼女は語気を強めた。

「旦那さまが坊ちゃんを愛していなかった、とは言いません。でも接しかたは完全に間違っておいでした。そもそも旦那さまは、子供がお嫌いでした」

「聞きましたよ。よその子だろうと、誰かれかまわず怒鳴りつけていたそうですね」

「ええ、例のあの調子で」

幸恵が大きくうなずく。白石は伊知郎の口調を真似て、

「『ガキが。馬鹿ガキがっ』」

と吐き捨てた。

予想以上に似ていたらしい。目を潤ませたまま、幸恵がぷっと噴きだす。

「それです、それ。ほとんど口癖でしたよ。坊ちゃんに対しても、いつも言っていましたもの。『この馬鹿ガキがっ』ってね。旦那さまから見れば、子供はみんな、目ざわりでうるさい馬鹿なんです。坊ちゃんのお友達、近所の子、善吉さんのお孫さん……。例外なく、みんな嫌っておいででした」

幸恵はポットから急須に湯を注いで、

「善吉さんはね、もっと早く家業をお孫さんに継がせるつもりだったんです。でも旦那さまがああだから、お孫さんは薩摩家のお庭に入れなくってね。広いお庭なのに、善吉さん一人でやらなくちゃいけなくて、困ってましたっけ」

しみじみと言う。頃合いとみて、白石は言った。

「善吉さんといえば、先日お会いしたときに剣呑なことを言っていましたよ」

「あら、なんて？」

「疫病神がどうとかで、犬神がどうとか」

幸恵の顔いろが、さっと変わった。

「やめてください」

訊いた白石が驚くほどの剣幕だった。

「そんな……馬鹿馬鹿しい。犬神持ちだなんて、いまどき年寄りでも信じちゃいませんよ。善吉さんも、客商売のくせに馬鹿なことを」

――犬神持ち？

白石は急いで殊勝な表情を作った。「すみません」と頭を下げる。

「どうも無神経なことを言ってしまったようです。でも善吉さんの立場なら、疫病神どうこうと言いたくもなるんじゃないかな。おとなしい子だった治郎くんが、なぜあんなふうになったのか、なぜ殺されたのか。非科学的とわかっていても、つい考えてしまうんじゃないでしょうか」

「それは、まあ……。ええ。そうかもしれません」

不承ぶしょう、といった様子で幸恵はうなずいた。

すこし怒りはおさまったようだ。しかし湯呑に二杯目の茶を注ぐ手は、まだ震えていた。

「幸恵さん」

白石はあらためて尋ねた。

「治郎くんを恨んでいた人に、心当たりはありますか？」

「は？　ありませんよ。あるわけないでしょう」

幸恵らしからぬ口調で突きはなす。ここは機嫌をとるべきか、もっと怒らせるべきか。すこし迷い、白石は後者を選んだ。

「……ですがね、大須賀さんの件があるでしょう」

一拍の間があった。

予想に反し、幸恵は怒らなかった。ただ目を見ひらき、唇を動かした。その唇は「まさか」と読みとれた。

――まさか、そんな。

「考えられませんか」

駄目押しのように白石は問うた。

愕然（がくぜん）としたまま、幸恵がかぶりを振る。

「そんな。だって、いまさら……。いえ、だとしても、恨みは旦那さまに向かうはずです。坊ちゃんには、まさか……」

「父親への恨みが、実子に向かう例は珍しくありません。それに治郎くんは、伊知郎さんの一粒種でした。伊知郎さん亡きあとは、彼しかいなかった」

「でも——でも」幸恵があえぐ。

「大須賀さんは、とうに亡くなったと聞きました。その証拠に、お墓参りにもあらわれません。家族全員、なしのつぶてです。ですから、そんな……」

いまや幸恵は、拝むように両掌(りょうて)を合わせていた。

どうやら伊知郎はかなりの恨みを〝大須賀〟から買ったらしい。和井田に報告すべきだな、と白石は決めた。警察の調べを待とう。このまま幸恵に粘ったところで、すじみち立った答えは得られそうにない。

ようやく落ちついた幸恵から茶をもらい、白石は質問を変えた。

「ところで、志津さんには事件後、お会いになられましたか」

「ええ、はい。一度だけ」

ようやく話題がそれ、幸恵はほっとしたようだった。

「それはそれは、憔悴(しょうすい)なさっていました。お耳のほうも、また悪化された様子でね。ストレスがよくないんですよ。あのかたの人生には、お耳に入れたくないことばかりが多すぎます」

同情に堪えぬ、といった口調だった。

「家を売って引っ越したい、とおっしゃっていました。当然ですわね。誰も知らない土地でひっそり暮らされたほうが、奥さまのお体にはいいでしょう」

「ですね」

白石は相槌を打ってから、「最後に、もうひとつ」と問うた。

「――アズサという名前のかたに、お心当たりはありませんか？」

元家政婦の顔いろが、また変わった。

「知りません」

早口で言い、彼女は手を揉み合わせはじめた。犬神について訊かれたときとは、また違う反応だ。見るからにそわそわと落ち着かない仕草であった。

嘘のつけない人だな。白石は思った。だが正直者イコール口がかるいわけではない。むしろ逆だ。正直で忠義心の強い者は、こうなると貝のように押し黙ってしまう。

幸恵はその予測を裏切らず、

「あのう、わたし、用事を思いだしました。……すみませんが、お話のつづきはまたにしてください」

有無を言わさぬ口調で言った。

5

「ごめんお兄ちゃん。急な接待が入った。夕ごはんはいらない」

果子からそう白石に連絡が入ったのは、午後の四時過ぎであった。

自分一人ならば食事に凝る必要はない。夕飯はしらす炒飯にした。

しらすのパックを冷凍庫から出す。同じく冷凍しておいた白飯を取りだす。具はしらすのほか、卵とたっぷりの葱だ。熱した鉄肌で醤油を焦がすのが、香ばしくなるこつである。鍋に残っていた味噌汁を添えて、淡々と夕飯を済ませた。

食器を洗ってしまうと、さて時間があいた。

果子がハマっている『FBI：特別捜査班』の新シーズンを観はじめるか、それとも読みかけの小説のつづきにかかるか——。

迷った末、白石は固定電話の子機を取りあげた。アドレス帳を見つつプッシュする。和井田瑛一郎が個人名義で所有する、iPhoneの番号であった。


「なんだ白石、なんの用だ」

「いや、用というか……。いま時間はあるか？　話しても大丈夫か」

「待て。三十分したらかけなおす」

言い終わらぬうち、通話は切れた。

しかたなく白石は待った。とくに観たくもないテレビを流し観ながら、ペティナイフと肉切り包丁を研ぎ、洗濯機の糸くずフィルターを掃除しながら待った。

電話が鳴ったのは四十五分後であった。

「で、なにか用か」前置きなく和井田が問う。

白石はためらった。

「じつはだな、ええと……」

「ちゃっちゃと言え。果子ちゃんがはにかむなら可愛いが、おまえがもじもじしても鬱陶しいだけだ。早く話しやがれ」

あきらめて、白石は名取と会ったことを告げた。元家政婦の幸恵に会いに行ったこともすべて話した。

「……なるほど。やはり〝大須賀〟と〝アズサ〟が鍵だな」

経歴詐称の件をスルーし、和井田は唸った。

「大須賀某のほうは、こっちの調べで浮上したぜ。二十五年前のことだ。薩摩伊知郎が競売で買いあげた土地の元所有者が〝大須賀光男〟だった。間に不動産会社と銀行を挟んじゃあいたがな。しかしその売買のいきさつが、どうもきな臭い」

「きな臭い？」白石は問いかえした。

「詐欺案件か」

「もうちょい調べてみないと断言できんがな。だがどうも伊知郎は、悪徳不動産屋の片棒を担いで、うまく大須賀の所有地をかすめ取ったようだ」

「伊知郎さんが、土地を……？　じゃあ〝アズサ〟のほうは？」

「それは――まだ不明だ」

和井田は悔しそうに認めた。

「マル害の元同級生に『あずさ』と『梓沙』が一人ずついた。しかしどちらとも接点らしい接点はない。ネット上でも〝アズサ〟なるアカウントとの交流はなかった」

「伊知郎さんの、先妻と先々妻はどうだ？」

「かすってすらいねえ。先妻は百合子で、先々妻は宏美だ。その親類筋にも〝アズサ〟はいない。まあここは、地道に捜査範囲を広げていくしかねえやな」

「だな」白石はうなずいてから、

「ところで、伊田瞬矢のアリバイは確かなのか？」と問うた。

「確かだ。おまえの元上司は正しい」

和井田が即答する。

「マル害が刺殺された時刻、主犯元少年こと伊田は、現場から約二十キロ離れた地点で働いていた。ビルの解体工事のため、外壁に足場を組んでいたんだ。作業場は外からまる見えで、元請け社員や、出入りの弁当屋もやつを目視していた。崩しようのない、文句なしのアリバイだ」

「そうか……」

「ほかに訊きたいことはないか？　ないならこっちから訊くぞ」

和井田は宣言してから、

「犬神持ちとはなんだ」

と尋ねてきた。

「近隣住民への聞き込みで〝薩摩家は犬神持ちでどうこう〟ってな話が二度ほど出た。一応の説明を聞いたが、オカルト的な悪口ってこと以外よくわからんのだ。こいつは、いわゆる狐憑きみたいなもんなのか？」

「狐憑きと似ている部分は、確かにある」

白石はいったん認めて、

「だが狐憑きも犬神も、そもそもオカルトとは似て非なるものだ。狐憑きは民俗学と精神医学。犬神はさらに、民族心理学と文化人類学の領域と言える」

と告げた。

「待て。もっと嚙みくだいて話せ」

「おまえこそ待て。これから嚙みくだくんだ。まず憑きもの信仰というのは、かつては全国津々浦々まで根強く広まっていた。その厄介さは、明治政府がわざわざ官報で苦言を呈したほどだ。お稲荷さんが狐の神さまだってことは、知ってるよな？」

「当たりまえだ。馬鹿にするな」

「べつに馬鹿にしちゃいない。狐憑きが流行したのは、稲荷神あってのことだと言いたいだけだ。つまり民間信仰が大もとなんだ。一方、犬神は呪術信仰から生まれたものだ。『あそこは式神として犬を使う一族だ』とまわりに認定された家が、犬神持ち、もしくは犬神筋と呼ばれてきたのさ」

「式神？　どっかで聞いた言葉だな」

和井田が考えこむ。

「ああそうだ、漫画で読んだんだ。確か陰陽師みたいなやつが使い走りにする、小鬼みたいなもんだったか……」

「おおよそ合ってる」

白石はうなずいて、

「犬神の呪術については諸説ある。〝犬を土中に埋めて極限まで飢えさせ、首を刀で刎ねて祟り神にする〟だの〝数頭で戦わせ、生き残った犬を殺して以下同文〟などだ。しかし肝心なのは、呪いかたじゃあない。犬神持ちは自称ではなく、つねに他称なんだ。まわりが『あの家は陰惨な真似をする外道だ』と決めつけ、噂を広めることで、その家ははじめて〝犬神持ち〟になるんだ」

「村八分の大義名分ってやつか」

「そうだ。そして犬神持ちおよび犬神筋だとされた家は、大半が富裕だった。彼らは富に反した不名誉な噂で、近所付きあいや婚姻などで差別を受けていった」

「つまり妬みだな」

和井田が一言で片付けた。

「金持ちに対する、やっかみが生んだ村八分か」

「そうだ。『あの家はまともな手段で金を得たんじゃない。呪いのたぐいで不当に富んだに違いない』という邪推を、遠まわしにあらわしたのが〝犬神持ち〟だ」

「くだらんな。金持ちに対し、婚姻差別するってのも非合理的だ。妬むよりお近づきになって、自分の娘を玉の輿に乗せりゃいいじゃねえか」

「そこが民族心理なのさ」

白石は言った。

「一度犬神憑きの物語が出来あがってしまえば、あとは感情の問題だ。理屈じゃないんだ。だから犬神と認定された家は、一族内で結婚するか、土地とは無縁なよそ者を嫁にもらうしかなかった」

「ふん。そういやあ薩摩伊知郎の妻は全員よそ者だったな。宏美、百合子、志津。三人とも、地元の出身じゃあなかった」

和井田は考えこんだ。

「薩摩伊知郎が子供嫌いだった理由が、わかった気がするぜ。伊知郎はガキの頃、まわりの子供からさんざん『犬神持ち』といじめられたんだな。子供特有のかん高い声も、やつのトラウマをさぞ刺激しただろうよ」

「なるほど。それは納得だ」

白石は膝を打った。

「たまには和井田も鋭い分析をするな、冴えてるぞ」

「阿呆言え。おれは二十四時間つねに冴えている」

和井田は不愉快そうに応じた。

「話を戻すぞ。薩摩治郎が『ぼくは犬だ』と自分を卑下していたのも、犬神持ちの噂のせいだと思うか？」

「可能性はある……が、どうかな」

白石は考えこんだ。

「治郎くんも、犬神持ちといじめられてはきただろう。でも彼をあそこまで畏縮させたのは、やはり伊知郎さんだ。パニック発作を起こさせるほどのトラウマを与えたのは、伊知郎さん以外考えられない。……だが、だとすると伊知郎さんは犬神持ちと呼ばれた過去を背負いつつ、息子を『犬だ』と罵って育てたことになる。伊知郎さんがそこまでゆがんだ人物だとは、さすがに予想外だよ」

「なにをいまさら。予想外もなにも、薩摩伊知郎の評判はとっくに最悪だ」

和井田は一蹴した。

「よし、ここまでだ。善良な市民のご協力に心から感謝する。切るぞ」

「……おまえは、相変わらずあっさりしてるな」

白石は思わず失笑した。

「なんだ。なにかおかしいか」

「おかしくはないが、ぼくが家裁調査官を辞めると電話したときも、そんなふうだったと思ってさ。『ああそうか。辞めたきゃ辞めろ』と言って、すぐ切っただろう」

「そりゃそうだ。捜査ならしつこく取り調べるが、おまえはマル被じゃない。愚痴りたくなりゃ、おまえのほうから愚痴るだろう」

言い捨ててから、声を低める。

「なんだおい、まさか愚痴モードなのか？　いまはやめろよ。おれは捜査本部に詰めている身だ。おまけにしらふだ、ひとまず、ベランダのトマトとでも語らっておけ」

「……おまえはほんとに愉快な男だよ」

白石は感心して言った。誉めたつもりだった。

だがよくわからない罵声とともに、通話はぶつりと切れた。

6

白石は夢を見ていた。

夢を見ているという自覚がありつつの、浅い眠りだ。世界は夏で、そして夜だった。

夢の中の白石は電車に揺られていた。

東銀座駅で降り、彼は指定された居酒屋へ向かった。

金曜の夜だけあって人通りが多い。ノースリーブの女性と腕が当たりそうになり、慌てて避ける。甘い香りが鼻さきをくすぐった。すれ違いざまにふっと笑んだ唇が、あざやかに赤い。

八時すこし前の銀座は、人だけでなく街そのものが華やかに浮きたっていた。

指定の店を見つけた。割烹と居酒屋の中間のような店であった。暖簾をくぐると、涼しげな絽縮緬をまとった店員が出迎えてくれた。

幹事である主任の名を告げる。奥の個室に案内された。襖がひらく。

「よう、遅いじゃないか」

「来ねえから、とっくに乾杯を済ませちまったぞ」

先輩たちが口ぐちに言う。職場である家庭裁判所ではむっつりと真面目な同僚たちが、みなネクタイをはずし、早くもビールで顔を赤くしている。

「すみません。なかなか切り上げられなくて」

白石は片手で拝みながら、靴を脱いで座敷に上がった。

「なに飲むよ？」

「とりあえず生で」

お決まりの台詞を交わし、白石もネクタイを緩めた。

着いた席の隣には、紺野美和がいた。ビールの中ジョッキを手にしている。

へえ、飲むんだな、と白石はすこし意外に思った。いやだったわけではない。むしろ嬉しかった。白石の知る美和はいつも上品で理知的で、近寄りがたいほどだった。

「さて白石くんも来たことだし、乾杯をやりなおすか」

「よしみんな、グラス持て」

かんぱーい、の唱和が為される。

渡されたジョッキを、白石はぐっと傾けた。きんきんに冷えている。爽(さわ)やかな苦みが、喉(のど)から胃へ落ちていく。そういえば昼食をとったきり、水一杯飲んでいなかった。空(す)きっ腹に、炭酸とアルコールが染みた。

「今夜の名目は納涼会だ。しかし、遅ればせながらの歓迎会だと思ってくれ」

主任が言った。

「四月は案件が多すぎて、歓迎会どころじゃなかったからな。白石くんと紺野さんには悪いことをした」

「おい、それにしちゃ二人とも下座にいるじゃないか」

「ほんとうだ。きみたち、もっと奥に来なさいよ」

訟廷管理官が笑顔で手まねく。白石は笑いかえして「いえそんな、ここで充分です」と断った。美和も同じく遠慮する。

先輩たちが、半分がた空のジョッキを手に笑う。

「お二人さん、そうやって並んでるとお内裏さまとお雛(ひな)さまだなあ」

「本庁が誇る美男美女だもんな。絵になるわ」

「そんな。やめてくださいよ」

白石は苦笑した。しかし正直言えば、まんざらでもなかった。

紺野美和は有能だ。ときに我の強い一面を見せるものの、勝気な女性なら母と妹で慣れっこである。ろくに意見を言わない女性より、ずっと好ましいと思っていた。

「ぼくはいいですが、紺野さんが困るでしょう」

「おっ、意味深な言いかたをするな」

「『ぼくはいいですが』かあ。モテる男は違うね」

「いやほんと、やめてくださいって」

先輩たちの冷やかしに、白石は照れて手を振った。

料理の湯気と煙草の煙で、視界が仄白く霞む。霞の向こうで美和が笑っている。苦笑いではなかった。本物の屈託ない笑顔だ。

切れ長の澄んだ瞳。長い睫毛。白い頬に髪の毛がひとすじかかっている。思わず触れてみたくなるほど、きれいな黒髪だった。

いかん、今夜は飲みすぎてしまいそうだ。白石は自戒した。

冷やかされて、がらにもなく浮かれている。

ジョッキに残った最後の一口を飲みほし、

「紺野さん」

白石は、思いきって美和に話しかけた。

「あのですね。紺野さん、今夜はぼく——」

7

目覚めは、お世辞にも清々しいとは言えなかった。

眠りが浅かったせいで体がだるい。しっかり十時間ベッドにいたというのに、頭が重い。思考に霧がかかっている。

そんな兄をよそに、接待で遅かったはずの果子は晴れ晴れと出勤していた。日課のジョギングをこなしたらしく、シューズが沓脱に立てかけられている。朝食の皿もきれいなものだった。

目覚めのコーヒーでなんとか脳を揺り起こし、白石はゴミ出しに向かった。

このマンションのゴミ捨てルールは厳格である。二十四時間ゴミ捨て可のマンションも多いらしいが、ここは〝可燃ゴミは月水金。不燃ゴミは第二と第四木曜。前夜に出すのは不可。分別厳守。朝九時半まで厳守〟だ。もし破ろうものなら、マンションの自治会に呼びだされて小一時間は説教されるとの噂であった。

ゴミステーションには、顔見知りの主婦数人がすでにたむろしていた。

専業主夫をはじめた当初は、彼女たちからじろじろ見られてつらかった。しかし受け入れられて以後は、いたって良好な関係を築いている。

「新道の店はスーパーより、ヨーグルトが二十円安いわよ」だの、「駅裏の自転車屋なら無料でパンク修理してくれますよ」だの、情報を交換し合える仲だ。

最近は垣根が低くなりすぎて、「白石さんって結婚しないの？　彼女いないの？」「姪っ子が独身なのよ。どう？」などといらぬお節介まで焼かれていた。

「どうも、おはようございます」

礼儀正しく、白石は井戸端会議に参入した。

「あら白石さん、おはよう」

「おはよう。ねえ、なんだか空気が湿っぽいと思わない？　これは一雨来るわよ」

「そうよね。予報じゃ降水確率三十パーセントだったけど、信じないほうがいい。今日は絶対降るわ。雨の匂いが近いもの」

「なるほど、では今日は洗濯はやめます」

白石は集積箱を開けてゴミ袋を置いた。振りかえりざま、話題を振ってみる。

「それはそうと、最近このあたりも物騒ですよねえ……」

どうもわれながら巧くない。話の入り口としては唐突すぎる。

だが主婦たちは話題に飢えていたのか、待ってましたとばかりに飛びついた。

「そうそう。最近ほんっとどうかしてるわよね」

「聞いた？　通園路で昨日、また不審者の声かけ事案があったんだって」

「聞いた聞いた。近ごろじゃ、ちょっとの間でも油断できないのよ。いい歳の男が平日の昼間っから幼稚園児に声かけるって、ああ、想像しただけでおっかない」

「そ、その件ももちろん怖いですが——」

白石は割って入った。

「怖いですよね。古塚市の女性監禁事件と、監禁犯の刺殺事件。まだ刺した犯人が捕まっていませんし、事件の背景はよくわからないしで」

主婦たちがぽかんと顔を見合わせた。

数秒の沈黙ののち、ふたたび堰を切ったようにしゃべりだす。

「地元の恥よね、あんなの！」

「おっかないなんてもんじゃないわよ。次元が違うわ。警察もほんと、頼りにならないったら。あの男、なんでいままで野放しだったの？」

「古塚市の薩摩さんって有名だったよね。息子じゃなくて、お父さんのほう」

「わかるー。お金持ちだったけど、いい噂なんて聞いたことなかったもの。今回の事件は、親の因果がなんとやらってやつ？」

「それそれ！　薩摩さん、生前に恨み買いまくってたし。でも当の父親じゃなくて、息子さんが刺されるなんてね。ホラーだわあ。因果としか言いようがない」

「あの家もこれで終わりね。お家断絶ってやつよ」

あまりにも速いテンポで交わされる会話に、

「せ、先代の薩摩さんは、恨みを〝買いまくってた〟んですか」

白石はやっとのことで口を挟んだ。

「それってつまり――例の大須賀さんの件、も含んでるんでしょうか？」

「もっちろんよお」

輪の中央を陣取る主婦が、自信たっぷりに言った。

「大須賀さんなんて、恨みの筆頭株主でしょうよ」

「え、わたしその人知らない。誰？」

隣の主婦が首をかしげる。

「ほら、大火事の人よ。土地をだましとられちゃった人。そのあと火事で……」

「ああ、あの人！　大須賀さんって名前だったのね。一家で夜逃げして、その後は行方知れずなんだっけか」

「そうそう。禍福はあざなえる縄の如し、なんて言うけど、あれ嘘よね。不幸って一気に雪崩みたいにやって来るものよねえ。いい証拠が、あの大須賀さん家よ」

白石は辛抱強く聞き役に専念した。

その甲斐あって、大須賀家についてかなりの情報が得られた。

大須賀家の当主は二十六年前、七十代で亡くなったという。土地家屋を相続したのが、一人息子の光男だ。

しかし相続手続きの過程で、たちの悪い不動産会社に目をつけられたのが、光男の運のつきであった。

不動産会社の口車に乗せられた大須賀光男は、気づけば土地家屋の所有権を移転させられていた。しかも多額の抵当権を付けての借り入れを起こされていた。

これはまずい、と気づいたときには遅かった。虎の子の土地は、金融機関によって競売にかけられていた。おまけに藁をも摑む思いで頼ったＮＰＯ団体も、不動産会社と共謀であった。

その土地を、競売で安く買い叩いたのが薩摩伊知郎だ。

なお大須賀光男に先のNPO団体を薦めたのも、ほかならぬ伊知郎だったという。不動産会社とも、以前からずぶずぶの関係であった。

すべてを光男が知ったのは、彼らに身ぐるみ剝がされてからだ。進退きわまった大須賀一家は、郊外の借家へ逃げるように引っ越した。

だが悪いことは重なるものだ。

夫と財産をたてつづけに失った光男の母親は、心労に耐えられなかった。彼女は悲嘆のうちに認知症を発症した。

光男と妻は、昼も夜も老母の徘徊に悩まされるようになった。役所にかけあったが、特養老人ホームの空きはなかった。「百人単位での順番待ちだ」と言われた。

光男はしかたなく妻を退職させた。妻は介護と、家事育児と、内職とで疲弊した。別人になり果てた老母は夜中でも泣きわめき、外をさまよい歩き、壁や床に糞尿を塗りたくった。

半年後、妻は家を出た。駆け落ちしたのである。相手の男性は、キャバレーのバーテンダーだった。

光男は認知症の老母と、子供たちを抱えて呆然とするしかなかった。

さらに二箇月後、決定的な事件が起こる。

大須賀家は火事を出したのだ。原因は老母の火遊びである。妻のいない家は荒れ放題で、ゴミ屋敷同然だった。燃えぐさにはこと欠かなかった。

借家は密集した住宅街に建っており、消火栓からかなり離れていた。しかも出火時刻は、人びとが寝静まった真夜中であった。

大須賀一家が住んでいた借家は全焼した。

それればかりか周囲の六軒に延焼し、うち三軒が全焼した。

借家の焼け跡からは、炭化した老母の遺体が発見された。また隣家の赤ん坊と母親が焼死し、重軽傷者は十七名にのぼる大惨事となった。

光男と子供たちは、手当てを受けた救急病院からそのまま失踪した。身ひとつの、まさに夜逃げである。

失火で七軒を焼いた上、生後八箇月の赤ん坊と若妻を死なせたのだ。二度と故郷の地は踏めぬ、失意の遁走であった。

主婦たちから得た情報を頭で整理しつつ、白石は帰宅した。

――噂がほんとうなら、伊知郎さんは恨まれて当然だ。

認知症や失火は薩摩伊知郎のせいではない。しかしドミノ倒しのような不幸の連鎖は、大須賀家が土地家屋をだましとられたことにはじまる。

その一件がなければ、大須賀光男の老母は健やかな老後を送れただろう。彼女が認知症でなければ、妻は家出せず、真夜中の火災も起こらなかったはずだ。

――伊知郎さんはなぜ、そんな残酷なことを。

薩摩伊知郎は富裕な生まれだ。クルーザーに賭け麻雀にと金を費やしても、なお唸るほどの資産があった。詐欺などはたらく必要はかけらもなかった。

ではなぜだ。大須賀に個人的な恨みでもあったのか。

それとも子供が虫の羽をちぎるような、無邪気な戯れだったのか。

――伊知郎さんの人物像が、どんどんいびつになっていく。

リヴィングに戻ると、時計の針は午前十時をまわっていた。固定電話の留守電ランプが点滅している。再生ボタンを押した。

流れだしたのは、和井田の声であった。

「おう、おれだ。――殺された家出少女こと稲葉千夏の義父が、一昨日から行方不明だそうだ」

白石は息を呑んだ。

急いで留守電のボリュームを上げる。

「義父の稲葉弘は数日前から、薩摩志津にいやがらせの電話をかけていやがった。『おまえが息子を管理できなかったせいで、うちの千夏は死んだ。慰謝料をよこせ。誠意を見せろ』という内容だ。録音データがあり、通話履歴の確認も取れている。うちの捜査員が薩摩志津から相談を受け、稲葉弘に電話で口頭注意したところ、やつはその晩に失踪した」

和井田の声は冷静だった。

「なお人着（ニンチャク）は以下だ。身長百六十八センチ、痩せ形。現在四十一歳。眼鏡なし。黒髪短髪。失踪当時、黄褐色のフード付きナイロンジャケットを着用。左袖（そで）にゴアテックスのロゴ入り。下は黒のズボンに、同じく黒のスニーカー。……わかるか？〝身長百七十センチを切るくらいで痩せ形。言葉に訛りなし〟だ」

ああわかる、と白石は胸中でうなずいた。

薩摩治郎を刺し、ホテルから去ったと見られる男の風体と同一である。

――だがもし、稲葉千夏の義父が犯人だとしたら。

どうやってやつは治郎くんをホテルまでおびき出した？　離れ家に電話はなく、義父が治郎くんのメールアドレスを知っていたとも思えない。よしんば知っていたとしても、パソコンに履歴が残るはずだ。

――あの治郎くんが、見知らぬ男の呼びだしに応じるだろうか。

人見知りで、臆病すぎるほど臆病だった、あの治郎が。

和井田の声がつづく。

「志津への脅迫電話からして、稲葉弘はこの街へ来る可能性が大だ。もしやつらしき男を見かけたら、ただちに通報しろ。それと、果子ちゃんは毎晩帰りが遅いだろう。以下伝言しろ。『重々注意してほしい。誰よりもきみを想う、素敵な暎一くんより』。いいか、必ずそう伝えろよ」

言うだけ言って留守電の声は切れた。

メッセージを消去するか否か、と尋ねる音声が流れだす。白石は一時保存を選択した。

そして、口の中でちいさく唸った。

第三章

1

夜八時の駅前通りは、脂じみた猥雑（わいざつ）な空気に満ちている。

レゴブロックと見まがうほど無機質なデザインの駅ビル。家路を急ぐスーツ姿のサラリーマン。タクシー待ちの列に並ぶ、のっぺりと無表情な人びと。路上で下手なギターをかき鳴らすストリートミュージシャン。早くも千鳥足の大学生たち。ベンチに片手をかけ、伝線したストッキングに舌打ちする女性。だるそうにホストクラブのチラシを配る男。

空は曇りで、月も星も見えない。だが灯り（あか）は充分だった。駅ビルのイルミネーションが光り、街灯がともり、家電量販店やファストフードや居酒屋の看板ネオンが、下品なほど派手に瞬く。

視界のあちこちで赤に、緑に切り替わる信号。行きかう人びとが手にする、スマートフォンの灯り。ヘッドライトの金。テイルライトの赤。

光の洪水の中を、塾帰りの國広海斗（くにひろかいと）は歩いていた。

青信号の横断歩道を渡り、さて今夜の夕飯はどこにしよう、と考える。

ロイヤルホストか、サイゼリヤか、すき家か。ちょっと足を延ばしてモスバーガーかロッテリアか。はたまたラーメンかカレーか、回転寿司か。

熟考の末、「やっぱり長居できる店だな」といつもの結論に落ちついた。

小遣いには困っていない。しかし中学生が夜遅くまでいていい店は限られる。海斗はしばしば高校生に間違われるが、どのみちコーヒー一杯かドリンクバーで粘れる場所はけして多くない。

すべては継母――内心で海斗は〝父の後妻〟と呼んでいる――のせいだ。あの女が、家に海斗がいるのをいやがるからだ。

三年ほど前まで、あの女は「継子のために使う金は一銭でも惜しい」といったふうだった。食事の用意どころか、洗濯機から海斗の服だけ取りのぞき、彼が入る前に風呂の栓を抜き、給湯器の電源を切った。

しかし彼の背が伸び、体格が逆転すると態度を変えた。海斗を高い塾へ通わせ、小遣いを潤沢に与え、「その代わり、家にいないでちょうだい」と無言でアピールしはじめた。

継母の望みに、海斗は無言で応えた。おとなしく週のうち六日は外で夕飯をとり、夜の十時過ぎまでファミレスかファストフード店で時間を潰した。ちなみに週七日でないのは、父が日曜だけは家で夕飯をとるからだ。

とはいえ、その生活に不満はなかった。自宅で〝チチノゴサイ〟と気づまりな時間を過ごすなら、外にいたほうが何十倍もマシである。

海斗は歩道橋を越え、ガストに足を向けた。

いつもの無愛想な店員の案内で、壁際の席に着く。

「ミックスグリル、ドリンクバー付きで」

メニューも見ず注文した。現在のメニューは、とっくに暗記してしまっていた。

届いたミックスグリルセットは、舌に馴染んだ味がした。塾の課題をしながら、だらだらと食べる。

食べ終えてしまえば、あとは暇だった。十時までソシャゲをやるか、電子書籍でミステリを読むか、無料の動画を流し観るかしかない。

海斗は中学三年生。つまり受験生である。

だが焦りはなかった。成績はつねに上位五パーセント内をキープしていた。塾に通おうが通うまいが、成績にさしたる影響はないと思っていた。

義務教育の授業なんて、教科書の内容さえ理解していれば点は取れる。高校からは苦労するかもしれないが、そのときはそのときだと割り切っていた。

ドリンクバーでアイスティーを補充してから、海斗はスマートフォンを取りだした。ソシャゲのアプリを立ちあげる。

彼が遊ぶのは、たいていRPG系だ。とくに最近は煩雑さのすくない、放置育成型ゲームばかりをやっていた。

時間経過とともにひとりでに進んでいく放置型ゲームは、たまに起動して眺めるだけでも楽しめる。アイテムも勝手に溜まっていってくれる。課金するほどゲームに熱中できない海斗にとって、放置ゲーは最適な〝そこそこの娯楽〟であった。

あくびを嚙みころし、画面を眺める。アイスティーを一口飲む。

液晶の中でキャラクターが豪剣をかまえ、一閃させた瞬間――。

「それ、どんくらいでもらえるアイテム？」

頭上から声がした。

海斗は反射的に顔をあげた。そして、目をまるくした。

――女？

声の調子から、てっきり同年代の男だと思ったのだ。しかし目の前に立つ人物は、透きとおるように色が白かった。やや伏し目にした睫毛が長い。

頰は陶器のように滑らかで、毛穴が存在するか疑わしいほどだ。

かたちのいい紅い唇が眼前でひらき、

「どんくらいやってたら、もらえるアイテムなんだ？」

といま一度訊く。

その声と口調で、海斗は「ああ、やっぱり男だ」と確信した。

ひどく中性的な美少年である。だが、よくよく見れば喉ぼとけがある。手だってごつごつとして、甲に静脈が浮いている。なにより声が、変声期を終えた少年のものであった。

「あ……」

声を発しかけ、海斗はいったん言葉を呑んだ。

脳内で言葉を組み立てながら、ゆっくりと言葉を押しだす。

「これは、ええと――わからない。放置ゲーだから、いつの間にか装着してたアイテムなんだ」

「へえ、長くやってんだ？」

「八箇月くらいかな」

「マジで？　やっべえ」

少年は歯を見せて笑った。真っ白い完璧な歯並びだった。海斗の心臓が、なぜかどくりと跳ねた。

少年がつづける。

「辛抱強いんだな。おれは絶対無理だ。がんがん課金して、ほしいもんはさっさと手に入れたくなっちまう」

それが國広海斗と、少年――三橋未尋との出会いであった。

2

自分でも驚くほど、海斗はすんなり未尋と打ちとけた。

彼ら二人は同類だった。街を夜遅くまでさまよい歩く〝行き場のない未成年〟というやつだ。

学年は同じく中学三年生。四月生まれの未尋が満十五歳で、九月生まれの海斗が十四歳である。とはいえ身長は海斗のほうが高い。百七十センチをとうに超えた海斗に対し、未尋はまだ百六十八・七センチだという。

「すぐに越してやるよ」

ふんと未尋は笑った。

「親父は元モデルでさ、ルックスだけはよかったんだ。身長なんか百九十近かった。遺伝の力って、マジでやべーかんな」

「へえ」

応えながらも、百九十センチの未尋は想像つかないな――と海斗は思った。

光に透けると鳶（とび）いろになびく髪。陶器のような肌。優雅な物腰と、しなやかな四肢。繊細な未尋の容姿は、まるきり少女漫画の王子さまだった。

「海斗って金に困ってねえだろ？　一目でわかったよ。おれもだもん」

こともなげにそんな台詞（せりふ）を吐く。それがまた、すこしも嫌味に聞こえなかった。

これまでの海斗は、夜の街に溶けこむため目立たない服装をしてきた。安価量販ブランドのシャツとパンツに、売れ線のローカットスニーカーだ。ボディバッグも黒一色で、メーカー名が目立たないものを選んだ。

だが未尋は違った。彼は着たいものを着て、やりたいことをやった。

街で浮こうが目立とうが、気にもとめなかった。

「似合ってねえならアウトだけどさ。似合ってんなら、誰にも文句言われるすじあいねえじゃん」

そう笑った日の未尋は、野苺プリントのシャツに、ヴィヴィアン・ウエストウッドのバックパックを背負っていた。

かと思えば龍の刺繍入りのスカジャンに、ダメージジーンズの日もあった。

中学生のくせに、未尋はクラブに出入りしていた。また古い映画や音楽にくわしかった。ドラッグと煙草を軽蔑しながら、アルコールに寛容だった。

「ここのコンビニ店員、顔馴染みだから」

と顔パスで酒を買っては、潰れたスーパーの元倉庫で海斗と乾杯した。

たまにおかしな輩に絡まれることもあった。しかし未尋が物怖じせずあしらううち、決まって向こうが引くか、意気投合するかだった。

「あっちもまるきりの馬鹿じゃねえもん。おれが金持ってるガキだって察したら、ころっと態度を変えるわけさ」

そう未尋はうそぶき、

「ま、それすらもわかんない〝馬鹿ガキ〟相手なら、逃げるしかないけど」

と片頬で笑ってみせた。

皮肉めいたその仕草と台詞は、海斗の目にまぶしいほど大人びていた。

三橋未尋の母は「いわゆるシングルマザー」だそうだ。

「ただしうちのは、稼げるシンママな」

現役の美容師かつ、県内各地に支店を八店持つ経営者なのだという。実子の未尋いわく〝商才は一流、カットの腕は三流〟。

「もともとは水商売やってて、美容師は三十近くなってから目指したんだ。なにをしても生きのびる、雑草みたいな女だよ」

この母親は結婚せぬまま、未尋の種違いの弟を産んだ。

今年四歳になる睦月だ。

「泣き虫でうるっせえガキさ。ウゼえしムカつくしで、たまんねえ。シッターさんが来てから、ちっとはマシになったけどな。だからあのチビが寝る時間まで、おれは街をぶらぶらしてるってわけ」

未尋は肩をすくめた。

「歳の離れた弟妹は可愛い、なんてよく聞くけど、嘘だよ。知らねえ男との間にできた弟じゃ、情の湧きようがねえ。侵略してきたエイリアン見てる気分」

「わかるよ」

海斗は相槌を打った。ゆっくりと、刻みこむように言う。

「おれも、親父の後妻に対して同じ気持ちだ。いきなり出現して、家に居付いた異星人だと思ってる。最近は金を出し惜しみしなくなったから、前よりマシだけど……」

「うちも金だけはあるぜ」

未尋はにやりとした。海斗の拳に、拳をかるく打ち当てる。

「家は糞、学校も糞。だったらおれたちはこうして、自分で自分の居場所を作るしかないじゃんか。なあ？」

「そうだ」海斗はうなずいた。

「ほんとうに、そうだ」

心からの同意だった。

3

未尋と一緒に歩くと、しょっちゅう女の子から声をかけられた。

年齢もタイプもさまざまだが、八割は年上だった。制服姿の女子高生。いかにも遊んでいそうな女子大生。香水ぷんぷんな巻き髪のキャバ嬢。スーツ姿でほろ酔いの女性会社員。

必ずと言っていいほど二人連れで、

「ねえ、そっち二人？　こっちも二人なんだけどぉ」

と声をかけてきた。つづく言葉は「ご飯でもどう？」か「カラオケ行かない？」のどちらかだ。

はじめて誘われたとき、海斗はいたく動転した。これが俗に言う逆ナンかと驚き、思わず未尋の陰に隠れてしまった。

未尋はそんな海斗を親指でさして、

「ごめん。今日はこいつと大事な話あるから」

と余裕たっぷりに彼女たちをあしらった。

女たちが離れていくのを見送って、未尋は海斗に尋ねた。

「なんだ、女は苦手か？」

「うん、まあ……」

「いじめられたか」

「いや」海斗は首を横に振った。

「女子には、直接はいじめられてない。でもいつもすこし遠くで固まって、顔を半分だけこっちに向けて、くすくす笑ってた。……すごくいやだったよ。なんでかな。面と向かって嘲笑われるより、あのくすくす笑いのほうがつらかった」

「ふうん」

未尋はあいまいな声を出してから、

「なんで笑われたんだ？」と尋ねた。

海斗は一瞬、返答をためらった。だが隠してもしょうがないかと、あきらめて打ちあけた。

「……子供の頃、言葉がスムーズに出てこなかったんだ。いまでも頭の中で文章を組み立ててからでないと、第一声が出しづらい。小学生のときは組み立てに時間がかかって、なかなかしゃべりだせなかった。だから、クラスのやつらに笑われた」

「なるほどね。海斗がゆっくりしゃべるのはそのせいか」

「やっぱり変かな」

「いや、個性のうちだろ」未尋はあっさり否定した。

「ろくに考えもせず、べらべらしゃべるやつよりよっぽどいい。そういうやつって、たいてい馬鹿だからな。馬鹿は嫌いだ」

言いはなってから、ふっと笑う。

「要するに海斗はまだ〝他人が怖い〟段階なんだな。そういう時期ってあるよ。けど、すぐにわかる。肝心なのはコントロールなんだ」

二人はガストに向かった。

出会ったときにも長居していたファミレスである。店員の九割がアルバイトなせいか、客に関心がなく居心地がいい。

しかし入店する直前、またも女性たちから声をかけられた。

「ねえ、二人だよね？　あたしたちも二人なの」

「よかったら一緒にご飯しない？　おごるよ」

社会人ではなさそうだった。かっちりしすぎない、かと言ってカジュアルすぎないお姉系ファッション。栗いろの髪に流行のメイク。おそらく女子大生だろう。

海斗は未尋に目くばせした。断ろう、と視線で訴える。

だが未尋は彼を無視し、輝くばかりの笑顔で言った。

「おごってくれるの？　やったぁ。今月小遣いやばいし、お言葉に甘えちゃおっかな」

女子大生二人組は、ユカとマナミと名乗った。

メイクもファッションもよく似ていたが、よく見るとマナミのほうが美人だった。ただしユカのほうが、バッグや時計は上等である。

予定を変え、四人はファミレスの中でもやや高級志向な店に入った。

海斗はスパゲティの中で一番安いボロネーゼを頼んだ。しかし未尋は屈託なく、

「おれオムライスとココットのセット。ピザも頼んでいい？」

と甘えた。ユカとマナミが「もちろん」と即座にうなずく。

――まあいいか。

海斗は窓に顔を向けた。

どうせ女たちの目当ては未尋で、おれなんかおまけだ。未尋が二人とも相手をするようだし、こっちはタダ飯をいただくとしよう。

烏龍茶（ウーロンちゃ）を啜（すす）りながら、海斗は聞くともなしに彼らの会話を聞いた。

未尋はひどく愛想がよかった。いつものシニカルな態度はどこへやら、ユカとマナミにぺらぺらとお世辞を使った。

――なんか、がっかりだな。

やはり未尋も普通の男なのか。ファミレスを出たらどっちかの女と――あるいは両方と、ホテル街に消えるつもりなのか。

未尋が童貞でないことは、なんとなく察していた。

――でもヤれれば誰でもいい、なんてやつじゃないと思ってたのに。

逆ナンされて、ほいほいおごられて、おまけに下心満載でおべんちゃらまで言うなんて。幻滅もいいところだ。見そこなったとまでは言わないが、評価がだいぶ下がったのは確かだった。

だが次第に、海斗は会話の流れに違和感を覚えはじめた。

気づけば未尋は、ユカばかりを誉めていた。

けしてマナミをくさすわけではない。マナミのことも誉めている。しかしその倍以上、身なりのいいユカのほうを誉めそやす。

眼がきれいだね。その髪型似合ってる。センスいいよね。その時計も素敵だな。ちょっと見せて。へえ、カルティエかあ、誕生日に親に買ってもらったんだ？　お嬢さまなんだね。どうりでそこらの女とは、空気が違うと思ったよ――。

マナミはいまや口をへの字にしていた。

傍で見ている海斗のほうが、はらはらするほどだった。

未尋は不穏な空気に気づかないふりで、ユカを八割誉め、残りの二割でおざなりにマナミを誉めつづけた。

マナミは何度も席を立った。ドリンクを補充に向かうときもあったし、化粧室に向かうときもあった。

ユカは未尋に夢中だった。誉め上手な美少年にうっとりしていた。

やがて自棄になったのか、マナミがグラスワインを注文した。

未尋が「ユカさんは飲まないの？」と訊く。「飲んだらいいのに」と。

その言葉を容れ、ユカもワインをオーダーした。

なぜかそこから空気が変わった。未尋が、ユカとマナミを均等に誉めはじめたのだ。

マナミがてきめんに気をよくする。逆にユカの機嫌が急降下する。

どうやらユカ自身、容姿はマナミに劣ると知っているらしい。未尋がマナミの瞳や肌を誉めるたび、口を尖らせる。逆にマナミは、ユカのセンスや上品さが誉められるたび、ぶすっとふてくされる。

未尋がすすめるままに、二人はワインをおかわりした。そして代わるがわるトイレに立った。

海斗はいまや、三人から目が離せなくなっていた。未尋の目的がわからなかった。わからないだけに、興味があった。

そうして二時間あまりが経った頃、未尋が時計を見上げた。

「あ、もうこんな時間か。帰らなきゃ」

ごちそうさまでした、と言いつつテーブルを見まわす。

「あれ？」と唇を無音で動かす。

ユカもマナミも海斗も、なかば無意識に未尋の視線を追った。

ユカの手首。そしてユカの手もと——。

カルティエの時計が消えていた。

「ちょっと見せて」と甘える未尋に貸したあと、ユカ自身がテーブルに置いたはずの時計であった。

慌ててユカがテーブルの下を覗（のぞ）く。

海斗もテーブルクロスをめくって、床を確認した。しかし時計はなかった。

ユカの顔から血の気が引く。

「やだ、どうして？　ここに置いたはずなのに——」

「待って、落ちついて」未尋が制した。

「パニクっちゃ駄目だ。よく捜そう。みんな、椅子の下とかバッグの陰とか、じっくりようく見て」

だがやはり時計は見つからなかった。

海斗は記憶を反芻（はんすう）した。未尋が時計を返したのは覚えている。ユカもマナミも酔っていた。何度もテーブルから離れた。海斗だって、ドリンクの補充に幾度立ったかわからない。全員で席を立った瞬間さえあったかもしれない。

「マ、ママに怒られちゃう。店員に、捜してもら……」

ユカは泣きそうだった。未尋がかぶりを振る。

「いや、もう一度ちゃんと見よう。誰かの荷物に、間違ってまぎれこんでるかもしれない。全員で、自分のバッグを開けて確かめよう」

真っ先にバックパックを開けたのは、言いだしっぺの未尋だった。慌てて海斗もボディバッグをひらく。つづいてユカが留め金を開けた。

マナミもためらいがちにバッグを開ける。

次の瞬間、彼女は凍りついた。

みるみる顔いろが変わっていく。唇から「うそ……」と低いつぶやきが洩れる。

「ちょっと、あんた！」ユカが叫んだ。

マナミが顔を引き攣らせ、両手を振る。

「ち、違う。あたしじゃない。あたし、なにも知らな――」

「知らないって、じゃあなんで時計があんたのバッグに入ってんの！」

「だから、知らな」

「前から薄うす気づいてたんだからね。あんたがその時計を見る目つき！」

「おれ、通報しようか」

未尋がスマートフォンをかざした。

ユカがはっと口をつぐむ。「待って」と彼を止めた。

「でも、はっきりさせたほうがいいだろ。警察に任せよう」

「警察って。……そんな、違うの。べつに大ごとにしたいわけじゃ……。そう、そうだよね。きっと、なにかの間違いよ」

言いながらも、ユカの目ははっきりとマナミを睨んでいた。

マナミはいまや蒼白で震えている。唇が真っ白だ。

しかし海斗の目は、未尋に釘付けだった。

ユカとマナミを眺める未尋の眼は、笑っていた。それははっきりと嘲笑だった。

慌ただしく会計を済ませ、四人は店を出た。さっきまでの浮き立った空気は、きれいに消え去っていた。

ユカとマナミとは交差点で別れた。

五分ほど歩いたところで、未尋が足を止める。

彼はにやりと海斗を振りかえった。

「――な、面白かっただろ？」

「ぶはっ」

海斗は盛大に噴きだした。

訊くまでもなかった。マナミのバッグに、ユカの時計を放りこんだのは未尋だ。最初から彼女たちで〝遊ぶ〟気だったのだ。

だから彼はユカとマナミを不均等に誉めた。ユカをおだてて時計をはずさせ、アルコールをすすめ、彼女たちの神経をわざと逆撫でしていがみ合わせた。

海斗は笑いつづけた。止まらなかった。しまいには涙まで出てきた。

「すげえ――、すげえ面白かった。やばかった」

「あいつら、二度と一緒に出歩かねえだろうな」

未尋は得意げだった。

「何年の付きあいか知らないけど、美しい友情も今夜限りで終わりだ。だから言っただろ？　肝心なのはコントロールだ、って」

未尋はにっこりと言った。

「海斗。〝他人〟なんて、怖かねえよ」

声を揃えて彼らは笑った。

その笑い声は街の喧騒やクラクション、青信号が奏でる『通りゃんせ』のメロディと入り混じり、夜気に馴染んで、やがて溶けた。

未尋と海斗の根城は、おもにファミレスとカラオケボックスだった。

しかし保護者同伴なしの未成年は、どのファミレスでも夜十時で追いだされる。厳しい店ならば、八時にやんわり退店をうながされた。

カラオケボックスは、バイト店員のみの平日ならうるさくない。だが社員がいる土曜や、抜き打ちの見まわりが来た夜は容赦なく追いだされた。

ファミレスもカラオケボックスも駄目となると、例の元倉庫に行くしかなかった。とはいえ肌寒い夜に、コンクリが剝きだしの床で長居するのはつらかった。

「駅裏のゲーセンが潰れちまったからなあ」

未尋は舌打ちした。

「あそこ、いい溜まり場だったのに。午前二時までやってたし、個人経営だからルールにうるさくなかったしさ」

「いまの時代でガキやってくのって、損だよな」海斗も同調した。

「公園で遊ぼうにも『大声出すな。ボール遊びするな。自転車乗るな。犬の散歩禁止。スケボー禁止』だろ。スポーツやりたきゃ、会費払ってちゃんとしたクラブに入らなきゃだろ」

「そうそう。走りまわれる空き地はねえ。ゲーセンもおもちゃ屋もどんどん潰れてく。外で遊べば大人に『うるせえ』って怒鳴られ、家でゲームすれば『ゲーム以外やることはないのか！　いまの子供はなっとらん！』って説教される。どうしろってんだよ、まったく」

「大人は、おれたちがなにをしようが気に入らないんだ」

海斗は床を蹴った。

『おまえのためを思って言ってる』『心を鬼にして言ってる』なんて、全部でたらめだよ。やつらは説教できる自分に酔いたいだけだ。ほんとは子供なんて、どうだっていいんだ」

「見え透いてるよなあ。なのにバレてないと思いこんでっから始末が悪い」

未尋は嘆息した。

「それにしたって、居場所がねえのは参るよ。まあ、おれん家行ったっていいんだけどさ。どうせ三階は全部おれのスペースだし、鍵かけてりゃ睦月は入ってこれないし。……あーあ、シッターの森屋さんが毎日泊まってくれりゃいいのになあ。そしたらおれは、こんなに毎日逃げまわらずに済む」

と愚痴ってから、彼は海斗を振りかえった。

「海斗んとこは、まだ弟も妹もいないんだろ？」

「いないよ。親父が作りたくないみたい」

「いいよなあ。後妻を引っぱりこんでも理性が残ってる証拠だ。うらやましい」

「弟のこと、そんなに嫌いなんだ？」

「当たりまえだろ」

未尋は目もとをゆがめた。

「もしうちに地下室があったら、放りこんで閉じこめちまいたいぜ。……それができたら、すこしはすっきりするだろうな」

4

ホームルームを終え、海斗はスクールバッグを担いで中学校を出た。

日暮れにまだ遠い五月の空は、透きとおるような薄青を頭上いっぱいに広げていた。近くの中華料理屋から、生姜を炒めるいい匂いが漂う。民家の袖垣に覗くクレマチスの花が、冴えざえと目に涼しい。

海斗は両手を制服のポケットに突っこみ、一人で帰途をたどっていた。片耳に嵌めたイヤフォンからは、グラント・グリーンのギターが流れている。未尋の薦めでダウンロードしたアルバムだった。

夜は楽しくなった。でも学校は、相変わらずつまらないままだ。

海斗は校内に友達がいない。最近サボりがちな塾でも同様だ。無口で団体行動が苦手な海斗は、生徒だけでなく教師にも持てあまされていた。

成績が上位のせいか、いじめやからかいはいつの間にか絶えた。ただ代わりに、遠巻きにされるようになった。

何度クラス替えしようと、級友からの評価は同じだ。

「だんまりでキモい」

「なに考えてるかわからない」

「笑ってるとこも、しゃべってるとこも見たことない」

――幼稚園までは、こんなじゃなかったんだけどな。

胸中で海斗はつぶやく。母さんが生きてた頃は、おれだって普通の子供だった。毎日遊ぶ友達だっていたんだ、と。

実母が入院したのは、海斗が五歳の秋だ。

病院のベッドで息を引きとったのが、六歳の春。

葬儀、初七日、納骨式と四十九日を経て、〝父の後妻〟がやって来たのは、実母の死からたった八箇月後だった。

越してきた当初から、彼女は海斗に対して当たりがきつかった。

最初のうちは話しかけても無視する、睨む、舌打ち程度だった。だがみるみるエスカレートしていった。

海斗のぶんだけ食事を用意しない、洗濯物を除(よ)ける、ささいな失敗をあげつらって怒鳴る、痣(あざ)ができるほどつねる、といった具合にだ。

とりわけ彼女が熱心だったのは、海斗の話しかたを嘲笑うことだ。

「おかしなしゃべりかた」

「訛(なま)ってる」

「みっともない。こんな子を連れて歩いたら、あたしのほうが笑われるわ」

自然と海斗は無口になった。しゃべろうとしても、うまく言葉が出てこなくなった。

意識すればするほど、舌はもつれ、喉がつかえた。

そんな海斗を見て、後妻はいやらしく口真似してみせた。

「『ぼくはぁ、ぼくはぁ』だって。ほら、もういっぺん言ってみなよ。さっきのキモい宇宙語をさ。『ぼくはぁ、ぼくはぁ……』って。ほら、早く」

顔をゆがめ、海斗の発声を大げさにカリカチュアライズする後妻の顔は、暗い悦びと汗で光っていた。

「言ってみな。馬鹿みたいな顔して、さっきみたいに言ってみなよ」

「みんなあんたを笑ってる。あそこの子はおかしい、恥ずかしい子だって。みんな陰で笑ってる。知らないのはあんただけ」

「あたしを意地悪だって思ってる？　違うね、教育してやってんのよ。ほら、あの『ぼくはぁ、ぼくはぁ』をやってみな。うまくできなかったら、また床でごはんを食わせるからね」

父は、おそらく気づいていたと思う。しかし面と向かって後妻を咎めることはなかった。

ときおり海斗をドライブに連れだし、サービスエリアのレストランで「ごめんな」と、ハンバーグやカレーを食べさせるだけだった。

なにに対する「ごめん」なんだろう。海斗は思った。

あんな女と再婚したことか。虐待を見て見ぬふりしていることか。それとも母の入院中から、あの女と浮気していたことか。

訊きたかったが、訊けなかった。

海斗は無言で、すこしも辛くないカレーをがつがつと胃に詰めこんだ。

どこまでが後妻のもくろみだったかは知らない。だがもともと繊細だった海斗は、てきめんに精神を病んでいった。

最初は言葉が出てこない程度だった。しかしその沈黙は次第に長くなった。

話しかけられても詰まる。数分黙りこくる。その間はしゃべれないどころか、石のように動けなくなる。

その様子に、さすがの父も危機感を抱いたらしい。

彼は海斗を小児心療内科に連れていった。診断結果は「器質障害なし」。純粋に精神的なもので、ストレスが原因だろうと言われた。

しかし父は、ストレスの源を海斗から遠ざけはしなかった。

その後も後妻は國広家にとどまりつづけた。

代わりに家庭から消えたのは、父自身だった。

父の帰宅時間はどんどん遅くなった。家で食事する回数が激減した。土日はやれ接待ゴルフだ、休日出勤だと言って家を空けた。

逃げる父への不満を、後妻は海斗にぶつけた。海斗は学校で「だんまり野郎」といじめられ、家では後妻に小突かれて嘲（あざけ）られた。

ある朝、海斗の糸はぶつりと切れた。

彼はランドセルを背負い、いつもの時間に家を出た。

だが学校へは向かわず、通学路をそれて駅に向かった。財布には、お年玉を貯めておいた三万八千円が入っていた。

海斗は電車に乗った。二千円で行けるぎりぎりいっぱいの駅で降り、残りの三万六千円を懐に、彼は四日間放浪した。

警察に保護されたのは、五日目の夜だ。

ただちに彼は病院へ搬送され、栄養点滴を受けた。大きな怪我はなかった。ただし脱水症状を起こし、日焼けで皮膚が水ぶくれになっていた。

海斗は「帰りたくない」とごねた。

それまでが嘘のように、言葉はすんなりと喉を通った。

「帰りたくない。父も、父のゴサイもぼくを嫌いだ。ぼくはこのまま死んだほうがいい。お医者さん、どうか苦しくない死にかたを教えてください」

病室を訪れた父は、しばしの間、絶句していた。

やがて海斗の手を握り、ベッドの横にひざまずいて泣いた。

父の泣き声を聞きながら、海斗は眉ひとつ動かさなかった。後妻は来なかったんだなと、そのことだけに安堵していた。

児童相談所と民生委員の指導のもと、後妻の虐待は止んだ。

しかし海斗本人は、指導は関係なかったと思っている。彼が中学生になって、後妻より体格が勝ったせいだ、そう確信していた。

その証拠にいまだ彼女の無視はつづいており、海斗が家にいるだけでいやな顔をする。なにひとつ解決などしていない。

海斗のポケットで、スマートフォンが鳴った。

未尋からのＬＩＮＥだった。

――八時にマックな。いつもの席で。

ふっ、と海斗の頬がほころんだ。

未尋と知りあってからというもの、海斗の世界は一変した。

味気ない灰いろの風景が、いまは細部まであざやかに色づいて見えた。

歯医者の看板を左折する。電柱を二本通り過ぎ、右へ曲がれば、三軒目の青い屋根が海斗の家だ。

合鍵で玄関を開ける。

後妻の靴が、三和土（たたき）にあると確認する。

ただいまは言わなかった。向こうだって言われたくないだろう。

無言で靴を脱ぎ、無言でキッチンに入る。

冷蔵庫から、缶コーヒーを一本抜いた。

彼が小学生の頃、この冷蔵庫には後付けの鍵が取りつけられていたものだ。飢えた海斗が勝手に開けないようにと、後妻が付けた鍵であった。ただし家出事件で児童相談所の指導が入って以降ははずされ、いまはいつ開けようが文句ひとつない。

海斗は階段をのぼり、自室へ向かった。

ドアを開ける。

学習机とベッドだけの、がらんとした部屋がそこにあった。

海斗は貴重品を自室に置かないようにしていた。実母の写真も形見も、後妻にあらかた捨てられてしまったからだ。

いま彼は市立体育館のコインロッカーに、通帳、印鑑、民生委員の名刺、非常用の現金、実母の位牌(いはい)などを入れている。三日を超えると遺失物扱いになるため、こまめに通ってロッカーの位置は替えていた。

仏壇から位牌が消えたことに、父も後妻もいまだ気づいていない様子だ。現に仏壇は埃(ほこり)をかぶって、長らく水一杯上げられていない。遺影は伏せられたきりで、誰かが触れる気配もなかった。

海斗は床にスクールバッグを置いた。

溜まっていた洗濯物を抱え、階下へ下りる。

洗濯機は全自動のドラム式で、洗濯から乾燥まで約一時間半である。セットを終え、ふたたび自室へ引き上げた。

海斗はベッドに座り、スマートフォンを取りだした。

未尋にLINEのメッセージを送る。一分と経たず返事があり、画面に吹き出しとスタンプが並んでいく。思わず頬が緩んだ。

実父にも見せぬいい笑顔で、海斗は親友にメッセージを打ちつづけた。

5

「なに見てんの？」

しゃがんでスマートフォンを見つめている未尋に、海斗はかがみこんだ。

顔パスの店員がいる、例のコンビニの駐車場だ。とうに陽は落ち、二人は看板照明の真下にいた。

「んー、ニュース」

未尋が液晶から目を離さず言う。

海斗は彼の手もとを覗いた。先月中旬に、ビジネスホテルで刺殺された男のニュースであった。報道によれば、刺されて当然の悪いやつだったらしい。事件当初こそワイドショウが騒いだが、最近はあまり続報を聞かない。

「そういや事件現場のビジネスホテルって、ここから近いんだよな」

海斗が言う。

未尋は画面を見つめたまま、「ん」と生返事をした。缶のオレンジジュースを一口飲み、またスマートフォンへ顔を戻す。

「なんだよ、そんなに気になるニュースなのか？」

「そりゃ気になるさ」

美少年はようやく顔を上げ、にっと笑った。

「犯人がどんなやつだったか、海斗は気にならないか？　おれはすっげえ気になる」

「捕まってほしいの？」

「馬鹿だな。逆だよ、逆」

未尋は手を振った。

「すぐ捕まるような間抜けじゃ面白くねえじゃん。こういうのは、どこまで逃げられるかを想像して楽しむんだよ。おれはこいつ、けっこういい線いくと思うね。福田和子とか市橋達也みたいな、人生懸けた逃走劇って最高のドラマだよなあ」

未尋は目を輝かせていた。

だが話題はすぐにそれ、いつもの「定住できる場所がほしい」「いいとこないかな」の愚痴に変わっていった。

今日は海斗の塾がない曜日である。時刻は夜の七時を過ぎた。目の前に建つ三階建てのオフィスビルは、ふたつの窓を除いて消灯している。

テレビのニュースは「景気は緩やかな回復基調がつづき、雇用も増加傾向」と繰りかえす。しかし景気がいいだなんて、海斗は一度も実感した例しがない。

その証拠に、どこの会社も早ばやと灯りを消す。コンビニとドラッグストア以外はどんどん潰れていく。駅前商店街はシャッター通りと化したまま、賑(にぎ)わいを取りもどす気配すらない。

海斗は無糖の缶コーヒーを呷(あお)った。

ふたつの窓が、白い双眸(そうぼう)のように少年たちを見下ろしている。

ふと、未尋が人さし指を上げた。

指さす先には女児がいた。横断歩道の信号柱にもたれて立っている。

年齢は五、六歳といったところか。この近辺で何度か見かけた子供だ。保護者の影はなく、いつも一人でふらふら歩いている。信号柱を掴(つか)んだ手が骨ばっていた。爪は伸びて、真っ黒だ。

「――もろにネグられてるよな、あいつ」

未尋が言った。感情のない声だった。

「だね。養育放棄(ネグレクト)だ」海斗も相槌を打つ。

かつて海斗自身が、さんざん聞かされた言葉であった。警察が、児童相談所が、民生委員が、保護直後の海斗にこの五文字を浴びせてきたものだ。典型的なネグレクトだ。被虐待児童だ――と。

「おーい、こっち来い」

未尋が女児を手まねく。

女児はぎょっと目を見ひらき、信号柱に隠れた。ややあって、顔を半分覗かせる。気になるのか、片目でこちらを用心深くうかがっている。

未尋はなおも手まねきをつづけた。

飽きっぽい彼にしては珍しい、と海斗は無言で見守った。

やがて女児は、おずおずとにじり寄ってきた。頬を強張らせ、目にいっぱいの警戒をたたえている。

あと一メートル、というところで女児は止まった。

「おまえさ、今日メシ食った？」

未尋が問う。女児は首を横に振った。

「じゃあこれやるよ」

飲みかけのオレンジジュースを、未尋は地面に置いた。女児が数歩進めば届くところまで、手でぐいと押しだす。

女児はしばらく動かなかった。

だが、結局は飢えに負けた。素早く走り寄り、女児はジュースを引っ摑んだ。また数メートル離れてから、むさぼるように飲みはじめる。

おれもあんなだったんだろうな——。海斗は思った。

同情は湧かなかった。むしろいまいましかった。かつての自分の姿を思い知らされたようで、胃の底がむかついた。

未尋が「ちょっと待ってろ」と海斗にささやく。コンビニに入っていく。

オレンジジュースを飲みほした女児は、大きなげっぷをすると、飲み口を名残り惜しそうに舐めまわした。

浅ましい。海斗は思った。みっともない。みじめだ。どうしてこいつはこんなに弱いんだ。

弱くて醜悪なやつは、みんな死ねばいい。あの頃のおれと一緒に、消えてなくなっちまえばいい。

未尋が店から出てきた。買ったものを両手に持っている。さっきと同じオレンジジュースと、ドッグフードの缶詰がひとつずつだ。

「おい、こっち来いよ」

ふたたび未尋が女児を手まねく。

女児が顔を上げた。その双眸からは、警戒心が薄れつつあった。

コンビニの店舗は美容院と隣接しているが、高い植え込みが二軒を隔てている。

未尋は植え込みと壁との、細い隙間に入りこんだ。ドッグフードの缶詰を開ける。地面に缶を置く。

隙間から出た未尋は、女児をいま一度呼び寄せた。

「食っていいぞ。――食えよ」

女児は体をかがめながら、ふたたびじりじりと近づいてきた。目はドッグフードの缶詰に吸い寄せられて動かない。ごくりと喉が上下した。

「食え」

未尋が再度うながす。

弾かれたように、女児は缶詰に飛びついた。

地べたにしゃがみこみ、ウエットタイプのドッグフードを指ですくう。ほじくりだしては、せわしなく口に運ぶ。

がっつくとはこのことか、と感心するほどの食べっぷりだった。ろくに味などないだろうペットの餌を、文字どおり夢中でむさぼっている。

「まるで犬だな」

呆れて海斗が言うと、

「犬だよ」未尋は笑った。

「人間なんて、堕ちればすぐ犬になるのさ。見ろよ、こいつがいい例だ」

小気味よさそうに未尋は言った。

海斗は親友を見やった。未尋は美しい顔をゆがめ、双眸に嘲りを浮かべていた。

その横顔を眺めるうち、ゆっくりと海斗の下腹がざわついてきた。

奇妙なざわめきだった。高揚と尊敬と愉悦と、どこか性的なニュアンスを帯びた爽快感。

海斗はつぶやいた。そしてほんのすこしの嫌悪。

「——成人でも、犬にできるかな」

「ん？」

未尋が振りかえる。重ねて海斗は言った。

「四十代の女でも、こんなふうに、犬の立場まで堕とせるのかな」

脳裏に浮かんでいたのは、記憶の奥の憎々しい嘲笑だった。いやらしく体をくねらせ、目を剝いて彼を嘲った、あの頃の継母。

——ほら、もういっぺん言ってみなよ。『ぼくはぁ、ぼくはぁ……』って。ほら、早く。

——みんなあんたを笑ってる。あそこの子はおかしい、恥ずかしい子だって。みんな陰で笑ってる。知らないのはあんただけ。

——教育してやってんのよ。ほら、あの『ぼくはぁ、ぼくはぁ』をやってみな。うまくできなかったら、また床でごはんを食わせるからね。

「さあな。やってみなくちゃわからない」

未尋は肩をすくめた。

「機会がありゃ、試してみてもいいけどな」

6

週明けから、雨がつづいていた。

午後の教室は湿気がこもり、肌がべとついて不快だ。エアコンは全教室に設置されているものの、『夏場は気温三十度以上の日のみ使用可』と定められ、湿度には頓着してもらえない。

休み時間ともなれば、女子生徒の文句がやかましかった。

「湿気やばい。髪うねるー」

「あんたなんてまだいいじゃん。うち天パだから、シャレなんないわ」

「汗っかきにはつらい季節だよね」

やいのやいのとうるさい声を背に、海斗はスマートフォンで電子書籍を読んでいた。G・ウィロー・ウィルソンの『無限の書』である。

海斗は本が好きだ。ジャンルの区別なく、ミステリだろうと時代小説だろうと純文学だろうと面白ければ読む。

だが安心して読めるようになったのは最近だ。小学生の頃は本など買ってもらえなかった。図書館から借りてきても、〝父の後妻〟がかばんをあさって捨ててしまった。図書館への弁償は父がした。だが破損や紛失がたび重なれば、司書は海斗を目のかたきにする。やさしかった司書に睨まれるのが悲しくて、いつしか海斗は図書館通いをやめた。後妻は彼を、孤独へ追いやるのが巧(うま)かった。

──でもいまは、スマホがある。

父が買い与えたスマートフォンだ。

通信料金はもちろん、電子書籍や動画配信サービスの料金も、父の個人口座から引き落としてある。

自宅にいる間、海斗はかたときもスマートフォンと鍵一式を手ばなさない。入浴中も、ジップロックに入れて浴室に持ちこんでいた。彼が持つ唯一の貴重品と言えた。

海斗が液晶をスワイプしたそのとき。

かるい衝撃とともに、海斗の体が横にずれた。

いぶかしく思い、顔を上げる。クラスメイトの鷺谷(さぎたに)が、にやつきながら離れていくところだった。ぶつかったのに、海斗とは目も合わせない。

──ああ、椅子にわざとぶつかられたのか。

そう気づいたのは、スマートフォンに目を戻して数秒後であった。

鷺谷も海斗と同じく、あぶれ者の生徒だ。

ただし鷺谷のほうは〝いじられキャラ〟という建前になっていた。

からかわれ、小突きまわされ、なにかというとネタにされながら、「あいつ、そういうキャラじゃん」「遊んでやってんだよ」で済まされる生徒だ。

——そういえば鷺谷は、さっきも男子たちに突つきまわされていたっけ。

つまりおれは八つ当たりされたのか。納得すると同時に、海斗は呆れた。

同じくクラスのあぶれ者で、おとなしい國広海斗なら恰好の獲物と思われたらしい。

さすがに心外だった。

自分が鷺谷より下だと思ったことは一度もない。成績や容姿は海斗のほうがはるかに上だ。身長だってずっと高い。それにそう、なにより。

——なによりおれには、未尋がいる。

この教室に居並ぶカボチャどもとは段違いの、美しく傲岸な親友。なにものにも縛られない、自由で特別な友人が。

——おまえらごときが、あの三橋未尋に相手にしてもらえるか？

海斗はひっそり笑った。

湿気で髪がうねるだの、いじられキャラが不満だの、そんな瑣末事でうだうだ言っているおまえらのそばには、いったい誰がいる？　愚鈍な級友。スノッブ臭ぷんぷんたる親。賢しらな顔で、時代遅れの説教をかます教師。何百人たばになったところで、未尋一人の価値もない。

未尋の声が、鼓膜の奥でリフレインする。

——犬だよ。

——人間なんて、堕ちればすぐ犬になるのさ。

海斗はちいさく笑いを洩らした。

気づけば、鷺谷への不満はきれいに消えていた。海斗は椅子に背を預け、『無限の書』のつづきを読みはじめた。


帰宅して、自室へ入った途端。

海斗は違和感に気づいた。

朝出たときと、椅子の角度が微妙に違う。電気スタンドの位置も、枕の位置も変わっている。

――くそ。あのババア、家捜ししやがったな。

海斗は舌打ちした。

部屋に貴重品は置いていない。だが腹立たしいことに変わりはない。

後妻がなにを目当てに部屋をあさったかは知らないが、なかば以上はいやがらせだろう。彼が自室にものを置かないと、あの女はとうに知っている。

――ま、好きにすりゃいいさ。

海斗は吐き捨て、制服を脱いだ。

パンツ一丁でベッドに寝転がる。スマートフォンで動画を再生する。

未尋からもらった動画だった。ネットで拾ったという、完全無修整のポルノである。

画面はひどく暗い。女をだまして誘いこみ、監禁して犯すというストーリイのポルノだ。むろん作りものだが、女の悲鳴がやけに真に迫っていた。カメラの揺れが大きいせいいか、どこかモキュメンタリー系のホラーじみている。

佳境に差しかかったところで、LINEの通知が届いた。

未尋だ。海斗は画面を切り替えた。

――やったぜ、お祝いだ！

未尋のメッセージは、やけにテンションが高かった。

――森屋さんが今週からうちに住み込みになった！　最高！

森屋さんて誰だっけ。そう首をかしげたところで、ああ睦月のシッターか、と思いあたる。つまり今後は弟を、シッターに任せきりにできるらしい。

未尋は上機嫌で、次つぎメッセージを送ってきた。

――海斗、いま暇か？　お祝いにパーティしようぜ。

――いつものコンビニで待ち合わせしよう。今日はおれん家に招待するよ。

7

三橋家は、閑静な住宅街の一画に建っていた。

いわゆるデザイナーズ建築というやつか、真っ黒な直方体の建物である。遠目には地面に突き立った木炭さながらだ。ちいさな丸窓が、壁のあちこちで奇妙な角度にひらいている。庭らしい庭はなく、駐車場ばかりがだだっ広い。

一歩入ると、想像より中は明るかった。

側面の窓ではなく、おもに天窓から光が射しこむ造りになっているらしい。

内装は白とシルバーを基調に統一されており、生活感が乏しかった。家というより、洒落(しゃれ)た雑貨屋かカフェのようだ。

だが未尋の弟の睦月は、家以上に海斗を驚かせた。

まだ四歳だというのに、睦月の目鼻立ちはすでに完成されていた。薄茶の髪が肩下まで伸びている。ベビーピンクの部屋着が、白い肌にひどく映える。

「女の子かと思った」

どぎまぎしながら言うと、

「あの恰好か？　亜寿沙(あずさ)の趣味だよ」

無造作に未尋が答えた。

「亜寿沙ってのはうちの母親な。おれらの見てくれでわかるとおり、白人系ダブルのメンズモデルに弱い女なのさ。そんでもって『美はジェンダーにとらわれず、本人の資質に重点を置くべし』とかなんとか言うわけ。要するに男女関係なく、可愛けりゃ可愛い恰好(かっこう)をさせる主義だ」

「いいと思いますよ」

ベビーシッターの森屋は、五十代はじめに見える女性だった。

彼女は背後から睦月を抱き寄せ、微笑んだ。

「未尋さまも睦月さまも、とってもおきれいですもの。きれいな子がきれいな恰好をするのは、素敵なことです」

海斗は三橋兄弟と森屋とで、ボードゲームをして遊んだ。

睦月は聞きわけのいい子だった。意外にも未尋は、苛立ちひとつ見せず弟と遊んでいた。森屋は睦月をフォローするときだけ、ごくひかえめに手助けした。

意外なほどなごやかな時間だった。

——でも、こういうのもいいもんだな。

そうだ。けして悪くない。

モダンでスタイリッシュな家。やわらかな空気。夕方には天窓からオレンジの陽が射しこみ、陽が落ちれば洒落たライティングが室内を照らす。

三橋亜寿沙が帰ってきたのは、午後八時過ぎだった。

「あら珍しい。ヒロのお友達？」

と言って目を見ひらいた亜寿沙は、けして〝美人〟ではなかった。美人の規格に当てはめるには目鼻のパーツが大きすぎ、そばかすが多すぎた。

だが彼女には、常識的な美醜のレッテルなど吹き飛ばすオーラがあった。

真っ黒な服。真っ赤なリップ。大きな口が笑うと、息子そっくりの完璧な歯並びが覗いた。中学生の息子がいるとは思えぬほど若く、いきいきしていた。

「紹介してよ、ヒロ」

「友達の國広海斗だよ。どう、亜寿沙の好みだろ？」未尋が言う。

亜寿沙は海斗を上から下まで眺めまわしてから、

「うん、合格。ヒロはやっぱ、あたしとセンスが似てる」

と親指を立てた。

「ところでヒロ、あんたら夕飯どうすんの。ピザでも取るの？」

「べつに決めてねえけど」

「今日はすき焼きにしようと思ってたのよね。本格的に森屋さんをお迎えする記念だもん。お友達も、よかったら一緒に食べてかない？」

「はあ？　初対面で鍋囲ませる気かよー。てか、安もんの肉じゃねえだろうな。海斗の前で、恥ずかしいもん出してくれるなよ？」

「失礼ね、米沢牛よ。いただきものだから安くはないでしょ」

亜寿沙がふたたび海斗を見やる。

「ねえきみ、お肉好き？　食べものにアレルギーとかある？」

「な、ないです」

海斗は口ごもりながら答えた。テンポのいい母子の会話に付いていけない。

「アレルギーも、好き嫌いもありません」

「あらそう。育ちがいいのね」

亜寿沙は笑った。真っ白すぎる歯がふたたび覗く。育ちがいいなんて言われたのは、生まれてはじめてだ――。どぎまぎと海斗は思った。

すき焼き鍋を囲む夕飯は、約一時間後にはじまった。

「海斗くん、卵いる？」

「あ、いいえ。いいです」

手を振って断ってから、海斗は「ありがとうございます」と付けくわえた。

――すき焼きなんて何年ぶりだろう。

実母が生きていた頃は、何度か食べたはずだ。だがおぼろげにしか記憶がなかった。後妻が来てからは、鍋を家族で囲んだ夜なんて一度もない。

甘い割下で肉が煮える匂いに、思わずつばが湧いた。未尋が笑う。

「うちのすき焼きって、亜寿沙の好み重視だから具が独特なんだよ。春菊なし、白滝なしで、えのき茸の代わりにしめじが入って、長葱と白菜と肉ばっか」

「ごめんねえ。生まれが田舎だから、春菊より白菜のほうが慣れてるの。割下でくたくたになった白菜、美味しいじゃん。あとは豆腐よりお麩ね」

「作るのは森屋さんなのにさ。注文ばっかうるせぇんだぜ」

「はいはい。すみませんねーだ」

亜寿沙がつんと顎をそらして言う。

テーブルに笑いが沸いた。海斗も笑った。

「やっぱ肉にはビールよねえ。ヒロ、冷えたの一本持ってきてよ」

「いいけど、おれと海斗も飲むぜ？」

「あら、海斗くんもいける口なの。んじゃビアグラスは三つね」

「奥さま、グラスはわたしが」森屋が立ちあがる。

鍋から立ちのぼる湯気越しの光景を、海斗は映画のようだと思った。

非現実的なほど美形の兄弟。若くスタイリッシュな母親。モデルハウスと見まがうリヴィングダイニングに、北欧系のインテリア。

「はい、かんぱーい」

煮えた肉は、舌の上でとろけた。噛んでもまるで繊維を感じなかった。

亜寿沙は水のようにビールを干し、けろりとしていた。未尋は常のクールさが嘘のようによくしゃべった。森屋は「ムッちゃん、お肉大きかった？　お箸で切れる？」と甲斐甲斐しく世話をやき、睦月はきゃっきゃと笑っていた。

亜寿沙の言うとおり、くたくたに煮えた白菜は美味かった。葱は甘かった。割下が染みこんだ焼き麩を噛むと、口内にじゅわっと汁があふれた。

海斗はすすめられるがままにビールを飲んだ。目の前に、みるみる空き缶が並んでいく。数えるのは途中で放棄した。

亜寿沙が問う。

「海斗くん。そろそろ締めにするけど、おじや派？　うどん派？」

「あ、いえ、どちらでも」

海斗は急いで答えた。

派もなにも、すき焼きの締めだなんて初経験だ。実母が生きていた頃は幼稚園児で、すこしの肉でご飯を一膳食べれば終わりだったはずだ。

「いまどきの子にしちゃ遠慮がちねえ。ヒロの友達とは思えない」

「うるせえよ」

三橋母子が、顔を見合わせて笑う。

森屋が立ちあがる。「では今日は、おうどんにしましょうか。用意いたします」

海斗はうっとりと湯気の向こうの彼らを眺めた。

夢のように美しく、幸せな光景だった。


夕飯を終え、海斗は未尋の自室に案内された。

未尋の部屋は三階にあった。十二帖ほどの広さで、セミダブルのベッドと一人掛けのソファ、システムデスク、そして四十二型のテレビが置かれている。亜寿沙の趣味なのか、家具はホワイトオークで統一されていた。

「睦月くんって、おとなしいんだな」

海斗は言った。

「女の子みたいに可愛いしさ。てっきり、もっとうるさい子かと思った」

「充分うるせえよ」未尋は吐き捨てた。

「今日は客の前だから、猫かぶってたんだ。ふだんは甘えてばっかでウッゼえんだぜ」

と肩をすくめて、

「いまよりウザくなったら、殺そうと思ってる」

さらりと未尋は言った。

猫のように優雅な仕草で、布張りのソファに腰をおろす。

「映画でも観るか？　あ、そういや、こないだあげた動画どうした？」

例の監禁もののポルノのことだ。海斗はうなずいて、

「観たよ、よかった。あの女優、熱演だったな」

「抜いたか？」

「二回くらい」

「ははっ」

海斗の返答に、未尋はのけぞって笑った。

「ほんと海斗はいいよな。こういう場面で気取んないとこ、ほんといいよ。馬鹿は『あいう暴力的なのは、ちょっと』なんていい子ぶったり、かと思えば『あの程度じゃ抜けねえよ、ガキじゃあるまいし』なんてイキがってみせる。どっちも馬鹿で糞だ。欲望に正直になれないやつは、最低だ」

言い終えるやいなや、未尋はすっと笑みを消した。

立ちあがり、カーテンを引き開けて外を見る。音高く舌打ちする。

「……ったく、うるせえな」

「え？」海斗は戸惑った。

「な、なにが？」

「なにって犬だよ、犬。さっきからずっと、きゃんきゃん吠(ほ)えてやがる。糞が。うるせえったらねえよ」

言われてみれば、近所から犬の吠え声が聞こえてくる。

未尋がふたたび舌打ちした。

「通り一本離れた家で、先週から飼いはじめたんだ。無駄吠えばっかさせて、叱りもしねえ。朝から晩まで、のべつまくなしに吠えさせてやがる」

窓を拳で叩(たた)く。ガラスが震えた。

「ああいうのも、糞だ。飼い主が糞なんだ。犬にはしつけが必要なのに。甘やかすのは犬のためにならない。飼い主の資格がないんだ。失格だ」

唸(うな)るように言う未尋に、海斗は寄り添うように立った。

ガラス越しに眼下の近隣を眺める。

まわりは二階建てが多いため、庭ごと屋根を見下ろすかたちになる。

月の明るい夜だった。どこかで犬が、短く高く吠えつづけている。子犬の声に聞こえた。思わず首を伸ばしたとき。

電柱の脇に立つ、一人の男が見えた。

——あれ？

海斗は眉根を寄せた。

この高さからは、男の顔は視認できない。しかしキャメルカラーのナイロンジャケットと、黒のワークパンツに見覚えがある気がした。

——そうだ。今日この家に入るときも見かけたような。

だが自信はなかった。気のせいかな、と内心でかぶりを振る。

あんな恰好の男はどこにでもいる。体形だって特徴がない。夜の散歩中にたまたま立ち止まったか、家では煙草を吸えないホタル族ってやつかもしれない。

万が一泥棒だとしても、三橋家の玄関には警備サービス会社のシールがあった。海斗が心配するすじあいではなかった。

「あーあ、こうなりゃ音量上げて動画でも観るしかねえな」未尋が窓から離れた。

「おい海斗、なに観る？　エロいの観るか？」

海斗は親友を振りかえった。

「エロいのもいいけど、おれ今日はマーベル系の映画が観たいな。最近、新作の予告編が公開されたじゃん？　あれのパート1……」

犬は、まだ吠えつづけていた。

8

波模様に『氷』と赤字で書いた幟が揺れている。コンビニの軒先に掲げられた幟だ。例の、行きつけのコンビニであった。

「あっちいなあ」未尋が手で顔を扇ぐ。

全国的に梅雨入りしたらしいが、ここ数日は晴天がつづいていた。毎日うだるような暑さで、熊谷では早くも三十八度を記録したそうだ。

コンビニと美容院を隔てる植え込みから、ふと白い顔が覗いた。猫だった。枝葉の間をするりとすべり出てくる。全身真っ白な子猫だ。

「うわ、かっわいい」

未尋が高い声を出した。まっすぐ駆け寄っていく。

海斗は驚いて相棒を見送った。

猫好きだったのか？　そんなのはじめて知った。動物に興味がある、とすら聞いたことがない。

犬にはあんなに邪険な未尋が、白猫を抱き上げ、目じりを下げて撫でまわしている。

「首にリボンしてら。よしよし、美人ちゃん。おまえどこの子だ？」

毛づやのいい猫だった。両の眼が透きとおるように青い。ぴんと立った耳と鼻先はピンクで、健康状態もよさそうだ。

「可愛がられてそうだな」

ぼんやりと海斗は言った。

未尋はしゃがんで膝に猫をのせていた。尾のすこし上を、揉むように掻いている。猫が気持ちよさそうに目を細める。

「その猫、気に入ったの？」

「ああ。可愛いじゃんか」

「なら連れて帰っちゃえば」

なんの気なしに吐いた言葉だった。

しかし未尋は「は？　そんなの駄目だ」と強い口調ではねつけた。

「この子は飼い主を好きかもしれないだろ。糞な飼い主ならさらってもいい。でもそうでないなら、引き離すなんて駄目だ」

海斗は気圧され、「そ、そうか」と引きさがった。

家畜に餌を恵むように人間の女児を扱い、犬を嫌悪する未尋。わざと女同士を争わせて楽しむ未尋。その残酷さと、眼前の無邪気さがうまく繋がらなかった。

未尋は名残り惜しそうに猫を一撫でし、

「バイバイ」と膝から下ろした。

白い尻尾が植え込みに戻っていくのを見届け、海斗を振りかえる。

「店、入ろうぜ。喉渇いちまった」

コンビニの店内は、冷房がきんきんに効いていた。

「おれ、ジンジャーエール。海斗は？」

「コーラかな」

言いながら、買い物籠にジンジャーエールとコーラを入れた。

ついでに酒のコーナーにまわり、ウォトカの瓶も一本入れる。うるさそうな客はいないよな——と店内を見まわし、海斗はぎくりとした。

外に立つ男と、窓越しに目が合ったからだ。

知らない男だった。

この暑いのにナイロンジャケットを着込み、フードをかぶっている。顔は前髪とフードに隠れてよく見えない。だが視線を感じた。男は、海斗と未尋をまっすぐに凝視していた。

ふ、と男がきびすを返す。足早に立ち去っていく。

呆然と立ちすくむ海斗に、

「おい、どうした？」未尋が声をかけた。

「いや、あの——知らないおっさんが、外からこっち見てて」

言い終えて、はっとする。

そうだ、あのキャメルカラーのジャケットに黒のワークパンツ。

数日前、未尋の部屋の窓から見下ろした男だ。あのときは電柱の脇に立って、三橋家をうかがっていた。

海斗は未尋にすべてを話した。

前にも見かけた男だったこと。そのときは気のせいだと思ったこと。そのときもいまも、間違いなくこちらの様子を探るように見つめていたことを。

しかし未尋は、「ふうん」と気のない声を出しただけだった。

「ふうんって……、怖くないのか」

「たまにいるよ、その手の変態。ほら、おれくらいの美形になると、どこにいても目立つじゃん?」

と未尋は笑ってから、

「冗談はさておき、亜寿沙の元カレかもな。おれに取りなしてもらおうと付きまとうやつ、前にもいたんだ。しつこくしたらよけい嫌われるのに、わかってねえよなあ」

ぽんと海斗の肩を叩く。

「ま、そう気にすんなって。亜寿沙にはおれから言っとくよ。男遊びはかまわないけど、おれのツレをあんまビビらせるなってな」

「べつに、ビビってなんか」

口を尖(とが)らせる海斗から、「それよりさ」と未尋は買い物籠を取りあげた。

「今度、海斗ん家にも招待してくれよ」

「は？　おれんち!?」

「そう、おまえんち」

目をまるくする海斗に、未尋がにやりと笑う。

「冗談だろ」海斗はかぶりを振った。

「うちは無理だよ。〝父の後妻〟がいるんだぞ」

「だから行きたいのさ。いっぺんツラを拝んでみたい」

「ブスだぜ」

「わかってる」

うなずいてから、未尋は海斗を覗きこんだ。

「いいじゃんか、な？　招待してくれよ。相棒」

9

教室のエアコンが唸りはじめた。やった、と海斗は胸中で拳を握った。

ずっと二十九度前後をさまよっていた温度計が、三十度を超えたのは十分ほど前だ。おかげでエアコン稼働の許可が下りたらしい。

汗で机に貼りついた腕を、海斗はゆっくりと引き剝がした。温度より、湿度のほうがたまらない。教科書とノートをしまおうと、机の横に掛けたバッグに身をかがめた。

そのとき、足もとに消しゴムが転がってきた。

思わず顔を上げる。

一人の女子がこちらを見て、口を「あ」のかたちに開けていた。

どう見ても「あ、しまった」の表情だ。よりによって國広海斗かよ――と考えているのが、手にとるように伝わってきた。

常ならば無視するところだ。だがその日の海斗は、身をのりだして消しゴムを拾った。くだんの女子に「これ、落とした？」と訊きながら差しだす。

脳内では、いつか聞いた未尋の言葉が響いていた。「〝他人〟なんて怖かねえよ」との嘲笑（ちょうしょう）を含んだ言葉が。

「え、あ――ありがとう」

海斗の手から、女子は消しゴムを受けとった。なぜか顔を赤くしていた。

クラスカーストでは中位に属するはずの女子だ。成績は上の中、ルックスは中の上。フルネームは思いだせないが、確か陸上部だったはずだ。

ほんとだ、べつに怖かねえな――。

自分にうなずきながら、スクールバッグをひらいた。スマートフォンが点滅していた。LINEのメッセージが届いている。未尋だ。

――今日は亜寿沙のカレシが来るんだ。ウゼえから、おまえん家行かせて。

いつもの元倉庫でいいじゃん、と返そうか海斗は迷った。〝父の後妻〟に、未尋を見せたくなかった。と同時に、未尋にあの女を一度見てほしいとも思った。

未尋はあの中年女をどう評するだろうか。どれほど嘲笑し、小馬鹿にしてくれるだろうか。考えただけで、無意識に頬がほころんだ。

瞬間、椅子をななめ後ろから蹴られた。

振りかえるまでもなかった。鷺谷である。例の〝いじられキャラ〟だ。どうやらまた、海斗を八つ当たりの道具にしたらしい。

「……ニヤついてんなよ、キモっ」

短く吐き捨て、鷺谷が離れていく。海斗はその背を、無感動に見送った。

「お邪魔します。海斗くんと同じクラスの田中太郎です」

輝くような笑顔で、未尋は〝父の後妻〟にそう名乗った。

後妻は気圧されたように目をしばたたき、

「あ、……ああ、そう。いらっしゃい」と応えた。

彼女は未尋が差しだす手土産のケーキを受けとり、驚いたことにうっすら愛想笑いまで返してきた。

さすが美少年の威力はすさまじい——と、海斗としては賛嘆の眼差しを向けるしかなかった。

「くっせえババア」

海斗の部屋に入るやいなや、未尋は頬をゆがめた。

「知ってっか？　男に相手されないババアは股の臭いでわかるんだ。間違いねえや、あいつはここ三年ほどヤってねえ。くせえのなんのって、鼻が曲がりそうだったぜ」

思わず海斗は噴きだした。未尋も笑った。

声を揃えて、二人は数分の間笑いつづけた。

後妻が入ってこられないよう、海斗はドアにつっかえ棒をした。

未尋とベッドに座り、例のコンビニで買った酒を呷る。海斗のスマートフォンで動画を眺めつつ、合間に馬鹿話で盛りあがった。

未尋が「ニュースが観たい」と言いだしたのは、西空に陽が落ちる頃だ。

海斗はポータルサイトにアクセスした。国内ニュース一覧に飛び、新着ニュースをチェックする。その中に、例のビジネスホテル殺人の続報があった。

「これだ。海斗、この記事」

言われるがままに記事をひらく。

週刊誌の配信記事だった。ホテルの防犯カメラで、犯人とおぼしき男が確認できたらしい。身長は百七十センチあるかないかで痩せ形だという。

記者は「事件の枝葉末節を除けば、単純な刺殺事件のはず」「なぜ警察が手をこまねいているのか理解に苦しむ」と、しきりに捜査を批判していた。

「ほかに情報ないのかな」

未尋にせっつかれ、海斗はグーグルに戻って、事件名と地名で検索した。

検索結果のトップは巨大匿名掲示板のスレッドであった。

スレッドをひらくと、思った以上に辛辣だった。

「被害者は刺されて当然」

「顔が見えなくて中背なんて情報、発表する意味あるか？　さすがマスゴミ、無能の極み」

「被害者はクズだったんだろ？　なら死んでもいいじゃん。捜査終了」

といったレスポンスが延々とつづいている。さらに下へスクロールさせていった。

ある書き込みに、海斗はふと手を止めた。

【天誅】なる固定ハンドルの書き込みであった。

「ビジホ殺人事件の真犯人はこのおれ！　愚鈍な警察諸君、おれは透明な存在じゃねーから捕まえてみたまえ。殺されたほうがいいやつは、殺せばいい！　日本をよりよくするため、ゴミはじゃんじゃん始末しちゃいましょう」

その下には「通報しました」「なにイキってんの？」「あーあ、また馬鹿が一人」と冷笑的なレスポンスがつづく。

海斗は苦笑した。

「こういうやつって、どっこにでも湧くよな。どうせ引きこもりの中年だよ。まあ運営だって、この程度なら削除せずほっとく——」

つづく言葉を、海斗は吞んだ。

隣の未尋が形相を変えていた。

白い頰が青ざめている。目じりは引き攣り、わなないていた。唇がめくれ、歯が覗いている。はじめて見る、憤怒(ふんぬ)の表情だった。

「……ムカつく」

未尋は呻いた。

「こういうやつが、一番ムカつくんだ。なにもできねえくせに、横取りだけは一丁前のくそったれ野郎。無能がなにを勘違いしていやがる。糞が。こんなやつ、いますぐ死ねばいい。糞、糞が——、馬鹿ガキがっ！」

怒りで詰まった声がしわがれ、震えていた。口調も顔つきも、別人に思えた。

われ知らず海斗は、親友からそっと身を引いた。

第四章

1

白石は午前中の家事を済ませ、自転車で薩摩家へ向かった。

治郎の遺体はとうに検視解剖を終え、志津のもとへと返されているはずだ。葬儀が挙げられたとはまだ聞かない。密葬にしたのかもしれない。

ともかく、仏壇に線香の一本も上げさせてもらうつもりだった。

治郎だけでなく、伊知郎のぶんもだ。一度くらいは霊前に手を合わせておきたかった。

自転車を停め、数寄屋門の前に立つ。

だが門扉も自動シャッターも、堅く閉ざされていた。隙間からかろうじて覗ける邸内は火が消えたようで、人の気配すらしない。

――よそへ避難したのかな。

だとしても当然だ、と白石はひとりごちた。

事件の直後には、きっと報道陣が押しかけただろう。好奇の目も集まっただろう。

いまや治郎の殺害事件は、その前の監禁事件と合わせて『茨城飼育事件』などという下世話な通り名で呼ばれているらしい。それほどに世間の耳目を集める、センセーショナルな事件だったのだ。

白石はあきらめて門扉から離れた。

――残念だが、今日はこれから予定がある。

腕時計を覗いた。午後一時五分。

――これから目当ての店まで走って戻れば、約束の時間に間にあうな。

しかし油断しての寄り道は厳禁だった。大事な約束なのだ。もし遅刻したなら、今後の生活にもかかわるだろう、超ＶＩＰとの会談であった。

二時きっかりに、白石は園村家のチャイムを押した。

〝園村先生〟こと園村牧子は、白石兄妹と同じマンションの十一階に住んでいる。

「白石さん、いらっしゃい。時間どおりね」

「おじゃまいたします。あのこれ、つまらないものですが」

白石は化粧箱をうやうやしく差しだした。

和菓子党の牧子に合わせ、自転車で往復四十分走って購めた有名店の上生菓子だった。

きりりと厳めしい牧子の顔が、てきめんにほころぶ。

「あらあ、気を遣わせちゃってごめんなさい」

「いえいえ、いいんです。ぼくこそ、あつかましくお茶会にお邪魔いたしまして」

園村牧子は、このマンションの自治会長である。

果子いわく「ダンジョンのラスボス」。住民たちがゴミ捨てのルールを厳守するのも、風紀を守って騒音を出さないのも、ひとえにこの牧子が怖いからであった。

威厳があるのも当然で、二年前に定年退職したばかりの元教頭先生である。四十年近く市内の中学を異動しつづけ、教育に身を捧げてきた彼女だ。その顔の広さと威信は、凡百の及ぶところではなかった。

——そんな園村先生がひらく〝お茶会〟ともなれば。

リヴィングには、すでに三人の女性が集まっていた。

「あら白石さん、お噂はかねがね」

「妹さんと住んでるんですってね。専業主夫をしてらっしゃるとか。でもいまの時代、そういう男性だって必要よねえ」

全員、知らない顔だった。

彼女たちは白石をきゃっきゃともてはやし、箱入りの上生菓子に歓声を上げた。

「これは、とっときのお茶を淹れなくちゃね」

いそいそと牧子がキッチンへ向かう。

白石が「みなさんのご紹介を」と乞う暇もなかった。生菓子で機嫌を取ったはいいが、上等すぎて牧子の気遣いまで吹っ飛ばしてしまったらしい。

しかたなく白石は眼前の三人に、失礼ながら「女性A、B、C」と脳内で記号を割り振った。

濃い煎茶と上生菓子をひとしきり楽しんだのち、

「そういえばね」

　と牧子が女性Bに向かって切りだした。

「こちらの白石さんが、伊田さんとこのご長男について訊きたいんですって。あなた、お隣さんだからよく知っているでしょう？」

「ご長男って、瞬矢くんのことよね。あら、お知りあい？」

　目をまるくする女性Bに、白石は会釈した。

「いやあ、じつはぼく、以前は少年の更生にかかわる仕事をしていまして。伊田くんは元気でやってますか？」

　伊田瞬矢。治郎が家裁送りになった、七年前の事件の主犯である。

　Bはあやしむ様子もなく、

「ええ、瞬矢くんならよくやってますよ。親御さんも一安心みたい。ほんとにねえ、一時期はどうなるかと思ったけどね」

　頰に手を当てて言った。

「けど、あの子がグレちゃったのも無理ないわよ。もとはと言えば、ほら、あの事件……。瞬矢くんはちょうど思春期だったもの。多感な時期にあれはショックすぎますって。白石さんだってそう思うでしょう？」

　問いかけられ、白石は急いで「もちろんです」と答えた。

なんのことやらさっぱりだが、心得顔でうなずいてみせる。

女性Bは「やっぱりね」と慨嘆した。

「そうよねえ。あの当時、瞬矢くんはまだ中学生だったんですよ。自分の身に置きかえたら、一生忘れられないトラウマだと思います」

「え、なになに？　それってなんの話？」

耐えかねたか、女性Cが割りこんでくる。女性Bは眉根を寄せた。

「瞬矢く――、いえね、うちの近所に住む子の話。そりゃお気の毒だったのよ」

「だからなにが」

「なにがっていうか……。仲良しの従弟（いとこ）が自殺するところを、目の前で見ちゃったの」

「あらまあ」

女性Aが目を見ひらく。Bは眉（まゆ）をひそめて、

「学区は違ったけど、同い年でね。従兄弟（いとこ）と言うより、親友みたいな仲だったらしいわ。全国ニュースにもなったんだけど、大きな災害と重なったせいで、たいして報道されなかったの。でも想像するだにショックよね。つい数秒前まで自分と話していた従弟が、突然トラックの前に飛びだして撥（は）ねられる――だなんて」

女性Cが「まあひどい」と口を手で覆う。

Bは牧子と顔を見合わせ、ため息をついた。

「即死だったらしいわ。トラックの運転手さんも災難よねえ。さいわい、罪には問われ

なかったらしいけど……」

「飛びだしたってことは、その従弟は自殺だったの？」

　白石の代わりのようにAが問うた。Bはうなずいて、

「そう、自殺。でも理由はいまだにわからないのよ。それ以来、瞬矢くんは急にグレちゃってねえ。よくない仲間とつるんで、乱暴するわ万引きはするわ……。成績もガタ落ちして、定員割れの高校に行くしかなかったの。おまけに間の悪いことに、その高校にあの子がいて」

「あの子？」

「ほら、この前ホテルで殺された子よ。薩摩さんとこのお坊ちゃん」

　白石はぎくりとした。

「彼が、どうかしたんですか」

　動揺を隠し、なるべく平静な声で問う。

「あら、知らないの？　瞬矢くんは、『従弟が自殺したのは薩摩家のせいだ』って、ずっと逆恨みしてたんですよ」

　Bは言った。

「自殺した従弟のほうがね、中学生のとき、薩摩さんの坊ちゃんと同級生だったんですって。『従弟がおかしくなったのは、薩摩家に出入りしはじめてからだ。なのに急に出禁にされて、その直後に自殺した。あの家のやつらがなにかしたんだ』って、瞬矢くん

は言い張って聞かなかったの。でも、それこそおかしな話でしょう？　同級生の家を追いだされたから自殺する、なんてことある？　親御さんも何度も説得したらしいんだけれど、瞬矢くんは反発するばっかりで……」

ふたたび長いため息をつく。

名取主任はこの事実を知っていただろうか——。白石は考えた。

主犯少年こと伊田瞬矢は、高校入学以前から薩摩治郎に悪感情があった。主任もきっと把握していたはずだ。

しかし白石は報告を受けていない。治郎自身の更生には、とくに必要のない情報だと判断されたのか。

「伊田くんが傷害事件を起こしたとき、薩摩治郎くんも現場にいたようですね」

白石は慎重に言った。

「伊田くんは薩摩治郎くんをいじめて、使い走りにしていました。そうか、伊田くんからしたら、いじめは理由のあることだったんですね」

「ええ、でも瞬矢くんの逆恨みだと思ってたんですけどねえ。いまとなっては、よくわからないわ。だってほら、薩摩さんの坊ちゃんも女の人をアレしたり、充分おかしかったみたいだし……」

語尾が消え入る。

女性Aが煎茶を啜って、

「薩摩さん家は、やっぱり呪われてるのよ」きっぱりと言った。

「知ってるでしょう？　わたしらの祖母の世代は、あの家とは絶対お付きあいしなかった。呪いだの犬神だのって、若い人は非科学的だと言うでしょうけどね」

――犬神。

知りたかった話題のひとつだ。白石は口を挟まず、じっと耳を傾けた。

女性Cが「非科学的だとしても、わたしも同意」と言う。

「いくらいわくつきの家だって、ご先祖供養に励んで、謙虚にふるまっていればいつかはおさまるものよ」

「そうよねえ」

「それをあの伊知郎さんったら、ご先祖供養どころか、罰あたりなことばっかり。その瞬矢くんとやらの言うことも、案外的外れじゃないかもよ」

限界だった。白石は耐えきれずに尋ねた。

「罰あたりなことというと――、それって、大須賀さんにしたようなあれですか」

「あらあ、よくご存じで」

女性Cはうなずいてから、牧子を見やった。

「でもあの件って、結局どういうことだったのかしら。詐欺には当たらないの？　ややこしい話で、わたしにはよくわからなくって」

「詐欺じゃなくても、詐欺まがいですよ」

牧子はきっぱり言いきった。

「大須賀さんにしてみたら、相続税やら土地譲渡税は高すぎた。だから不動産会社に頼ったというのに、そこが悪徳だったんです。『これからは介護事業の時代です。言うとおりにやれば高く売れます』なんて乗せられて、信用したのが運のつき。『老人ホームの業者に売るには開発許可証が必要なんです。代理人として許可申請をしますから、一時的に所有権を移転しますね』。そんな言葉で、大須賀さんはまんまと所有権を明けわたしてしまった」

「勝手に借り入れを起こされた、と聞きましたが」

白石はこわごわ尋ねた。

牧子が鼻息荒く答える。

「ええ。不動産会社はその土地を抵当に入れて、銀行から借り入れを起こしました。そしてそのお金を自分の懐に入れたんです。当然いっさい弁済されないから、土地は競売にかけられる結果になったわけ。……でも大須賀さんは自分から判子を付いたんですから、詐欺にはぎりぎり当たらない」

牧子はいかにも不快そうだった。

「だまされるほうも馬鹿だ、自己責任だ、なんて世間は言いますけどね。わたしはそんなふうに思いたくないわ。だますほうが悪いに決まっています。いけないのはあくまで不動産会社と、他人の財産をかすめとった薩摩さんですよ」

女性Cが、白石にそっと耳打ちした。

「大須賀さんとこの長女は、園村先生の教え子だったんです」

「なるほど」白石は納得した。

どうりですんなりとお茶会をセッティングしてくれたはずだ。牧子自身、胸に吐きだしたい思いがあったのだ。

「……わたしは当時、学年主任でしたからね、生徒の相談にもよくのっていたの」

牧子はまぶたを伏せた。

「大須賀光男さんの娘さんは、当時中学二年生。お祖父さんが亡くなったとき、そりゃあ悲しんでいたわ。納骨式が終わった頃からだんだん無口になって、目に見えて痩せていってね」

声をかけたら、最初は言い渋っていたけれど、すこしずつ打ちあけてくれたの――。牧子は言った。「お父さんの様子がおかしい。知らない人を何人も家に出入りさせて怖い。朝から晩まで、お金の話ばかりしている」そう娘はこぼしたという。そしてその〝出入りする知らない人〟の中に、薩摩伊知郎も存在した。

「不動産会社と薩摩伊知郎さんは、共謀だったと思いますか？」

白石は問うた。牧子が目を伏せる。

「推測で人を悪く言うのはいけませんが――まあ、そうでしょうね。あの子は薩摩さんを『目つきが気持ち悪い』と言い、『上から下までじろじろ見られた。家の中をあちこちうろついて、わたしの部屋にまで勝手に入ってきた』と嫌悪していました。いま思えば、薩摩さんは家を値踏みしていたのかもしれません」

苦虫を嚙みつぶしたような顔だった。

「大須賀さんが土地と家屋を奪われ、引っ越したのは一年後でした。娘さんは受験生だったから、特別に学区外から通いつづけられることになったけれど、受験勉強どころじゃなかったわ。学校は休みがちで、来ても保健室に入りびたりだった。わたしはできるだけ保健室に顔を出して、あの子の悩みを聞くくらいしかできなかった」

「かわいそうに」

女性Cが嘆息する。

「それにしても、あそこの奥さんの駆け落ちには驚いたわね。……真面目そうな人に見えたのに」

「ふん」牧子は鼻から息を噴いた。

「真面目が聞いて呆れるわ。子供を置いて逃げるような親なんてね、屑ですよ、屑。しかも相手は札付きのチンピラだったんですから」

厳しい口調だった。

姑が認知症になるまで、大須賀光男の妻は輸入酒類の卸売会社で働いていた。経理事務員の彼女は、集金で取引先のワインバーやキャバクラをまわることもあった。そのうち一店のバーテンダーが、駆け落ち相手であった。

名は伊藤竜一。逮捕歴四回、前科一犯のケチなチンピラだ。

しかし県内一の暴走族に入っていた過去のせいか、地元では名の知られた男だった。

また大須賀の妻より、十歳以上年下であった。

妻が伊藤竜一と駆け落ちした、と知った瞬間、光男の心は折れた。

また母を失った長女は、パニックに陥った。

「これからどうしたらいいの。お祖母ちゃんはいつ特養に入れるかわからない。妹はストレスでチックが出るようになった。もういや。死んじゃいたい。先に、なんの希望も見えない」

そう言って泣く長女の背を、牧子はさすってやることしかできなかった。

児童相談所に連絡したが「父親がいるなら、保護するほどの緊急性はない」「まわりの大人が目くばりしてあげて」としか言われなかった。

大須賀一家が住む借家が火事を出したのは、その二箇月後だ。

七軒を焼き、死者二人を出す大火事だった。

大須賀光男は子供たちを連れ、救急病院から失踪した。荷物ひとつ持たぬ、文字どおりの夜逃げであった。

牧子のもとに深夜の電話があったのは、さらに一月後である。

長女からだった。「いまどこにいるかは言えません」と彼女は前置きし、クラスメイトや近隣住民の近況を訊いた。

「死んだ赤ちゃんとお母さんに、代わりにお線香を上げてください」

その後も何箇月かに一回ずつ、連絡はぽつぽつとあった。長女は学校に通えず、働いているようだった。どんな仕事かは教えてもらえなかった。

「お父さんもお兄ちゃんも、人が変わっちゃった。家族から見てもおっかなくて、そばに寄れない」

「焼け死んだ赤ちゃんの夢ばかり見る。眠るのが怖い」

「お祖母ちゃんの死は悲しいけど、みんなにとってはよかったと思う」

そして「今日、引っ越します」との連絡を最後に、長女からの電話は途絶えた。

以後、牧子は彼女の声を二度と聞いていない――。

「あの子には幸せになっていてほしいけど……」

語り終え、牧子は目がしらを押さえた。

「薩摩さんも、ほんとうに罪つくりですよ。多くの人を不幸にしておいて、自分だけ事故でぽっくり亡くなるなんてね。息子の尻ぬぐいもせず、なんて無責任な人……」

呻くような声だった。

白石はなにも言えなかった。

なお大須賀家が所有していた土地には、いまは病床数四百余りの総合病院が建っているという。

2

チャイムが鳴った。

来訪者は和井田であった。いつもの「用が済んだら帰れ」の台詞を白石に言わせず、

「十分だけ寝かせろ」

と彼を押しのけて上がりこんできた。

顎にも鼻下にも無精髭が伸びている。すれ違いざま、汗がぷんと臭った。

ソファへ横になろうとする和井田を、白石は慌てて止めた。

「駄目だ！　先にシャワーを浴びてこい。ソファは丸洗いできないんだぞ。汗染みと臭いが付くじゃないか」

「堅いことを言うな。おれは三十八時間も起きてるんだ」

「ならあと十分くらい起きてたって一緒だ。シャワーを浴びろ」

「ソファが駄目なら床でいい」

よっこいしょ、とフローリングへ片膝を突こうとする和井田に、

「床も駄目だ！」

白石は悲鳴じみた声を上げた。和井田の腕を摑んで、無理に引きずり起こす。

「部屋のクリーニング代を請求されたいか。おとなしく風呂場に行け」

尻を蹴とばすようにして、友人を浴室へ追い立てた。

和井田がガラス戸の向こうへ消えたのを確認し、白石はソファの上にベッドカバーを二枚重ねて敷いた。

どうせ飯も食べていないんだろうと、味噌汁の鍋を火にかけ、炊飯器を開けた。朝に二合炊いた白飯は、果子が一膳食べたきりだ。残りをすべて握り飯にした。

十数分後、浴室の戸が開いた。

出てきた和井田はこざっぱりし、ボディソープの香りを漂わせていた。

「稲葉千夏の義父の足どりを追っていたんだ。野郎、ちょこまかとよく逃げやがる」

彼はぼやきながら味噌汁を啜り、握り飯をたいらげると、

「十分だけ寝る」

ごろりとソファへ横になった。

和井田が寝ている間、白石は夕飯の下ごしらえにかかった。

豆腐を水切りし、銀鱈を解凍し、ほうれん草を茹でた。

手を動かしながら、頭は園村家で得たばかりの情報を整理しつづけていた。

和井田はといえば、十一分二十六秒で起きた。さすがに十分きっかりとはいかなかったが、なかなかいいスコアである。

和井田はだらしなく腹を掻きながら、

「……稲葉弘は、千夏にそうとう執着していたようだ」と言った。

「あの子が家出してからというもの、所轄署に足しげく通っては、『税金泥棒、早く娘を見つけろ』と警官相手に騒いでいやがった。失踪して半年を過ぎても、あきらめる様子はなかったらしい」

「粘着タイプか、厄介だな」

「ああ。ちなみにやつは『誠意を見せろ』と志津にしつこく迫る一方、あらゆる友人知人に金をせびる電話をかけていた。妻の待つ家には立ち寄る気配ゼロで、失踪してからは連絡ひとつよこさない。携帯電話の電源も切りっぱなしのようだ」

「志津さんは、安全なのか」

濃いコーヒーを差しだしながら、白石は尋ねた。

「ちゃんと安全な場所にいるんだろうな？」

「むろんだ。だが居場所は言えん。万全の警備とだけ答えておく」

和井田はマグカップを呷った。

味わって飲みこみ、嘆息する。

「ああ、ひさしぶりにまともなコーヒーを飲んだぜ。署内の自販機で売ってるありゃあなんだ。墨汁を熱湯で溶いてんじゃねえのか」

「それは知らない。ひとまず飲み終えるまで、ぼくの話を聞いてくれるか」

白石は言った。そして園村牧子たちから仕入れた情報を、包み隠さず打ち明けた。

すべてを聞き終え、和井田がちいさく唸る。

「おまえ、いい情報網を持ってるな」

「情報網じゃない。ご近所付きあいをしていただけだ。でも経歴と人柄からして、証言能力は九十九パーセント確かと保証する」

「よし、伊田瞬矢の従弟についてはこっちで洗っておこう」

「大須賀光男の行方は？」

「別班が追っている」

和井田は即答した。

「だが目立った進展はないようだ。押収したマル害のパソコンからも、たいした情報は得られていない。Ａｍａｚｏｎやネットオークションで購入した履歴と、閲覧したエロ動画くらいだな。動画は暴力的なポルノばかりだった。それから、監禁被害者たちを撮った画像や動画データも見つかった」

「残酷な動画か」

「まあな。しかしマル害の肉声が聞けたことが収穫っちゃ収穫だ。カメラを据え置きで撮ったらしい映像にも、短時間ながらマル害自身が写っていた。北畠彩香の証言どおり、やつは女たちを『アズサ』と呼んでいた。あきらかにまともじゃあなかった。ときおり宙に目を向けては『これでいい？』『もっと？　アズサ、もっとやらなきゃ駄目？』と、見えない女に許可をとろうとしていた」

「見えない女……、か」

　白石はうなずいた。

「その口ぶりじゃ、まだ〝アズサ〟の素性はわかっていないようだな」

「おまえな、警察がサボってるような言いかたをするな」

　和井田がいやな顔をする。

「だがまあ、マル害の周囲からピックアップできていないのは事実だ。現在は伊知郎の知人関係を洗っている。おまえの話じゃ、元家政婦は〝アズサ〟の名を聞かされて動揺したんだろう？」

「ああ。顔いろを変えていた。……でも幸恵さんは義理堅い人だからな。警察が問いつめたって、すんなりしゃべるとは思えない」

「それはわかる。うちの取調官(シラベカン)が手こずるのも、強面より外柔内剛タイプだからな。というわけでおまえ、近日中にまた元家政婦に会いに行け」

「なんだ、その強引な流れは」

　白石は呆れた。

「話が繋がってないぞ。無茶ぶりはよせ」

「無茶ぶりじゃねえ。おまえと彼女の間には、ある程度の信頼関係(ラポール)ができあがっている。おれたち警察は治郎の敵だ。しかし、おまえは味方に分類されているはずだ。彼女が口を割る見込みは、充分にある」

「それで証言がとれたとしても、非公式だぞ」

「心配するな、現状打破のとっかかりにするだけだ。その後の事情聴取は、きっちり正規の手つづきを取る」

和井田は手を振ってから、

「ところで稲葉千夏と一緒に掘りだされた、古い白骨死体――。あれが〝アズサ〟じゃないかとおれは睨んでいるんだがな。どう思う？」と言った。

「白骨の身元も、まだ不明なのか」

「面目ないが、そうだ。上下の歯を金槌状のもので砕かれていて、歯型の照会ができんのが痛い。骨髄を採取してDNA型は割りだせたものの、比較できる肝心の対象が浮かんでこない。伊知郎の交友関係を、しらみつぶしに当たるしかねえな」

「……ぼくは伊知郎さんを、ずっと誤解していた」

白石は低く言った。

「見栄っ張りで虚勢を張ってばかりいるが、芯は弱い人だと思っていた。でもこの事件にかかわるうち、わからなくなってしまった。知れば知るほど、彼の人物像が複雑になっていく」

「ガキみたいなことを言うな。人間は誰しも複雑だ」

「確かにそれはそうだが」

と白石はうなずいて、

「まあ、飯の礼がわりに聞いてくれ。……ぼくは以前にここで、治郎くんの犯行は『伊知郎さんの物真似じゃないか』と話したよな。その疑いを、ぼくは強めつつある」

と言った。

「治郎くんは孤独だった。そして空虚だった。犯行は、彼のオリジナルではないはずだ。おそらく治郎くん自身のトラウマをトレースしている。そのトラウマを与えたのが伊知郎さんならば、例の白骨以外にも物証が残っていると思う。伊知郎さんの傲慢さは、詐欺のはったり向きではあっても、証拠の隠滅には不向きだった」

「なるほど。参考にしよう」

コーヒーを飲みほし、和井田は立ちあがった。

シャツ以上によれよれのネクタイを締めなおし、ジャケットを羽織って玄関に向かう。

靴を履きながら、彼は白石を肩越しに振りかえった。

「しかし、おれよりおまえのほうが睡眠の質が悪そうだな」

「え？」

「鏡を見ろ。目の下に隈がくっきりだ」

「ああ……」白石はまぶたを指で擦った。

「そうかもしれない。最近やたらと夢を見るんだ。それも、昔の夢ばかり……」

「だからトマトに話しとけと言っただろう。人の助言を聞け」

和井田は苛立たしげに吐き捨てて、

「まったく、しょうがねえな。しばらくは酒どころじゃねえが、そのうち気が向いたら聞いてやる。世話の焼ける野郎だ」

ぶつくさ言いながら出ていく。

扉が、音をたてて閉まった。

3

白石は、浅い眠りの中にいた。

体が揺れている。電車の振動だ。

ほろ酔いの身に、ひどく心地よい振動だった。隣のシートには紺野美和が座っていた。目のふちが、同じくほろ酔いでほんのり赤い。

——紺野さんを送ってやれよ、白石くん。

——そうだ、ちゃんとアパートの前まで送れ。ただし紳士的にだぞ。

先輩たちの冷やかし声が、まだ耳の底に残っていた。

美和は「一人で帰れます」と遠慮した。しかし白石が「いや。ぼくが送り届けたほうがみんな安心できますから」と説き伏せた。

二人は東銀座駅から都営浅草線に乗り、浅草で乗り換えた。向かいの窓ガラスに、並んで座る二人がぼんやりと映っている。

——お二人さん、そうやって並んでるとお内裏さまとお雛さまだなあ。

——本庁が誇る美男美女だもんな。絵になるわ。

先輩たちはどこまで本気で言ったんだろう。白石はいぶかった。紺野さんは迷惑だっただろうか。それともぼくと同じく、面映ゆかったか。

後者だったらいいな。そう願った。

思わず口もとが緩み、白石は顔を急いで引き締めた。

いかん、思った以上に酔っている。いまはでれでれしている場合じゃない。彼女を無事に送り届けるまでは、気を抜いてはいけない。

車内アナウンスが響いた。

「お待たせいたしました。東武鉄道をご利用いただきまして、ありがとうございます。この電車は各駅停車……」

はっと顔を上げたとき、鼓膜の奥で声がした。

——ケツをこっちに向けろよ。雌犬（ビッチ）。

白石は跳ね起きた。

寝起きの半目で時計を見上げる。午後七時三十五分。

ほんのうたた寝のつもりが、二時間も寝てしまった。夕飯を作らなくてはと、重い体を引きずって起きあがる。

夕飯は銀鱈の味噌漬け焼きに、ほうれん草としめじの白和え（しらあ）だった。もう一品作るつもりだったが、時間がない。常備菜のきんぴら蓮根でお茶を濁した。

自室に戻り、パソコンを立ち上げる。

新しいOSはさすがに反応が早かった。以前に和井田へ送ったデータを読みかえしつつ、入手した情報をあらためて振りかえっていく。

コール音が鳴った。

自室に置いている固定電話の子機だ。表示されているのは、和井田の番号だった。

「くそ、一杯食わされたぜ」

前置きなく和井田が吐き捨てる。

白石は面食らった。

「なんのことだ。誰に一杯食わされたって？」

「マル対にだ。つまり稲葉千夏の義父こと、稲葉弘だ。野郎は二度結婚し、二度とも妻側の姓に変えていた。ここまではすでにわかっていたんだがな。さらに掘りかえしてみると、前回離婚したときに本籍地を移動させ、一見まっさらの戸籍を作っていた。結婚前の姓は能見。これは父方の伯母の姓でな、成人後に伯母夫婦の養子になっていた。さてここで問題だ。養子になる前のやつの姓は、なんだったと思う？」

「わからない。なんだ？」

「大須賀だ」

和井田の答えに、白石は息を呑んだ。

「ということは……、大須賀光男の、息子か」

「長男だ。おまえのご近所さんの先生は、長女の学年主任だったそうだな。長女の話に出てきた〝お兄ちゃん〟がやつだ」

——お父さんもお兄ちゃんも、人が変わっちゃった。

——家族から見てもおっかなくて、そばに寄れない。

白石は子機を握りなおした。

「くそったれが、ややこしい小細工しやがって。平凡な名だから気づくのが遅れたぜ」

和井田が語気荒くつづける。

「おまえ、稲葉千夏がこう言っていたのを覚えてるか？『いままでは五回とも東京に逃げて、すぐ連れ戻された。でもこっちならお義父さんも追ってこないかと思って、電車をたくさん乗り継いで来た』。あの子は都会を避けて、偶然ここへ流れ着いたんじゃあない。義父が水戸方面を忌避していることを、態度の端ばしから悟っていたんだ。だから逆方向の古塚市へ向かい——そして、薩摩治郎に捕まった」

「稲葉、いや大須賀弘にとっては、因果なめぐりあわせだな」

白石は唸った。

「彼の居どころは、まだわからないのか」

「残念ながらな。女房に——千夏の母親のもとにいっさいの連絡はない。携帯電話のGPSも追えんままだ。だがこうなりゃ、是が非でもやつを見つけださなきゃならん。マル対からマル被に格上げも近いな。ともかく第一容疑者であることは間違いない」

確かに、大須賀弘が治郎くんを殺す動機は充分だ——。

白石は思った。

弘は四十一歳。大須賀家がこの土地を追われたときは高校生だったはずだ。それから二十五年が過ぎた。

故郷を追われた一家が、以後どれほどの辛酸を舐めたのか。彼の性格がどうひずんでいったのか。およそ想像もつかなかった。

和井田が声音をあらため、

「大須賀弘の足どりを追うのと並行し、おれたちは生前の薩摩治郎と接触した人物を洗っている。だがやつは引きこもり同然だったからな。母親を除けば、ネット通販した品物を届ける宅配業者、コンビニ店員、レンタルショップの店員くらいだ」

と言う。

「ろくに口を利いたことがない、という意見は誰もが一致している。メアドを交換した人間もいないようだ。なおこれは蛇足だが、コンビニ店員によれば、治郎は肉食を避けていた様子がある」

「肉食を……？　ベジタリアンってことか」と白石。

「いや、乳製品や卵を使った商品は買っていた。原材料の肉エキス等も気にしていなかった。主義主張があるとか、アレルギーではなさそうだ」

和井田は声を低めた。

「つまりやつは自分が食えない肉を、監禁した相手に食わせていたわけだ。説明しろ、白石。こいつはどんな心理から来る行動なんだ？」

「……儀式的行動のひとつ、かな」

考えつつ、白石は答えた。

「相手をより貶める（おとしめる）ための行為なのは疑いない。そしてさっきも言ったように、治郎くんは己の体験をトレースした可能性が高い。おそらく、自分のトラウマを再現したんだろう。同じ屈辱を他人に与えることで、『いまのおれは弱くない』『強くなった。加害側にまわった』と確認したんだ」

「糞（くそ）だな」

和井田は一言で片付けた。

「糞で思いだしたが、そういや糞溜（くそだ）めもどきの匿名掲示板で、おかしな書き込みが流行（はや）ってるようだ。知ってるか？」

「いや、ぼくはあの手の掲示板は見ないようにしている」

「そうだったな」和井田は首肯して、

「ともかく、あそこのニュース板で『犯人はおれだ』と名乗る馬鹿が複数湧いていやがる。固定ハンドルを付けて騒ぐやつまでいる。どうせガキの悪ふざけだろうが、百パーセント無視もできんから困るぜ。ネットの匿名社会にはうんざりだ」

「同感だ」

白石はうなずいた。そして息を吸いこみ、

「ところで、情報を整理していて気づいたことがある。――これはあくまで仮説だが、聞いてもらえないか」

と申しでた。

4

翌日、白石は駅裏の不動産会社へ向かった。

元庭師の善吉が「うさんくさい禿げ親父」と評した男が、代表取締役をつとめる会社である。社名は、無理を言って和井田から聞きだした。

ガラスに『あがつま不動産』と麗々しく書かれた戸を引き開ける。

「あのう、すみません」白石は声をかけた。

「はあい」

手前に座る男性社員が、即座に応じた。

卵のように禿げあがった頭に、うっすら汗が光っている。年配だが、どう見ても社長の風格ではなかった。

「単身者用のアパートを探してるんです。ワンルームじゃなく、できれば1LDKか2

DKで」

「はいはい。1LDKか2DK。扱っておりますよ、わたくしどもにお任せください。月々のご予算は、いかほどをお考えで？」

男性社員はまくしたてながら、衝立に隔てられた応接セットに白石を案内した。

残る女性社員が、億劫そうに給湯室へと姿を消す。

「ワンルーム以外の単身者用ですと、いまはメゾネットタイプが人気ですねえ。駅近にこだわらないのであれば、お家賃も抑えられますよ」

ソファの向かいに座り、男性社員が物件ファイルをめくる。

その呼気からは、はっきりとアルコールが臭った。ネットで見た評判どおりだ。

「じつはおたくのサイトで、荻野町の『プラチナハイツ』と『カーサ荻野』をチェック済みでして」

白石は切りだした。

「お目が高い。どちらもお薦めの物件でございます」

「間取りは気に入りました。陽当たりもよさそうだ。でもこちらのアパートの経営者が、ちょっとね……」

「え」男性社員の顔いろが変わった。

正直な男だな、と白石は呆れた。

これもネットの口コミどおりだが、このガードの甘さはやはり酒のせいか。

――荻野町の『プラチナハイツ』と『カーサ荻野』。

どちらも薩摩伊知郎が経営していたアパートである。七年前、白石は伊知郎自身の口から自慢を聞いた。管理会社がこの不動産会社だとは、インターネットで調べればすぐにわかった。伊知郎の死後は、むろん妻子が相続したはずだ。

「噂じゃあ経営者は、二代つづけて殺されたそうじゃないですか。それって事故物件と言っても過言ではないのでは？　アパート内で人が死んでいなくても、験が悪いのは確かですよね？」

「いや待って。待ってください」

男性社員が白石をさえぎる。

「薩摩さんは、いや初代経営者のかたは、殺されちゃいません。あれは事故でした。誓って言えます。不幸な、家庭内の事故だったんです」

「ほんとうですか？　ネットには、二人とも殺されたって書いてありましたよ」

「そんな、ネットなんて信用しちゃいけません！　あんなの嘘ばっかりなんですから。八割嘘で、一割がデマ。真実はほんの一割未満です」

額の汗を拭き拭き熱弁する。

白石がじろりと見かえすと、男性社員はさらに手を激しく振った。

「いやいや、ほんとです。初代のかたは、うちの社長と懇意でしたしね。ここにもよく出入りしてくださってたんですよ。ね、のりちゃん」

茶盆を持ってあらわれた女性社員に、そう同意を求める。

彼女はテーブルに湯呑(ゆのみ)を置いて、

「薩摩さんねえ。はい、生前は月に一度はお見えでしたよ。やたら声の大きいおじいちゃん。でも、いつ会っても寂しそうな人でね」

「寂しそう？」

白石は問いかえした。

男性社員が割りこんで、

「そうそう。誤解されやすい人でしたがね。評判ほど悪い人じゃありませんでした。確かに見栄っぱりだったし、傍若無人で口も悪かった。でもね、お気の毒なかたでしたよ。唸るほど金があっても、人間はそれだけじゃ幸せになれません。とくに不幸な子供時代を送るとね、その後、何十年も不幸を引きずりますからね」

「不幸、ねえ」

相槌を打ってから、白石は思いきって尋ねた。

「あのう、それってもしかして、犬神がどうとかいうやつですか？」

男性社員が目を見ひらく。

白石は急いで言いわけした。

「いや、じつは転勤を機に、祖父母と同じ市内に住みたくて物件を探してましてね。祖父母がこっちに住んで長いので、いろいろ噂が耳に入るんです」

いささか苦しい言いわけだ。しかし男性社員は白石の弁解などろくに聞かず、

「馬鹿馬鹿しい」

即座に吐き捨てた。

「犬神だの憑(つ)きものだのって、馬鹿げてますよ。嘘も嘘、嘘っぱちです。薩摩さんの曾(ひい)祖父(じい)さんは利に敏(さと)い人でね。いわゆる大戦景気にのっかって、海運業に一枚嚙んで成りあがった人なんです。それをまわりは『成金め。どうせろくでもない手を使ったに違いない』と噂し、しまいにゃ呪いだなんだとでっちあげて、あの家をはぶんちょにした。要するに妬みですよ、妬み。さすがに最近じゃ取りあう人も減りましたがね、薩摩さんが子供の頃は、そりゃひどかったそうです」

「祖父母から聞きました。いじめられたそうですね」

白石がとぼけて言うと、

「そんな、なまやさしいものじゃなかったんです」

男性社員は大きく首を振った。

「接待で薩摩さんと飲んだときにね、いっぺんだけ愚痴られたことがあります。『ひどいもんだった』とね。遊びの輪に入れないのは当たりまえとして、殴る蹴る、顔面めがけて石を投げつける。みんなで押さえつけて服を脱がし、素っ裸にして往来へ放りだす。犬の糞(ふん)を、口に押しこまれたことさえあったそうです」

滑りのいい舌から、また酒気が臭う。

「だから薩摩さんは『子供はいらん』といつも言っておられました。『子供は残酷な生きものだ。大嫌いだ。それに自分の子孫にまで、同じ思いをさせたくない』と」

「でも実際には、彼には息子さんがいたじゃないですか」

「まあそうですが」

白石の指摘に、男性社員は顔をしかめ、

「しかしあれはご本人も、思いがけず――だったようですよ」

と歯切れ悪く言った。

「自分が役員をしてた会社の、事務員に手を付けちゃったのよねえ」

女性社員が横から口を挟んだ。

「ええと、旧姓が佐藤だか伊藤だかの志津さん。おとなしそうだけど男好きするタイプ。ああいう人って、おじさんにモテるのよね。薩摩さんもいい歳だったし、いまさらデキ婚なんて夢にも思わなかったんじゃない？」

「おいおい」

男性社員が振りかえり、いまさらながら目で制す。彼は白石に向きなおって、

「まあともかく、事故物件だなんだはデマですよ」

きっぱり言いきった。

「薩摩さんは殺されちゃあいません。そりゃね、万人に好かれる人じゃなかったことは認めます。……でも、どこか憎めないかたでした。みんなが言うほどの悪人じゃあなか

った。亡くなられたのは、誓って事故です。絶対です」

5

前回とはうって変わって、元庭師の善吉は白石に不愛想だった。

さすがに門扉はひらいてくれたが、「上がってお茶でも」とは言いださない。庭さきで話を済ませるつもりらしく、竹箒（たけぼうき）を放そうともしなかった。

だが白石にとっては好都合だった。

今日は密室で話すより、人目を気にできる場所のほうがありがたい。

――すくなくとも、話がどう転ぶかわからないうちは。

「またあんたかい」

「知ってることたあ、とっくに全部話したよ。あんたも終わったことばかりほじくりかえしてないで、そろそろ坊ちゃんの冥福を祈ってやったらどうだい」

善吉は白石を睨（ね）めあげた。

「そりゃあ坊ちゃんはいけなかったよ。あの女の人たちに、謝っても謝りきれないことをした。……だけどさ、もう坊ちゃんは死んじまっただろ。この世にいないんだよ。おまけに殺された被害者じゃないか。誰であれ、死んだら仏――」

「あなた、なにを隠してるんです？」

白石はずばりと切りこんだ。

善吉がてきめんに顔いろを失くす。

「な、……」

手ごたえありと見て、白石はつづけた。

「いつまでも警察の目はごまかせません。前回はあくまで運がよかっただけです。いまのうちに打ち明けるのをおすすめします。及ばずながら、ぼくも協力しますから」

「あ、あんた、なにを……」

善吉の顔に、朱が注がれつつあった。青ざめた顔が、一転して赤黒く染まっていく。

心臓発作を起こさないでくれよ、と白石は祈りながら、

「警察は治郎くん殺しの捜査で、薩摩家に関するトラブルを洗いなおしています。いいですか。警察から睨まれて追及されるのと、自分から申し出て取り調べを受けるのとでは全然違う。天と地の違いだ。これ以上自分の立場を不利にしたくないなら、あなたはここで決断すべきです」

と言いきった。

昨夜、和井田に相談したのはこの件である。

パソコンに向かって情報をまとめているうち、白石はふと気づいたのだ。

善吉は警察に対し口が重かったという。また白石の問いには、はっきりと怯(おび)えを見せた。

自分を豪放磊落に見せたがる善吉にはそぐわない言動だ。そしてどちらも、伊知郎の死に関する反応であった。

――つまり善吉は、あの事故死についてなにか知っている。

白石はそう和井田に話し、自分が鎌をかけてみるべきかと訊いた。

半分は確信しているが、もう半分は勘だ。それでもかまわないか、と。

和井田の返答は「やってみろ」だった。

「おまえがもし落とせなくても、おれが落とす。おれが駄目なら、ほかの捜査員が落とす。ぶつけるだけぶつけてみろ。ただし反応は報告しろよ」と。

そうしていま、善吉は予想どおり度を失っていた。

口をひらき、声を発しかけては、思いなおして歯を食いしばる。色のない唇がわななき、作務衣に包まれた肩も震えていた。哀れなほどだった。

「善吉さん。ぼくは、あなたが殺したとは思っていません」

白石は言った。

「だが警察が、ぼくと同じ判断をするとは限らない。――言ってください、善吉さん。いまならまだ、ぼくから警察に口添えすることだってできる。信じてください。ぼくは、あなたの味方です」

善吉が白石を見た。すがるような視線だった。見上げた眼球が血走っている。

震える肩が、やがて、がくりと落ちた。

「……ほんとうかい」

善吉はかぼそい声でささやいた。

「ほんとうに、あんた、おれの味方をしてくれるのかい」

「もちろんです。職業柄、県警に知り合いもいます」

白石は請けあった。職業柄というのは嘘だ。しかし捜査員の知人がいることは、掛け値なしの真実であった。

善吉は竹箒を門柱に立てかけた。あたりを素早く見まわし、

「あんた、家の中へ――いや、駄目だ。うちにはいま嫁がいるんだった。こっち、ここに来てくれ。庇の下に」

と手まねく。言われるがままに、白石は屋根庇の下におさまった。

善吉は声をひそめ、

「じつはその……旦那さまはな、最期に言い遺したんだよ。おれが倒れてる旦那さまを抱え起こしたとき、『ガキにやられた……』と。それっきり首を垂れて、大いびきをかきはじめたのさ。病院に運ばれたが、意識は戻らずじまいだった」

「ほう」

顔に出さねど、白石は内心で驚いていた。

てっきり善吉が犯人を目撃したか、声を聞いたかだと予想していたのだ。まさかダイイング・メッセージとは思わなかった。

「なぜ警察に言わなかったんです」

「なぜって……。面倒ごとになるのが、いやだったからさ。おれだって暇な身じゃないんだ。余計なことを言ったら、裁判で証言しろだのなんだのと、うるさく言われると思ってさ……」

善吉は白石と目を合わそうとはしない。

白石は、じっと無言で元庭師を見つめた。次第に善吉の耳が赤く染まり、声が詰まっていく。つづく言葉を気まずそうに呑む。皺ばんだ喉が上下した。

「そんなふうに、見ないでくれよ」

顔をそむけたまま、善吉は手を振った。

白石はやはり黙っていた。たっぷり三十秒ほどの沈黙ののち、根負けしたのは善吉のほうだった。

「……怒らないでくれ」

観念したように、善吉は声を落とした。

「孫が、やったのかもと思ったんだ」

うちの孫がやっちまったんじゃないかと、そう思ったんだ——。

あえぐように善吉は言った。片手で顔を覆う。指の間から、嗚咽(おえつ)にも似た呻きが洩れた。

「どうして」白石は問うた。

「どうしてそう思ったんです。お孫さんには、動機があったんですか」

「動機というか……。あの事故の数日前、孫は旦那さまに殴られたんだ。庭の松に、葉枯病の兆しがあってさ。進行してるか気になって、あの子はこっそり裏木戸から入ったらしい。それを旦那さまに見とがめられたんだ。旦那さまは激怒し、孫をぶん殴って追いだした」

「でも、その程度で」

「孫には、アリバイがなかった」

善吉は早口で言った。

「あの子は、朝にジョギングする習慣があって――。旦那さまが脚立から落ちただろう時刻に、家にいなかった。それにあの子は、親にも叩かれたことのない箱入りだった。一人息子で、わが家の宝だった。生まれてはじめて顔を拳で殴られて、あの子は部屋にこもって悔し泣きしてたよ。その姿を知っていたから――もしや、と思わずにいられんかった。旦那さまが日ごろ、うちの孫を『馬鹿ガキがっ』と、例の調子で怒鳴ってたのも知っていたしな」

「だから警察に言わなかったんですね。……お孫さん本人には、確認したんですか」

白石の問いに、

「孫がやったんじゃないとは、あとでわかったよ」

善吉は疲れた声で答えた。

「だが、いまさら警察には言えんかった。黙っていましたが、じつはこうでした、なんて言えるかよ。客商売だし、いずれ孫に譲るつもりだった家業だからな。ごたごたや悪評は避けたいじゃないか」

もはや嘘をつく気力はなさそうだった。たった数分で、善吉は十も老けたように見えた。

「薩摩邸を訪れていたという、治郎くんの〝仲良しグループ〟について教えてください。トラックの前へ飛びだして、自殺した子がいるそうですね」

「ああ、そんな子もいたねえ」

善吉は力なくうなずいた。

「でも、くわしくは知らないよ。自殺の理由も知らない。ああ、そういや坊ちゃんをいじめたやつは、自殺した子の親戚(しんせき)じゃなかったかな。因果はめぐる、ってやつかねえ。うん、因縁のたぐいだな」

どうやら伊田瞬矢が、治郎を逆恨みしていた件は知らないようだ。

――伊知郎が死んだ日、伊田瞬矢にアリバイはあっただろうか。

善吉を見据え、白石はさらに尋ねた。

「そのグループの中に、〝アズサ〟と呼ばれていた子はいませんでしたか」

「は？」善吉が目をまるくする。

「もしくは、それに似た渾名(あだな)で呼ばれていた子は？　心あたりはありませんか」

「心あたりもなにも」

善吉は面食らったように言った。

「アズサってのは、旦那さまの情婦だろう。さすがに家に連れこみゃしなかったんで、顔までは知らんがね。しばらくの間、ずいぶんご執心だったようだ」

「ほんとうですか」

白石は詰め寄った。善吉が口を尖らせる。

「いまさら嘘なんかつきゃしねえよ。アズサって女について知りたいなら、幸恵さんに訊きな。おれなんかより、あの人のほうがきっとくわしい」

それは心得てます、と白石は胸中で応えた。家政婦だった幸恵は、アズサの名を聞いてはっきり顔いろを変えた。

「『しばらくの間、ご執心だった』そうですが、どれくらいの間です？」

「さてね、正確にはわからんよ。おれも歳だし、そう記憶力のいいほうじゃない。しかし坊ちゃんと旦那さまが口論してたから、意外に長くつづいてたのは確かだな」

「口論？」

「ああ」

善吉はうなずいて、「もういいや、言っちまうか」と吐息をついた。

「孫のことはしゃべっちまったしな。さっきも言ったとおり、坊ちゃんはもう死んだんだ。……かばってやる義理も、もうねえやな」

急かしたい気持ちを抑え、白石は無言でつづきを待った。

　善吉が言う。

「旦那さまと坊ちゃんは、そのアズサって女を取りあいしてたのさ。庭で剪定してたとき、窓の隙間から声が洩れてきたんだ。旦那さまが『アズサはおまえのものじゃない』とかなんとか喚いて、坊ちゃんは怒鳴りかえしてた。もう、驚いたなんてもんじゃないよ。まさかあの坊ちゃんが、旦那さまに大声で言いかえす日が来るとはね」

「治郎くんは、父親になんと反論したんです？」

「はっきりとは覚えてない。だが『老いぼれ』だの『あんたは用済みだ』とか、坊ちゃんらしくない言葉を連発してたよ。おったまげたね」

「その喧嘩の時期は、覚えていませんか？」

「うーん、坊ちゃんが二十歳になるちょっと前か。大人になったんだなあ、と変に感心したのを覚えてるからね」

　二十歳のすこし前か。白石は思った。

ならば伊知郎の事故死からも、同じく〝すこし前〟になる。

　善吉は白石の思いを読みとったように、

「だよなあ」と言った。

「おれぁ咄嗟に『うちの孫かも』と思っちまったが、冷静に考えりゃ、坊ちゃんがやったに決まってるんだ。旦那さまはいつも坊ちゃんを罵って、馬鹿にしてた。でもどっちみち警察に言うつもりはなかったよ。旦那さまがあんな死にかたをなすったのは、言っちゃ悪いが、自業自得さ」

苦い声だった。なかば以上、独りごとに聞こえた。

「せめて坊ちゃんが、旦那さまを殺すだけで満足して、あの家を出てりゃなあ。でも坊ちゃんに、外で一人で生きていく力はなかったもんな。なにもかも因縁で、因果なのかもしれん。……ふん、親子どんぶりなんて、犬畜生のやることさ」

6

白石はその足で、元家政婦の幸恵を訪ねた。

「善吉さんの口から〝アズサ〟は伊知郎さんの情婦だったとお聞きしました。そして『おれなんかより、幸恵さんのほうがきっとくわしい』と」

予想どおり、幸恵は貝のように口を閉ざした。

うんともすんとも言わなくなった幸恵に、白石はあの地下室で殺された稲葉千夏の一生を語って聞かせた。

大須賀弘が義父だったことだけは伏せた。だがその不遇な生い立ちの、ほぼすべてを話した。

そむけた幸恵の頰は強張(こわば)っていた。

しかし「やめて」とは言わなかった。

つづけて白石は北畠彩香の半生を語った。彼女たちがあの離れでどんな目に遭っていたか、どんな気持ちだったかを、できるだけつぶさに説明した。

幸恵には孫が二人いる。とくに下の孫娘は、北畠彩香と一歳違いだ。千夏と同年代だったのも遠い日のことではない。それを承知で話した。

いささか卑怯だが、情で動く人間には、情で訴えかけるほかなかった。

聞き終えた幸恵は、血の気のない顔で言った。

「――わたしに、どうしろと言うんです？」

語尾が震えていた。その震えに、白石は迷いを嗅ぎとった。

「彼女たちのことを、考えてほしいんです」

「でも――でもわたしには、なにもできません」

震える声で幸恵が応える。

「べつにぼくは、なにかしろと言っているんじゃありません。ただ彼女たちについて考え、想像してあげてほしいんです。もし自分だったら、自分の娘の身に起きたことだったら――。そう考えてくださるだけでいい」

「たいしたことは、知らないんです」

幸恵はあえぐように言った。

「わたしが、そんな、お役に立てるとは思えません」

「それはぼくらが判断することじゃない。するのは警察であり、司法です。正しい判断を仰ぐために、行政はすべての材料を揃えなくてはいけないんです」

白石は膝を進めた。

「残念ながら、治郎くんはもういない。何者かに殺されてしまいました。幸恵さん、あなたが志津さんや治郎くんの名誉を守りたいのはわかります。しかし彼のためを思うなら、どうか協力してください。彼を殺した犯人がこのまま、おめおめと逃げおおせるなんてあってはいけない。――それに治郎くんの動機や背景がわからないままでは、彼は永遠に〝怪物〟のままです」

ぴくり、と幸恵の肩が跳ねた。

白石は言いつのった。

「もちろん、治郎くんのしたことは間違っていました。だが彼は、けして怪物ではなかった。ああなるまでに、人間らしい感情のもつれと愛憎があった。治郎くんは亡くなり、もう司法によって裁かれることはありません。だからこそ彼は、世間によって死後も裁かれつづける。――幸恵さん、お願いです。正しい情報をください。治郎くんを〝怪物〟のままにさせておかないでください」

白石は言い終え、待った。

いくらでも待つつもりだった。

しかし幸恵は、善吉より白旗を上げるのが早かった。

「……わたしも、そんなに多くを、知っているわけじゃないんです」

呆けたような声で、彼女は言った。

その視線は白石を通り越し、はるか遠くを見据えていた。

「善吉さんは、白石さんに、なんとおっしゃってました？」

「あ、ええと……、伊知郎さんと治郎くんが〝アズサ〟という女性をめぐって口論していたと。『アズサはおまえのものじゃない』と伊知郎さんが怒鳴り、治郎くんは激しく言いかえした、と言っていました」

白石は慌てて答えた。

幸恵はあらぬ方向を見つめたまま、

「その女性を、わたしは直接存じているわけじゃありません。でも旦那さまとは、そうとう長くつづいていたようで……。最初にその名を耳にしたのは、まだ坊ちゃんが、ほんの子供の頃です」

と言った。

「聞こえたんです。――扉越しに、旦那さまの声が。泣いてらっしゃいました。あの旦那さまがですよ。まるで別人のような弱よわしい声で、『すまんアズサ、頼む。許してくれ』と女性にすがっているんです。『なんでもする。捨てないでくれ』って」

「お相手の声は？」白石が問う。

「聞こえませんでした。それに、その日に来客はありませんでした。お電話で話しておられたんでしょう」

幸恵は片手でブラウスの胸もとを摑み、引き絞った。

「あの傲岸不遜な旦那さまが、あんな声で女性に泣きつくだなんてね。普通なら滑稽に思うところなんでしょう。けれどわたしは、なんだか怖くなってしまって」

言い終えて、はっと顔を上げる。

「あの――このことは、奥さまには」

「言いません」白石は即答した。

「すくなくとも、幸恵さんから洩れたことは他言しません」

安堵したらしく、ほっと幸恵は肩の力を抜いた。

彼女はきつくブラウスの生地を摑んだまま、

「それならいいんです。……旦那さまも、ほんとうにひどい人ですよ。泣いてすがるほど好いた女がいるくせに、奥さまには尽くさせるだけ尽くさせてね。お葬式の日だって、わたし、気が気じゃありませんでした。もし例の女があらわれて、奥さまにしれっと挨拶でもしたらどうしようって……。さすがに女も、そこまで厚顔ではなかったようですが」

安心したせいか、幸恵の舌は滑らかになっていた。

「志津さんは、愛人の存在に気づいていたと思いますか？」

「わかりません。そんなこと、とても口に出して訊けませんもの。でも勘のいいかたですから、察していたかもしれませんね。わたくしどもの前で、それとお顔に出すことはありませんでしたが」

「伊知郎さんと治郎くんの諍いについてはどうです。女をめぐって争っていたと、志津さんはいまだ知らないままなんでしょうか」

幸恵が眉を曇らせて、

「それは……」と口ごもる。

「正直言えば、もしや、と思ったことはあります。だって旦那さまと坊ちゃんが口論をなさった直後あたりから、奥さまはお耳が聞こえづらくなったんです」

「ストレス性の難聴だと、診断書も出たそうですね」

白石は相槌を打った。

「ええ。お医者を何軒もはしごしましたが、みなさん『器質的な問題はない。ストレスだろう』と心療内科をおすすめなさった。……奥さまには、お聞きになりたくないことが多すぎたんです。心が閉じるにつれ、お耳も閉じてしまわれたんでしょう」

うまいことを言う。白石は感心した。心が閉じるにつれ耳も閉じてしまった、か。

確かにストレス性疾患とはそういうものだ。要するに、脳の判断なのだ。

〝これ以上は心が耐えられない。自殺の恐れがある〟と判断すれば、脳はあらゆる手段で死を回避する。一時的に声が出なくなる、耳が聞こえなくなる、足が動かなくなるなどの症状がそれだ。逃避させることで本体を守るのだ。

白石は話題を変えて、

「治郎くんの過去について訊いていいですか。彼の元〝仲良しグループ〟の中で、自殺した子がいたそうですね」と言った。

「幸恵さんは七年前、その件についても教えてくださらなかった」

「え、いいえ、べつに隠したわけじゃありません」

幸恵が首を振る。

「だってあのときは、まだ知らなかったんですもの。まさか坊ちゃんをいじめていた子が、あのダイくんの従兄(いとこ)だなんて」

「ダイくん」

白石は繰りかえした。

伊田瞬矢の従弟の名は、すでに和井田から知らされていた。確か〝伊田大悟(だいご)〟だ。瞬矢から見れば、父方の従弟であった。

「ダイくんは、いい子でしたよ」

幸恵は言った。

「坊ちゃんのお友達はね、気がやさしすぎて、学校の中では浮きがちな子たちばかりで……。学年や学校の枠を超えて、仲良しになった子たちでした。あの子たちにとっちゃ、あの頃の薩摩邸は楽園だったでしょうね」

「学年や学校の枠を超えて、ですか。どこで知りあったんです？」

「早瀬先生のところです」

「早瀬——。『メンタルクリニック早瀬』のことですね？」

なるほど、それなら早瀬医師が〝仲良しグループ〟の存在を知っていたのも納得だ。つまり少年たちはみな、あそこでなんらかの治療なり投薬なりを受けていた。

「早瀬先生にはね、わたしはいまだに、不満があるんです」

幸恵が口を尖らせた。

「そりゃあお忙しいでしょうし、旦那さまを苦手にしてらしたのもわかりますよ。でも先生が、もっと坊ちゃんに目を配ってくれてさえいれば、といまでも思うんです。旦那さまに隠れて、往診をつづけてくれていれば、と」

「昔は、薩摩邸まで往診してらしたんですか」

「先代がご存命で、あのかたがまだ若先生だった頃はね。でもあとを継いでからは、往診をやめてしまわれました。きっと旦那さまに怒鳴られたのが、おいやだったんでしょう」

「怒鳴られたんですか？　なぜです」

幸恵が茶托（ちゃたく）の縁（へり）をなぞって、

「もっといい薬を出せとか、そんなようなことでした。坊ちゃんは子供の頃から繊細で、眠りが浅くってね。寝てもすぐ起きて、夜中にキャーッと悲鳴をあげる癖があったんです。確か、夜驚症とか言ったような」

「ええ、子供に多い症状ですよ」

白石は言った。夜驚症に、とくに治療法はない。ごく弱い入眠剤を与えるくらいしかできない。伊知郎のことだから「一発で治る、もっと強い薬を出せ」とでも迫ったのだろう。

白石はこめかみを押さえた。

——なんだろう、なにか引っかかる。

いまの話の内容に、ではない。

早瀬医師の名を聞いたとき、かすかに頭の片隅がちくりと疼いたような。

しかし思いだせなかった。いったん逃げてしまった閃きを追うのはむずかしい。白石はあきらめ、幸恵に尋ねた。

「伊田大悟くんは、どんな子でした？」

「お母さんを早くに亡くしてね、お父さんと二人だけでした。早瀬先生のところに通ったのも、お母さんの死で不安定になったからだと聞いてます。そのせいか、奥さまによくなついていてねえ。当然ですよ。まだ母親が恋しい歳でしたもの」

幸恵はふたたび遠い目になった。

「あの離れは、あの子たちの遊び場だったんです。旦那さまが亡くなってから、坊ちゃんがあそこへ引きこもった気持ち、いまとなればわかります。だって坊ちゃんには、ダイくんたちがいた頃が、一番いい時期でしたもの……」

「〝仲良しグループ〟は何人いたんですか」

白石は訊いた。「名前はわかりますか？」

「坊ちゃまを含めて四人組でした。ええと、フルネームはわかりませんが」

幸恵は考え考え、答えた。

「ええと、まずケイちゃん。この子は可愛らしい顔立ちの子でした。次にナオくん。とても物知りで頭のいい子です。……そして最後にダイくん。気は弱いけれど、やさしい子でした」

7

たゆたう眠りの波は、揺れる電車の記憶に夢をさらっていく。

白石は夜の電車に揺られていた。すぐ隣には紺野美和が座っていた。

彼女のほんのり染まった目のふち。かすかにアルコールの混じった甘い香り。これはシャンプーだろうか、それとも香水か。

座席は埋まっているものの、電車はさほど混んでいなかった。ふと白石は、人波の中に知った顔を見つけた。

反射的に片手を挙げる。確かに目が合ったと思った——が、相手は顔をそむけて隣の車両へ移っていった。

挙げた手の行き場を失い、白石は目をしばたたいた。

車内アナウンスがゆったりと流れる。

「この電車は区間準急、北春日部（きたかすかべ）行きです。……お客さまにお願いいたします。座席はお互いに譲りあってお掛けください。……次は、業平（なりひら）――」

「……お兄ちゃん？」

まぶたをひらく。真上から、果子の顔が覗きこんでいた。

唸りながら、白石は緩慢に上体を起こした。

頭を振る。どうやらソファでうたた寝してしまったらしい。手から落ちたらしい読みさしの本が、ページなかばで床に伏せられている。

「なんだおまえ、どうしたんだ、仕事は……」

「なに言ってるの。今日は日曜でしょ」

呆れ顔で果子が言う。

「さすがのわたしでも、休みなしじゃ働けないってば。それより、お兄ちゃんが昼寝なんて珍しいね」

「ああ……最近、よく眠れなくてな。半端な時間に眠くなるんだ」

白石は生あくびを噛みころした。

「今夜はアクアパッツァにするよ。あとは大根と帆立（ほたて）の照り煮。わかめの酢味噌和えも作るかな……。ビールはどうする？」

「ん、今日はワインにする。白のいいのをもらったの」

応えてから、果子は笑った。

「なんだか最近、献立に魚が多くなったよね」

「そうか？」

「そうよ。前は『魚は高いから、安売りのときしか食卓に出さない』って言ってたじゃない。ヘルシー志向になったの？ それとも、そろそろお肉と脂がつらい歳かな？」

白石の背が、思わずひやりとした。

肉。挽肉。ドッグフード。ミンチ。

――肉。

苦いつばがこみあげた。それを飲みこみ、白石は無理に笑った。

「ぼくと一歳違いのおまえが言うなよ。ブーメランが刺さるぞ。……もう、この話題はやめよう」

和井田が訪れたのは、午後九時過ぎである。

だがいつもの鬼瓦のごとき仏頂面ではなかった。その場に果子がいたからだ。

リヴィングに入るなり、和井田は目じりを下げてまくしたてた。

「やあ果子ちゃん。ひさしぶりだね。思いがけず会えて嬉しい。ああそうか、今日は日曜だったか。捜査本部が立つと、忙しくて曜日の感覚が狂っちまうよ。手土産もなしに押しかけてごめん。埋めあわせに、今度二人きりで食事に行こう」

二人きりで、の部分を強調してから、

「なんだおまえ、いたのか」

と白石を振りかえる。

「なんだとはなんだ。入れてやったとき会っただろ。しらじらしい」

「ふん、早くも小舅意識まんまんだな。それよりおまえ、いま時間はあるか」

「なくもない。じゃあぼくの部屋へ……」

ソファから腰を浮かす白石を、「いいよ」と果子が制した。

「持ち帰りの仕事があるから、わたしが部屋に行く。お兄ちゃんたちは、どうぞリヴィングを使って」

ルームシューズの音をさせ、部屋を出ていく。

「残念」

和井田はため息をつくと、ソファにどっかり腰を下ろした。

白石が出したおしぼりで顔とうなじを拭いて、

「まあいい。求愛行動は、事件が片付いてからゆっくりとだ」

「求愛行動って、おまえは鳥か」

「つまらん茶っ込みを入れるな。本気でつまらん。それより白石、やっと捜査線上に

〝アズサ〟の名が出てきたぞ」

和井田は体を前へ傾けた。

「『あがつま不動産』の親父が、いま頃になって思いだしやがった。『ライラック』というキャバレーのホステスか。じゃあ源氏名だったのかもな」

「ホステスだそうだ」

「源氏名だろうと、店の痕跡さえありゃなんとかなる。だが『ライラック』は、二十年も前に潰れていやがった」

「二十年前」

白石は眉根を寄せた。

「じゃあ店が潰れて以後も、伊知郎さんと彼女はつづいたわけか」

「長い愛人だよな。だが、そうとうにうまくやったようだぜ。伊知郎が女のためにマンションを借り、生活費を振りこんでいた形跡はいまだ摑めていない」

「『ライラック』のオーナーや、従業員からたどれないのか」

「登記簿や風営許可申請書はむろん当たった。だが所有者はとっくに故人だった。雇われ店長も現在は居所不明だ。おまけに社会保険の納付履歴どころか、労働者名簿も源泉徴収簿も残ってやしなかった。さすがに法人税はおさめていたが、提出書類はごまかしだらけだった」

「じゃあなにもわからずじまいか。〝アズサ〟がいたのが、『ライラック』だってことは確かなのか？」

「ぶっちゃけ、それすらわからん。なにしろ『あがつま不動産』の親父は八十代だ。記憶の細部がだいぶあやしい」

和井田はおしぼりをテーブルに置いた。

「だが朗報もあるぞ。大須賀光男の行方がわかった」

「生きていたのか」

白石は目を見張った。和井田がかぶりを振る。

「残念ながら否だ。末の娘が十八になった直後、光男は子供たちの前から姿を消した。その後は各地を転々とし、五十の坂を越えた頃、東京でホームレスになった。支援団体に保護されたものの、三年前に肺炎で死亡。最後まで妻と、駆け落ち相手の伊藤竜一を恨んでいたそうだ。享年六十三だった」

「それは……気の毒に」

白石はまぶたを伏せた。

人づてに聞いただけでも、大須賀光男の人生は波乱つづきだった。すべてを失い、故郷を石もて追われた彼は、死の間際になにを思ったのだろう。

白石は席を立ち、コーヒーを淹れなおした。マグカップふたつに注ぐ。ひとつは目の前の和井田へ渡した。苦みのどっしりしたマンデリンを濃く淹れ、

「――いまさらだが、伊知郎の死についてどう思う」

コーヒーを一口含んで和井田が言った。

「ちなみに伊田瞬矢のアリバイについては、当時の捜査員がきっちり調べた。その頃の伊田は、自宅と保護司の家を行き来していたようだ。伊知郎が庭石に頭をぶつけた朝は、保護司の家にいた。前夜から泊まっていたんだから、強固なアリバイだな。――で、おまえはどう思う。治郎が親父を殺したと思うか？」

白石はしばし、口をひらかなかった。

どう答えるべきか考え、迷った末に、

「わからない」と呻いた。

「七年前のぼくなら、『治郎くんに人は殺せない』と断言できた。モラルどうこうじゃない。彼にそんな自主性はないと思っていたからだ。だが、違った。彼はみずからの意思で女性を監禁し、殺した。……殺せる人間だった」

「だな」

和井田はうなずいた。

「やつが離れに閉じこもるようになったのは、伊知郎の死後だ。やつは離れで一人、狂気と殺意を育んでいった。その結果が、あの監禁殺人だ」

「でも治郎くんが伊知郎さん殺しの犯人だとしても、なにかきっかけがあったはずだ」

白石は言った。

「治郎くんにとって、父殺しはなによりハードルが高い行為だった。動機は充分としても、ハードルを越えるには、そうとうな感情の爆発がなけりゃ無理だ。十七歳の時点で、治郎くんはすでにあきらめの境地にあった。あの治郎くんを、燃えたたせるほどの激情となると――」

「女がらみか。〝アズサ〟の奪いあいかね」

「かもしれない」

白石は明言を避けた。

和井田が「よし。ひとまずその意見でいく」と膝を叩いた。

「係長に報告して、伊知郎殺しを洗いなおす許可をもらう。しょせんおれたちは、税金で動く公僕だからな、なんらかの理由を付けなきゃ動けんのだ」

ぐいと鼻さきに突きだされたマグカップを、白石は無言で受けとった。

席を立ち、コーヒーサーバからたっぷり注いで戻る。

「大須賀光男は死んだ。光男の妻の行方は、わからずじまいか？」

「ああ。駆け落ち相手の伊藤竜一ともども、いまだ不明だ」

白石からカップを受けとり、和井田は首肯した。

「伊藤竜一は前科ありのチンピラだったんだろう？　その後は捕まっていないのか」

「収監されていないことは確かだ。微罪での逮捕歴くらいならわからんが、すくなくともデータベースではヒットしなかった」

「そうか……」

白石は考えこんでから、

「息子の弘は、四年前になにをしていたんだろう」と言った。

「伊知郎が死んだときだな？　おれも確認した。当時のやつは、稲葉千夏の母親と再婚したばかりだった」

「新婚か。県をまたいで人殺しに来る時期じゃあないな」

白石は唸った。

「殺意の引きがねは、多くが失意だ。たとえば離婚、失恋、失業、近親者の死や大病、左遷などなど。俗に〝ストレス要因〟とも言われる」

「失恋ね。では治郎はやはり、女の奪いあいに負けたんじゃねえか？　若さより将来性より、はたまた愛情より、女は伊知郎の金と権力のほうを選んだ。……うん、殺しのシナリオとしちゃ充分だな」

「おい、あくまで仮説だぞ」

「わかってるさ。そいつを裏付けるためにも、ますます〝アズサ〟を見つけださなきゃならん。その女は、絶対になにか知ってやがる。事件のキーパーソンだと、おれの勘が言っている」

彼は拳を自分の掌(てのひら)に打ちつけた。

「おあつらえむきに刑事訴訟法が改正された。人殺しにもう時効はない。いくら時間がかかろうがかまわん。草の根をかき分けてでも、犯人を引きずりだしてやる」

両の眼が爛々と輝いていた。

「──天職だな」

ぽつりと白石はつぶやいた。

「あ？」

和井田が顔を上げる。白石は苦笑し、片手を振った。

「いや、自分にふさわしい職に就けたおまえが、うらやましいと思ってさ。……ぼくは駄目だった。家裁調査官を務めあげるには、弱すぎた」

「ふん」和井田が鼻から息を抜く。

「弱いのは、悪か？」

「え、──……」

「もちろんおれは強いぞ。ガキの頃から強かった。しかし弱さを悪と思ったことは一度もない。弱さを言いわけに、犯罪に走りゃ悪だがな」

「……おまえはさぞ正統派のガキ大将だったろうな。目に浮かぶよ」

白石は睫毛を伏せた。

「ぼくは違う。子供の頃から、強くなかった。でも、弱いと卑下していたわけでもなかった。──あの日までは」

しばし和井田はなにも言わなかった。室内に沈黙が落ちる。

やがて彼は口をひらいて、

「酒はあるか」と尋ねた。

「酒？」

「野菜相手じゃ、おまえのもやもやは晴らせんようだ。いいだろう、話し相手になってやる。その代わり布団くらい貸せよ。もう一度訊くが、酒はあるのか」

「ビールとワインしかない。ワインは果子の飲み残しだ」

「果子ちゃんの？　最高じゃねえか。それを早く……」

声を上げかけ、和井田は「おっと」と口をつぐんだ。

果子の部屋の方角をうかがってから、低くささやく。

「……いまのはセクハラと取られるかな。おい、最初の一杯はビール、二杯目からはそのありがたいワインにしろ。肴があれば、もっといい」

「――納涼会と歓迎会を兼ねた、職場の飲み会だった」

訥々と白石は語りはじめた。

テーブルにはワインの瓶とふたつのグラス。そしてチーズや野菜スティック等の簡単な肴が並んでいた。

「その年、本庁に異動したのはぼくと紺野美和だけだった。先輩たちは、ぼくたち二人をお似合いだとおだててくれた。恥ずかしながら、そのせいでぼくは浮かれてた。紺野さんを、ええと、なんというか……憎からず思っていたからだ」

「まわりくどい言いかたをするな」

和井田は野菜スティックの先で白石を指した。

「はっきり『気があった』と言え」

「そうだ、彼女に気があった」

白石はうなずいた。

「ぼくはあの夜、彼女をアパートまで送るはずだった。だから、ふだんは乗らない路線の電車で……、ああそうだ。車内でいったん会ったんだ」

「誰にだ」

「当時、ぼくが担当していた少年だ。年は十七歳。元交際相手に付きまとった挙句、彼女の家へ押し入り、家族に大怪我をさせた。逮捕後も反省の色はなく、『あの女に一生付きまとってやる』と公言していた」

「たちの悪り(わ)いガキだな」

「……正直、ぼくもそう思っていた。抑えていたつもりが、態度の端ばしに出ていたんだろう。だから少年は、心をひらいてくれなかった。それどころか、ぼくに反感をつのらせていたんだ」

白石はうつむき、眉間(みけん)を指で押さえた。

記憶がまざまざとよみがえってくる。あの夜の光景だ。

東向島(ひがしむこうじま)駅で二人は下車し、美和のアパートへ向かっていた。Y字路を左に行くと、街灯が目に見えて減った。コンビニもなく、つづく道はひたすらに暗い。

白石は酔っていた。そして高揚していた。がらにもなく、おしゃべりで美和を楽しませようと必死だった。美和もよく笑ってくれた。

お互いの注意は、お互いにのみ集中していた。

一人ではない、という油断もあっただろう。路肩に停まったハイエースは視界に入っていたが、気にも留めなかった。二人はハイエースの脇を行き過ぎかけた。

そのときだった。ハイエースのスライドドアが開いた。

後部座席から次つぎと黒い影が降りてくる。

あっと思ったときは遅かった。後頭部に白石は重い衝撃を受けた。声も出せず、その場にくずおれた。

薄れる意識の中、白石は少年たちの笑い声を聞いた。

――見ろよ、ババアのわりにいけるぜ。

――暴れんなって、ははは。

――ケツをこっちに向けろよ。雌犬(ビッチ)。

その後白石は、しばし道路で気を失っていたようだ。

目を覚ましたときは、通行人らしき男性に助け起こされていた。

もつれる舌で白石は「連れがさらわれた」「一一〇番通報してくれ」と訴えた。そして、ふたたび失神した。

その通報を通信指令センターが受ける数分前、警邏中の警官がくだんのハイエースを見とがめていた。公園の脇に路上駐車した、あきらかな不審車両だった。

警官は運転席の窓を指で叩いた。フルスモークの窓である。

ハイエースは応えなかった。それどころか、突然走りだした。

警官は慌ててパトカーに戻り、逃げた車両を追った。

約二十キロの逃走劇の末、ハイエースはガードレールに激突して止まった。

救出された美和は重傷だった。殴打で頬骨と鼻を折られていた。よほど激しく抵抗したのか、両手合わせて指を四本骨折していた。鎖骨と顎の骨にひびが入り、脾臓に損傷を負っていた。

不幸中のさいわいで、性的暴行は寸前でまぬがれた。しかし衣服を剝がされ、よってたかって携帯電話で撮影されたという。

携帯電話は警察が押収し、画像データは消された。少年たちは「ネットに上げようと思って撮った」「拡散してやろうと思った」と供述した。

白石が担当していた少年は、

「調査官のやつが悪りい」と吐き捨てた。

「あいつ、おれが女とトラブったのを知ってるくせに、てめえの女を見せびらかしてきやがった。だから速攻で仲間の車を呼んで、駅からあとを尾けさせたんだ。あの野郎は、前から気に食わないと思ってた」

白石は脳波に異常なしと診断され、翌日に退院できた。

一方、美和は長期入院となった。見舞いに行きたかった。しかし「いまは行くな」と先輩に止められた。

白石は一週間の有休のあと、仕事に復帰した。

だが登庁して三時間で「駄目だ」とわかった。

駄目だ、いまの自分は使いものにならない——と。

担当する少年と、対峙できないのだ。目を合わせられない。真正面から顔を見ることができない。

いい関係を築いた少年が相手でも同じだった。心臓がばくばくと激しく鳴り、脂汗が噴きだした。指さきが震え、ひどいときは過呼吸を起こした。

白石は心療内科に通いはじめた。

投薬で、いったんは落ちついた。しかし「紺野美和が退職する」と知った日から、症状はふたたび悪化した。

美和の退職理由は「精神状態が不安定なため」。精神科医の診断書も添付されていた。事件後は一度も登庁することなく、両親に連れられて故郷へ帰った。

白石は、出勤すらできなくなった。

朝起きられなくなった。全身の倦怠感と偏頭痛に苛まれた。布団の中で、死ぬことばかり考えるようになった。涙が止まらない日もしょっちゅうだった。医師の診断を仰ぐまでもない、重度の鬱症状であった。

白石は退職を決めた。

事情を知らない親戚たちは、口を揃えて「国家公務員の座を、もったいない」と止めた。しかし果子と和井田が味方してくれた。

和井田は、白石がなんらかのかたちで事件にかかわったと察したようだ。

だが重大事件でもない限り、警視庁管轄の事件が茨城県警に洩れることはない。それをいいことに、白石は沈黙を守った。

守ったまま郷里へ引っこみ、妹のマンションで隠遁生活を送ってきた。

——薩摩治郎が、殺されるまでは。

白石は自分のグラスに、手酌でワインを注いだ。

「わからなくなったんだ」

ぽつりと言う。

「ぼくは紺野さんが襲われたあの日まで、非行少年は社会の犠牲者だ、と思っていた。環境に押しつぶされ、ゆがんでしまっただけだ。だから大人の手で救わねばならない——と。でも、わからなくなってしまった」

「よかったな。ひとつ大人になったじゃねえか」

和井田がワインを呷って言う。

「自分は物ごとをわかってる、なんて思うのは傲慢だ。なにもわかっちゃいないと認めたときに、はじめて成長できる。〝無知の知〟ってやつだ」

粗野を装ってはいるが、本来の和井田は賢い男である。俗に「人は酒が入ると地があらわれる」と言う。和井田はそれが顕著で、しらふのほうが騒々しい。

「……ぼくは、なにをしてるんだろう」

白石はため息をついた。

「家裁調査官を、つづけられなかった。二度と少年事件にはかかわれないと思った。いや、事件一般にだ。なのにいま、ぼくはみずから治郎くん殺しに首を突っこんでいる」

ワインを一口含む。辛口のいい白だった。

「これは代償行為なのかな。警察への協力を通して、ぼくは償いたいんだろうか。紺野さんを守れなかった罪を、すこしでも雪ぎたいのか」

「さあな」

和井田は肴のクラッカーを嚙みくだいた。

「ひとつはっきりしてるのは、おまえがここに閉じこもろうが出ていこうが、誰も困りゃしねえってことだ。ここにいるなら果子ちゃんは家事をしてもらえる。おれは無料のコーヒーを飲みに通える。逆におまえが出ていくなら、果子ちゃんはそのぶん生活費が浮く。おれはおまえの新たな部屋を、無料の宿泊所にできる」

なかば開いたカーテンから、下弦の月が覗いていた。

「おまえの人生だからな、おまえの好きにすりゃあいい」

和井田の声は静かだった。

「だがひとつだけ助言するぞ。乗りかかった船には、最後まで乗っていけ。半端なところで下船しても、後悔の種が増えるだけだ」

「なんだか、おかしいな」

白石は笑った。

「今日の和井田は、言うことにいちいち含蓄がある」

「阿呆か、逆だ。おまえが今日はしおらしいんだ。いつもそういう態度でいろ。おれという友人の有難みを思い知れ」

「その恩着せがましさがなけりゃ、もっといいんだが……」

慨嘆をさえぎるように、着信音が鳴った。

和井田の胸ポケットからだ。ｉＰｈｏｎｅではなく、警察支給の携帯電話であった。

和井田が即座に応答する。

「おれだ、どうした。……あ？　確かか」

声のトーンが変わった。目の端が引き攣る。アルコールで緩んでいた顔が、一気に険しくなる。

数分後、和井田は通話を切った。

「どうした？」

「薩摩志津が、さらわれた」

白石は瞠目した。

「え、さらわれたって――。どういうことだ」

「彼女はいままで、伊知郎が遺した郊外の別荘にいた。夕方から連絡がつかないので部下が急行したところ、志津が消えていたそうだ。家内には荒らされた形跡があり、玄関の鍵も壊されていた」

「そんな。見張りは付けてなかったのか」

「薩摩志津は容疑者じゃない。逃亡のおそれもない。最初の一週間は泊まり込みで女警を付けたが、いまは二時間ごとに安否確認し、食料などを差し入れるにとどめていた。なかば以上は自殺を防ぐためだ。……まさかいまになって、かっさらわれるとはな」

「いったい、誰が」

白石はつぶやいた。和井田がつづける。

「室内には泥靴の足跡が複数残っていたらしい。おそらく作業靴で、サイズは二十六センチ。これは大須賀弘の靴のサイズと一致する」

和井田は立ちあがり、ソファにかけていたジャケットを掴んだ。

「おれは署に戻るぞ。……くそったれが。この事件は、どこまでも振りまわしてくれやがる」

言い捨てた語尾に、怒気がこもっていた。

第五章

1

休み時間の教室は、穏やかな喧騒に包まれていた。

自席に着いたまま、海斗はスマートフォンに目を落とした。まわりに見られないよう机の陰にして、両腿の間に挟みこむ。

表示されているのは、未尋から昨夜転送されてきた自撮り画像だった。ほぼ三色で構成されている。シーツの白。やや黄みがかった肌のいろ。そして髪の毛と陰毛の黒。

被写体は〝父の後妻〟だった。

――さすが未尋。仕事が早い。

くっ、と笑いで喉が揺れる。侮蔑の笑みだった。同時に快哉の笑いでもあった。

「ほいほい送ってきやがった(笑)」

未尋はＬＩＮＥでそう後妻を嘲笑っていた。

「あのババア、すげえ簡単に釣れたぜ。『ぼく同年代の女の子って苦手なんです。言葉遣いが乱暴だし、幼稚だし……。大人の女性が憧れです』だの、『うちの母は忙しい人で……。今度ミキさんに甘えていいですか』だの、古典的に攻めてやったら、イチコロだった」

ミキとは後妻の名だ。海斗が一度たりとも呼んだ覚えのない名である。

「きったねえ体だよな。腹肉ぶよぶよ。尻なんかまるっきり象だぜ、象。まあババアには『ミキさんの体って綺麗すぎて、いやらしい感じがしないです。ルノワールの絵みたい』って送っといたけどよ（笑）」

海斗は耐えきれず噴きだした。

「ルノワールって（笑）（笑）。天国のルノワールが生きかえって、ぶん殴りに来るレベル」

と返信する。爆笑顔のスタンプを、さらに二個連続で送った。

晴れ晴れとした気分だった。このところ仏頂面だった未尋が、この一件で機嫌をよくしてくれたのも嬉しかった。

――例の、匿名掲示板の固定ハンドル。

なんのつもりか【天誅】と名乗るそいつは、「ビジホ殺人事件の真犯人はおれだ。捕まえてみろ」と煽りつづけている。そして【天誅】が騒げば騒ぐほど、未尋は不機嫌になるばかりだ。

理由はいまだわからずじまいだった。訊いても未尋は答えてくれなかった。

「――國広くん、なに見てんの？」

ふいに声が降ってきた。

海斗は慌てて画像を切り替えた。未尋と撮った、野良猫の画像が表示される。

「あー猫じゃん。猫、好きなんだ?」

以前、消しゴムを拾ってやった女子生徒だった。あれ以来なぜか、ぽつぽつと話しかけられるようになっている。そのたび海斗はあたりさわりなく応じていた。

「おれじゃないよ。友達が好きみたい」

「へえ。うちの学校の子?」

「いや」ちょっと迷って「塾の友達」と答える。

「そっか。國広くん、頭いいもんね。レベル高いとこ行ってそう」

女子は笑ってから、からかうように言った。

「あんまり嬉しそうに見てるから、エッチな画像かと思っちゃった」

思わず海斗はぎくりとした。

しかしおくびにも出さず、「まさか。ここ教室だぜ」と愛想笑いで応えた。

未尋に教わった、完璧なバランスの笑顔であった。


昼休みに、海斗は教室を抜け出した。

渡り廊下を越え、人気のない北校舎へと向かう。

この校舎はなぜか改築されぬまま残されており、ほとんど使用されていない。以前の音楽室は物置きにされ、もと図書室は空き本棚が倒れたまま放置されている。

施錠の甘い非常扉を抜け、海斗は階段に座りこんだ。埃と黴の入り混じった空気が、喉にいがらっぽい。

ポケットからスマートフォンを取りだした。まずネットでポータルサイトに繋ぐ。

ニュースをくまなく確認したが、例の殺人事件の続報はなかった。次に匿名掲示板へアクセスする。

ニュース板では、まだ【天誅】が暴れていた。

――未尋もこれ、見てるかな。

ぼんやり思った。

未尋が学校ではどんなふうなのか、海斗は知らない。訊いたところで、「くだらねえやつしかいねえよ」と未尋は肩をすくめるだろう。

――こんなふうに彼も、いま頃は一人でスマートフォンをいじってるんじゃないか。

そんな気がした。

――そしてきっと怒っている。

むろん、【天誅】を名乗るこの馬鹿に対してだ。舌打ちする未尋が目に浮かぶようだった。なぜってこいつらのしていることは、たぶん未尋の美意識に反する。

――未尋がやったのではないか。

海斗はそう思うようになっていた。

あのホテルで男を殺したのは、未尋なのではないか。

発表されている犯人の風体は「身長百七十センチを切るくらいで痩せ形」だ。未尋と同じである。服装はごく平凡だったし、用意するのも捨てるのもたやすいはずだ。

動機はわからない。だがそこはどうでもよかった。

未尋の行動に理由などいらない。女たちの友情を裂いてやったときや、飢えた女児にドッグフードを与えたときと同じだ。彼はただ、やりたいからやったのだろう。それで充分だった。

――身長百七十センチを切るくらいで痩せ形、か。

そういえば三橋家を見張っていた男にも当てはまるな、とふと思った。

でもあんな野郎じゃいやだ。あんな冴えないおっさんが犯人じゃつまらない。未尋のほうが、そう――ずっと似合う。未尋のような美少年こそ、謎めいた殺人者にふさわしい。

海斗は匿名掲示板を離れ、保存していたテキストデータをひらいた。

ホテルの殺人事件について、海斗なりに情報をまとめたデータであった。

情報源はテレビやネット、週刊誌などだ。意外にも週刊誌がなかなか有益だった。被害者は〝殺されて当然の男〟とされ、同情されてはいないものの、その複雑な生い立ちに注目が集まっているらしい。

予鈴が鳴った。

海斗は立ちあがり、スマートフォンをポケットにねじこんで走った。

ぎりぎり本鈴前に教室へすべりこむ。

自分の席に目を向ける。なぜかペンケースが落ち、中身が床に散らばっていた。拾おうと海斗はかがみこんだ。ほぼ同時に、上履きの足が斜め上から振りおろされた。海斗の手をわずかにそれた足は、カラーペンをぐりっと踏みつけた。

「……シミズに相手にされたからって、おまえ、調子のってんじゃねえぞ」

例の〝いじられキャラ〟の鷺谷の声であった。

――シミズ？　シミズって誰だっけ。

顔も上げず、海斗は考えた。

ああ、消しゴムの女子か、と思いあたる。さっきも話した、ルックスが中の上ランクの清水なんとかだ。

――なるほどね、鷺谷は清水が好きなのか。

鷺谷が舌打ちして離れていく。

海斗は横目で清水をうかがった。だが真後ろの友人としゃべるのに忙しいらしく、彼女はこちらに気づいてすらいなかった。

「おっせえよ、海斗」

珍しく、未尋は待ち合わせ場所に先に着いていた。

横柄に肩を揺すり、顎をしゃくって歩きだす。

最近の未尋はいつもこうだ。不機嫌がデフォルトで、いつも苛々している。海斗の見たところ、例のコテハン野郎のせいだけではなさそうだった。

「今日はどうする？」

海斗の問いに、未尋は眉根を寄せた。

「おれん家はいやだな。睦月のやつ、最近とくに調子こいてんだ。ムカつくから、ツラ見たくねえよ」

未尋は「よし」と手を叩いて振りかえった。

「やっぱ海斗ん家だな。あのババアが、どんなツラして出迎えるか見ときてえし」

スイッチを切り替えたかのような、満面の笑みだった。

海斗はすこしほっとして、

「もしかして、あの画像送ってきてから直で会うのははじめて？」と訊いた。

「ビンゴ。あのババア、いっちょまえに渋りやがってよ。えーと、おれが餌撒きまくったのが先々週で、向こうが針に食いついたのが先週か。そこから一週間ぐだぐだして、やっと送ってきたのが一昨日だな。しれっと出迎えるか、それともキョドるか、リアクションを見てやろうぜ」

はたして後妻が見せた反応は〝キョドる〟のほうだった。

どぎまぎと未尋を見つめ、「いらっしゃい」とうわずった声を出す。

髪を手で直そうとしたがあきらめ、スリッパを鳴らして駆け去っていく。

約十分後、後妻は海斗の部屋にコーヒーと菓子を運んできた。こってりと厚化粧していた。

未尋はそんな後妻に対し、

「髪型変えたんですね。アップも似合うな。あ、香水も新しくしました？」

「なんでかなあ。ぼく、ミキさんのことならすぐ気が付いちゃうんです」

と歯の浮くような台詞を並べたてた。

盆を置き、後妻が尻を振りながら出ていく。ドアが閉まってたっぷり数秒後、海斗と未尋は顔を見合わせて爆笑した。

「見たか、あのツラ」

「見た見た」

「すんげえ化粧してたな。顎と首の色がぜんっぜん違ぇの。眉毛もありえねえ角度してたぜ。昭和かよ」

「あいつがここにコーヒーなんか持ってきたの、はじめてだ。あーやべえ、笑いすぎて腹いてえ」

「今夜も粉かけとくよ。もっとどぎつい画像送らせてやる」

「やばいやばい。おれ笑い死ぬかも。ルノワールおばはん、マジやべえ」

「ルノワールおばはんって」

未尋はベッドにひっくりかえって笑った。

声が階下まで届くか、と海斗は一瞬ひやりとした。だが、いいやと思った。未尋と二人なら、あんなババアにキレられたって怖くない。

未尋はひとしきり笑ったのち、

「……なあ、海斗」ふっと声を落とした。

「え？」

「もしおれが――睦月を殺したいって言ったら、おまえ、協力してくれるか？」

唐突な言葉だった。

だが海斗は驚かなかった。それどころか、すんなりと胸に落ちた。

「もちろん無料(タダ)じゃないぜ」

未尋が口もとだけで微笑む。

「おれも、おまえん家のババア殺すの手伝ってやるよ。だからさ、いいだろ？ 海斗」

「ああ」

海斗はうなずいた。

「いいよ。なんだってするよ、未尋」

2

薩摩志津の失踪から数日が経った。

白石はじりじりと待った。しかし和井田から連絡はなかった。

志津の無事が気になる。ほんとうに大須賀弘に誘拐されたのか、いったいどこにいるのか――。

だができることはなかった。彼はただ粛々と家事をし、吉報を待った。

その日は平日だった。白石は掃除と洗濯を終え、スクラップしたレシピを整理していた。ＩＰサイマルラジオが、政府の対米姿勢をさかんに批判している。

パソコンが着信音を鳴らした。

メールの音だ。白石は腰を浮かせ、送信者を見た。だが和井田からではなかった。

――なんだ、市の『安心メール』か。

市内で発生した火災や、不審者出没の情報を逐一教えてくれるメールサービスである。

――また児童への声かけ事案かな。

だがひらいてみて、白石は瞠目（どうもく）した。

「本日午前十一時、古塚市東白山町二丁目の住宅街において、刃物を持った男が暴れていると通報がありました。現在、警察が出動中。近隣住民のかたは戸締まりをし、無用な外出を避けてください」

――古塚市東白山町二丁目。

薩摩邸がある住所だ。

白石は迷った。安心メールには「警察が出動中」とある。まずは最寄りの交番に出動がかかったはずだ。和井田も向かっただろうか。

迷った末、固定電話から和井田のｉＰｈｏｎｅにかけた。十回コール音が鳴り、不機嫌そうな声が応答する。

「いま忙しい。あとにしろ。切るぞ」

その語尾を白石はさえぎった。「待て。これだけ教えてくれ」無意識に声を押しころす。

「……東白山町で暴れているという男は、薩摩家と関係があるのか」

数秒、沈黙があった。白石は息を詰めて待った。

和井田が低く言う。

「――大須賀弘だ」

通話が切れた。


二度目の『安心メール』を、白石はバスの車内で読んだ。

「男の身柄が警察に確保された」との内容である。白石は短く息を吐き、シートに背を預けた。東白山町二丁目へ向かう循環バスのシートであった。

停留所で降りてすぐ、人だかりが目に入った。

イエローテープで区切られた一画に野次馬が群がっている。一様に携帯電話やスマートフォンをかざし、動画を撮っている。

「ちょっとすみません、すみません」

白石は野次馬をかき分け、イエローテープの際に立った。

薩摩邸の真ん前だ。紺の制服をまとった捜査員たちがきびきびと立ち働いている。何人か私服刑事の姿も見える。その中にひときわ長身巨軀の男がいた。和井田だ。

手を上げるべきか悩んだが、合図するまでもなかった。和井田のほうで目ざとく白石を見つけ、大股で歩いてくる。

「なにしに来た。帰れ、民間人」

白石はそれを無視し、

「大須賀は確保されたんだな。志津さんは無事なのか？」と小声で訊いた。

和井田は肩越しに捜査員たちをうかがった。白石の耳に口を寄せ、ささやく。

「……あとで電話する。帰れ」

きびすを返し、さっさと離れていく。

白石は憮然とその背を見送った。

東白山町二丁目で起こった白昼の襲撃事件は、夕方の県内ニュースでも、七時のニュースでも報道された。見出しは『男が刃物を持って暴れる・古塚』。

県警の判断か、稲葉弘こと大須賀弘の名は伏せられていた。記事によれば、酔って薩摩邸へ侵入をはかったらしい。

塀を乗り越えて窓を壊そうとしたところ、防犯センサーが作動し、民間警備会社の社員二人が駆けつけた。大須賀は刃物を振るい、社員の腕などに数箇所の軽傷を負わせたという。

「最近、物騒だねえ」

珍しく七時台に帰ってきた果子は、ニュースを観て眉を上げた。

「あれ、瑛一くんが映ってる。さすが大きいから目立つね。お兄ちゃん、瑛一くんから事件のこと聞いた？」

「いや」

白石はかぶりを振った。「とくになにも」

皿を洗い終え、白石は自室にこもった。

パソコンを立ちあげ、ブリーフケースからテキストエディタをひらく。

事件概要を自分なりにまとめたテキストデータだった。キーボードを叩き、大須賀弘の薩摩邸襲撃事件を、新たに書きくわえる。まだ実名報道はないこと、薩摩志津の行方がいまだわからないことも書き添えた。

さらに白石は〝薩摩治郎を幼少期から知る人物。影響を与え得た人物〟の欄に、早瀬医師を追加した。

治郎の両親、庭師の善吉、家政婦の幸恵。そして薩摩邸に往診していた早瀬医師。これでリストは五人になった。

——ぼくは犬だ。

記憶の底で、治郎の声がリフレインする。

——ぼくは犬だ。犬だ。犬だ。犬だ。犬だ。犬だ。犬だ……。

かつて白石の前で、治郎はそう叫んだ。叫んで壁に頭を打ちつけた。額が割れ、血が流れても彼はやめなかった。己の意思ではやめられないかに見えた。

——治郎を犬として扱ったのは、ほんとうに伊知郎だったのだろうか。

白石は疑問を抱きはじめていた。

薩摩伊知郎は幼少期から犬神持ちの子供だと疎まれ、いじめられたという。主婦たちはこう語った。

「薩摩さん家は、やっぱり呪われてるのよ」

「わたしらの祖母の世代は、あの家とは絶対お付きあいしなかった」

一方、不動産屋の社員はこう語っている。

「接待で薩摩さんと飲んだときにね、いっぺんだけ愚痴られたことがあります」

「殴る蹴る、顔面めがけて石を投げつける。みんなで押さえつけて服を脱がし、素っ裸にして往来へ放りだす。犬の糞を、口に押しこまれたことさえあったそうです」

つまり〝犬〟は伊知郎自身のトラウマでもあるのだ。

被虐待児が、長じて己の傷をより弱いものへ——多くはわが子へ——ぶつけるケースは珍しくない。いわゆる『虐待の連鎖』だ。

白石自身、和井田にこう説明した。「自分のトラウマを再現したんだろう。同じ屈辱を他人に与えることで、『いまのおれは弱くない』『強くなった。加害側にまわった』と確認したんだ」と。

——でも、なぜだろう。妙な違和感がある。

伊知郎は「子供は残酷な生きものだ。大嫌いだ。それに自分の子孫にまで、同じ思いをさせたくない」とこぼしたという。

にもかかわらず、伊知郎は治郎をもうけた。志津に「堕ろせ」とは言わず、籍を入れて産ませたのだ。

——伊知郎の気が変わった理由は、なんだったのか？

伊知郎自身の子供嫌いは、終生変わらなかったのに、だ。

また白石は、治郎の口から一度も『犬神持ち』および『犬神憑き』の言葉を聞いていない。治郎が洩らす単語はつねに『犬』だった。『犬神』でも『犬神持ち』でもなく、ただの『犬』である。

白石はテキストをさかのぼった。そして、最初から順に読みはじめた。

3

「入れよ、海斗」

未尋が鼻歌まじりに、三橋家のポストから郵便物を抜いた。

その日は「誰もいないから来(え)い」と言われての招待だった。三和土(たたき)でスニーカーを脱ぎながら、未尋は封書や葉書を選り分けた。

その手がぴたりと止まる。同時に、顔から笑みがかき消える。

未尋の手から郵便物がこぼれ落ちる。家電量販店からのダイレクトメール。エステサロンからの葉書。役場からの封書。乾いた音をたてて三和土に落下する。

「どうし――」

どうした未尋？　と問う間はなかった。海斗は息を呑(の)んだ。

未尋の右手が、一枚の葉書を握っていた。

頬が真っ白だ。かすかに震える手が、その葉書をふたつに裂いた。重ねてもう一度裂く。ぐしゃぐしゃに手の中で丸める。

未尋は顔を上げ、呻いた。

「……海斗、見たか？」

意味はすぐにわかった。いま裂いた葉書の文面を見たか、と未尋は問うていた。

嘘をつこうか一瞬迷った。だが海斗は結局、正直にうなずいた。

葉書には『クリニック移転のお知らせ』と大きく刷ってあった。差出人は『メンタルクリニック早瀬』。

「糞(くそ)がっ！」

未尋は框を蹴った。

「……どうしてこう、デリカシーがないんだ。仮にも精神科医を名乗ってるなら、もっと個人情報に気を遣えよ。郵便配達員のやつ、きっと見たよな。局の、仕分けのやつだって見た。おれが元患者だって、みんなわかった——。ああ、糞、糞、くそったれ！」

未尋はその場で足を踏み鳴らし、つばを吐き、わめきちらした。

以前にも見た形相だった。そう、【天誅】という固定ハンドルの書きこみを読んだときと同じ憤怒——。

海斗は無言で、相棒が鎮まるのを待った。

やがて未尋は、わめくのをやめた。だが肩がまだ大きく上下していた。

ふーっ、ふーっ、と荒い息を吐き、ちいさく唸る。

「……あの頃のおれは、嫌いだ」

消え入りそうな声だった。

「この医者にかかっていたときのおれは、おれじゃなかった。弱くて、馬鹿で、愚図で、意気地なしで——、大嫌いだった。ああちくしょう、死ね。全部死ね。あの頃のおれごと、みんなくたばっちまえ」

泣かないようこらえているのが、傍目にもわかった。

海斗はなにもできずにいた。慰めることも、未尋の肩を抱いてやることもできなかった。

時計の秒針が、やけに大きく聞こえた。

その夜、海斗はネットニュースを観て仰天した。

例のビジネスホテル殺人事件の真犯人を名乗る者から、新聞社宛てに犯行声明文が届いたという記事であった。文章の末尾には、

「これを載せないなら新聞社を爆破する」

と添えてあったらしい。

扱いはさして大きくなかった。詳細の大半を伏せた、ごく短いニュースであった。大衆に騒がれた事件ゆえ、新聞社は釘刺しの意味もこめて公にしたらしい。

閲覧者のコメントは「また目立ちたがり屋の馬鹿かよ」「民度低いっすね」と、一様に冷笑的だった。

だが海斗は笑えなかった。

——未尋もいま頃、家でこのニュースを観ているだろうか。

だとしたらどんな気持ちだろう。

まさか未尋が犯行声明文を送ったとは思えなかった。彼の行動パターンとは、あまりにかけ離れている。ということは、成りすましの愉快犯か。

未尋にＬＩＮＥするかどうか、海斗は迷った。だとしてもどう送ればいいのだ。笑いにまぎらせたほうがいいのか。それとも彼と一緒に憤るべきか。

悩んだ末に、海斗はあきらめの吐息をついた。

どうすれば未尋の気持ちに寄り添えるのか、まるでわからなかった。

スマートフォンをいったん置きかけ、思いなおしてスクリーンショットを保存する。ホテルの殺人事件についてまとめたフォルダに、画像データを追加した。

ほとぼりが冷めたら未尋に全部訊こう——そう思った。

ほとぼりとやらが、いつ冷めるかはわからない。だからこそ、いまは情報収集につとめようと思った。

翌日の五時限目は体育だった。

昼休み直後の体育は、歓迎する生徒とそうでない生徒にはっきり分かれる。海斗は断然、後者だった。

運動神経は悪いほうではない。だが学校でやるたぐいの団体競技は大嫌いだ。パスをもらえるよう声をかけ合うだの、相手に合わせるのが決定的に苦手だった。

教師の都合か、授業は早めに終わった。

着替えてすぐ、海斗は教室に戻った。ああだるい、暑い、気分がくさくさする——。

胸の内でぼやきつつ、引き戸の隙間から教室内を覗く。

途端、ぎくりとした。

小柄な影が海斗の机にかがみこみ、膝に彼のバッグを載せていた。ファスナーがひらいている。影の手がせわしなく動いている。

「おい！」

思わず海斗は大声を出した。引き戸を開けはなつ。影の肩が跳ねた。

影の顔に、海斗は舌打ちした。鷺谷だった。

またこいつかよ、と小声で吐き捨てる。そういえば四時限目の途中で鷺谷は保健室に行き、体育の授業に出ていなかった。

「なにしてんだよ、おまえ」

海斗は大股で歩み寄った。

「人のバッグ、勝手にあさってんじゃねえよ。なんのつもりで――」

だがつづきは言えなかった。鷺谷が奇声を上げ、海斗目がけて思いきり体をぶつけてきたのだ。予期せぬ反撃に海斗は体勢を崩し、たたらを踏んだ。

その隙に、鷺谷は教室から駆け出ていった。海斗は呆然と立ちすくんだ。

止める間もなかった。

廊下の向こうから、笑い声が近づいてくる。着替えを終えたらしいクラスメイトがどやどやと入ってくる。

「あー、あっちぃ。誰かエアコンつけろよ」

「女子まだ戻ってきてねぇの？」

「さっき食ったばっかなのに、もう腹減っちゃったよ。やっぱ授業のサッカーなんか、本気でやるもんじゃねえわ……」

海斗は帰途をたどりながら、鷺谷の一件を考えつづけた。

――あいつ、おれのバッグ……いや、スマホを見てやがった。

スマートフォンにはもちろんロックがかかっている。鷺谷ごときに解除できたとは思えない。だが、一抹の不安が拭えなかった。

スマートフォンは個人情報のかたまりだ。クラウドに保存したとしても、海斗はデータそのものを消しはしない。未尋と交わしたメールやLINE、画像、動画データ、すべてあの中に入っている。

――後妻の裸と、ビジネスホテル殺人事件についてまとめたテキストも、だ。

ちくしょう、と顔をゆがめた。

あんな愚図にビビらされるなんて最悪だ。恥ずかしい。自分の不用心さにも、小心さにも腹が立つ。反吐が出そうだ。

気づけば、いつの間にか家に着いていた。

短い石段をのぼり、玄関の扉に鍵を挿しこむ。不愉快な気分を持てあましつつ、ドアノブを握って引いた。

海斗は動きを止めた。デジャヴだ、と思った。

扉を隔てた向こう側への衝撃――今日、二度目の体験だ。

しかし教室で見た光景と違い、今回は不愉快でもショックでもなかった。あやうく海斗は噴きだしそうになった。頬がひとりでに緩む。腹筋が痙攣する。

上がり框のすぐ向こうで、未尋と後妻がもつれあっていた。

未尋は服を脱いでいない。だが後妻は下着姿だった。レースをたっぷりあしらったパンティに、たるんだ腹の肉がかぶさっていた。上にずれたブラジャーからは、滑稽なほど大きく黒い乳輪が覗いている。

耐えきれず、海斗は笑いだした。

その声に未尋が振りかえる。「よう、おかえり」

「た、……ただいま」

笑いで喉を揺らしながら、海斗は応じた。

対照的に、後妻は真っ青だった。急いで手で胸を隠しながら、

「違うの」

と彼女は言った。言葉を探すように口をぱくぱくさせ、

「違う。違うの——これは、そんなんじゃない。誤解なの、聞いて」とあえいだ。

海斗は笑った。

未尋も声を揃えて笑った。腹を抱えての爆笑だった。そんな二人を、後妻が魂の抜けた顔で見つめている。

未尋は後妻の腕を摑み、引きずるように立たせた。

海斗は笑いながら、玄関の扉を大きくひらいた。

未尋が両手で、後妻を突き飛ばす。無様に三和土へ落ちた彼女の尻を、海斗は迷いなく蹴飛ばした。

後妻が外へ転げていくのを視認し、扉を閉める。すかさず施錠した。

海斗は相棒と顔を見合わせ、げらげら笑った。

腹筋が痛み、喉がかすれるまで笑いつづけた。さっきまでの憂鬱は、遠くへ吹き飛んでいた。

後妻が外から扉を叩いている。

「開けなさい、開けなさい！」声を限りにわめいている。

海斗は未尋に、階上を顎で指した。未尋がにっこりうなずいた。

二人は二階へあがり、玄関アプローチの真上に在る窓を開けた。

下着姿の後妻が見えた。半狂乱で扉を叩いている。加齢で薄くなりかけた頭頂部までがまる見えだった。

海斗は二階の洗面所で、空いたペットボトルに水を汲んだ。窓の上から後妻にぶちまけるつもりだった。だが未尋に止められた。

「ぶっかけるなら、こっちだろ」

未尋はウイスキーの瓶を持っていた。父がキャビネットに飾っていた、二十一年ものグレンフィディックだ。

海斗は微笑んだ。

近隣住民の通報を受け、警察がやって来たのは約二十分後だった。

駆けつけた巡査に、海斗は精いっぱいしおらしく言った。

「お騒がせしてすみません。あの人、最近ずっとああなんです。昼間からお酒を飲んでは、あんなふうに騒ぐんです……」

後妻は肩から毛布をかけられ、パトカーに保護されていた。

その向こうでは、近所に住む主婦が警官相手にがなっている。

「ええ、あそこは継母がひどくってね。お子さんをずっと虐待してたんです、虐待。ここらの住民はみんな知ってますよ。役所にも記録が残ってるはずだから、確認してちょうだいな。あんなの町内の恥ですよ、まったく！」

下着の上に薄い毛布をかぶせられた後妻は、屈辱に顔を引き攣らせていた。髪がまだウイスキーで濡れている。きっと、全身ぷんぷんと酒くさいだろう。

海斗は警官に何度も頭を下げ、

「父は九時ごろ帰ってくると思います。はい、帰宅したら、警察に迎えに行ってもらいます。すみません。それまで義母を、よろしくお願いします……」

そう告げて、扉を閉めた。

4

白石家に和井田が顔を見せたのは、薩摩邸襲撃事件の五日後であった。

時刻は夜十時半だ。果子はまだ帰っていなかった。

全身汗くさい和井田を、白石はまず浴室へ追いやった。彼が風呂から上がったのちは、たっぷりの肉味噌を載せた冷やしうどんをふるまった。温泉卵もサービスした。

人心地つかせ、断れない空気を作ってから、かねて用意の質問を切りだす。

「――で、どうなったんだ？　志津さんは見つかったのか」

「残念ながら、否だ」

和井田は氷水をがぶりと飲んだ。

「大須賀弘はここ数日間、市内の木賃宿に潜伏していた。料金は二千円台で、広さは約二畳。女を連れこめる場所じゃねえわな。受付の爺さんも『ずっと一人だった』と証言した」

「志津さんが連れ去られた時刻の、大須賀のアリバイは？」

「むろん調べた。やつはあの晩、立ち飲み屋にいやがった。酒癖が悪いせいで、店員がはっきり覚えていたんだ。『ほかのお客に絡むので困った。早く出ていってほしかったが、午前一時過ぎまで粘られた』だとよ」

和井田はがりがりと氷を嚙みくだいた。

「おまけに取り調べにあたった署員が、下手を打った。質問の流れで、薩摩志津の行方がわからんことを大須賀に悟られちまってな。『誘拐したのはおれじゃない。だがババアもおまえら警察も、ざまあみろ』とさんざん笑われたそうだ」

乱暴にグラスをテーブルに置く。

和井田によれば、捜査員を笑いのめしたことで大須賀弘は機嫌をよくしたか、その後は饒舌であったという。

志津にしつこく脅迫電話をかけたことを、大須賀はあっさり認めた。

警察官から口頭注意を受けたその夜に、彼は家を出て、ネットカフェや木賃宿、簡易宿泊所などを転々としたらしい。

――しばらくは公衆電話や、置き引きしたケータイを使って薩摩家にかけた。でもすこし前から、あのババア、まったく応答しなくなっちまった。ふん、あのババアにおれを無視する権利なんかねえのによ。

志津が大須賀の電話に応えなくなったのは、避難のため隠れ家へ移ったからだ。大須賀は鬱屈をつのらせ、安酒を呷った挙句に、薩摩邸へ侵入をはかった。

大須賀は誰に対しても口汚かったが、とくに伊知郎のことは糞味噌だった。

――あいつは疫病神だ。人でなしだ。くたばったと聞いて、せいせいした。

――薩摩のババアに、さほど悪印象はない。でもあんな男と結婚して、人殺し野郎を産んだ女だ。その責任は重い。

——薩摩家のやつらは、おれから全部奪った。土地も家族も、妹も、おまけに義理の娘までだ。金くらいせびってなにが悪い。おれの当然の権利だ。

つばを飛ばして、そう主張しつづけたという。

「義理の娘は、稲葉千夏だよな？　妹とはなんだ？」

白石は眉根を寄せた。和井田が応える。

「薩摩邸の庭に埋まっていた白骨のＤＮＡ型を、大須賀弘と比較した。九十九・九九パーセント超の確率で、兄妹だそうだ。あの白骨は大須賀光男の次女、礼美だった」

白石の脳裏に、いつかの和井田の言葉がよみがえった。

「末の娘が十八になった直後、光男は子供たちの前から姿を消した」と。

そうか、その「末の娘」か——。

和井田はつづけた。

「大須賀家の長女は、福岡県で見つかったぜ。おまえのご近所さんこと〝園村先生〟の元教え子だな。だが『兄たちと付きあいは切れている』『かかわりあいになりたくない』と、けんもほろろだった」

「じゃあ、長女は無事なのか」

白石はほっとした。

「いや、完全に無事とは言いきれん。窃盗での逮捕歴が二回、傷害が一回と、荒れた生活を送っていたようだ。本人いわく『働かない父たちがいやになって、十九歳で家出した』『妹も連れていきたかった。でもあの子は母似だったから、父の束縛が激しく、連れだす隙がなかった』だそうだ」

「母似……。若いチンピラと駆け落ちした、あの母親に似ていたのか」

「そうだ。父親の大須賀光男は、逃げた女房と、駆け落ち相手の伊藤竜一を生涯恨んでいた。その恨みを、次女の礼美にぶつけたようだ」

和井田は手帳をめくった。

「当時の伊知郎は下見のつもりか、競売にかけられる前から、大須賀家を何度も訪れている。これは園村先生の証言とも一致するな。その関係で、大須賀兄妹は志津とも面識があった。『あの頃は、やさしいおばさんだと思った』『礼美がとくになついていた』だそうだ」

和井田はいったん言葉を切り、

「それから長女は、こうも言った。『妹は駆け落ちした母を憎み、そのぶん薩摩のおばさん――志津のことだ――を慕っていた。夜逃げして故郷を離れてからも、薩摩のおばさんの話ばかりしていた』。むろん大須賀弘もそれを知っていた。あの家から古い骨が掘り出されたと知って、やつは『ぴんと来た』と言っている。白骨遺体は妹の礼美に違いない、とな」

「大須賀礼美さんは、いつ失踪したんだ」

「十三年前だそうだ。当時、礼美は二十二歳。兄の大須賀弘とともに川崎市のアパートに住んでいた。しかしある日『仕事に行く』と言って出たきり帰らなかった。大須賀は警察に届けたが、なにもしてもらえなかったそうだ。成人の失踪だから、本人の自由意志と見なされたんだろう」

「礼美さんは、じゃあ、志津さんを頼ろうと薩摩邸を訪れ――」

「そして殺され、埋められたと推測される。当時、伊知郎は六十八歳。治郎は十一歳だった」

和井田は手帳に目を落とし、

「こっからは胸糞悪い話になるぞ。火災で夜逃げした大須賀一家は、その後、関東近辺を転々とした。約一年後には親戚の口利きで、いったん埼玉県に腰を落ち着けた。当時の近隣住民からの評判は、すこぶる悪い」

――上の娘をいかがわしい店で働かせて、健康そうな父と兄はぶらぶらしていた。

――下の娘は小学生なのに、学校に行かせている様子がなかった。

――父親は娘たちの体を平気で触っていて、気持ちが悪かった。

等々だ。

確かに胸糞悪い、と白石は思った。

だが和井田の口ぶりからして、まだ序盤だろうとつづきを待った。

「この頃の大須賀家の動向がわかるのは、何度か一家が近隣住民に通報されているせいだ。所轄署にも、児童相談所にも履歴が残っていた。長女は本人の供述どおり、十九歳で家出。その頃次女の礼美は十四歳になっていたが、やはり学校へ通った形跡はない。そして児童相談所への通告履歴によれば、長女の失踪後、半年ほどして『次女のお腹が大きくなってきた』そうだ。そして誰の目にも腹が隠せなくなってきた頃、大須賀家はその土地から引っ越している」

白石は、思わずつばを呑みこんだ。苦いつばだった。

「大須賀弘は、その件についてなんと――」

言いかけて気づく。そうだ、くだんの白骨は、出産したらしい形跡があった。

和井田は答えた。

「最初は『覚えていない』の一点張りだった。後述するが、どうやら産んだ子は施設に行ったようだな。目立つほど腹がでかかったんだから、堕胎できる時期は過ぎていたはずだ。父親が誰かについては、『おれじゃない』とだけ主張している」

和井田は平静を装っていた。

しかし声音に、はっきりと憤りがあった。

「その翌年、大須賀弘と礼美は伯母夫婦の養子になり、姓を能見に変えている。この伯母の証言によれば、『いつまでも光男と一緒にさせておいては、弘ちゃんと礼美ちゃんがかわいそうだと思った。養子の件は光男も承諾した』――。礼美は赤ん坊なぞ連れておらず、腹も平らだったそうだ」

「当時、礼美さんは十五歳、弘は二十一歳か。養子になったあとも、礼美さんは学校へ行けなかったんだろうか」と白石。

「ああ。その後も就学の履歴はない。だが十歳で夜逃げしてから、いっさい通学していないんだ。いまさら行けと言うほうが酷かもな。この頃の大須賀一家は、伯母を保証人にしてアパートを借りている。礼美は最初のうちこそ伯母の家にいたが、やがて兄とともに父のもとへ移ったようだ。移ると同時に印刷会社でのアルバイトを辞め、年齢を偽って、ファッションマッサージ店で働きだしている」

「光男と弘は、無職のままか」

「弘は交通誘導員や、ビルの夜間警備員などのバイトをしていたようだ。だが光男はずっと無職だ。通報履歴によれば、この頃から光男と弘は喧嘩が絶えなくなる。弘に叩き出された光男がドアの前でわめきちらすなどして、何度も一一〇番されているんだ。光男はもう息子に腕っぷしで勝てる歳じゃなかった。ぶん殴られて放り出され、道端に放置されることもしばしばだったらしい」

　ここにもライウスとエディプスがいた——。白石は思った。

　ただしこちらのライウスは、完膚なきまでに息子に敗北している。

「そんな日々のはてに、大須賀光男は失踪したんだな？　礼美さんは十八歳になっていた。彼女自身の意志で、はっきりと父親を拒絶したのかもしれない」

「かもな。だが弘の証言によれば『親父はある日ふらっと出ていって、帰らなくなった』だそうだ。警察に届は出されていない。その後、大須賀弘と礼美は伯母になにも言わず、アパートから姿を消している」

和井田は手帳をめくった。

「弘と礼美は、土地勘のない神奈川県川崎市へと移った。兄妹はここで約四年暮らした。川崎署の履歴によれば、弘は二十六歳のとき窃盗で逮捕され、起訴猶予になっている。当時の捜査員は近隣から『あそこは夫婦の二人暮らしだと思っていた』との証言を得た。礼美を風俗で働かせ、弘はヒモ同然の暮らしぶりだった」

「礼美さんが失踪したのは、その川崎市のアパートからだな。出ていくきっかけは、なんだったんだろう」

「弘は『あいつに男ができたからだ』と主張している。その男をめぐって兄妹は頻繁に言い争うようになり、騒音の通報履歴が何件か残っていた。ある夜、兄妹はとくにひどい口喧嘩をした。弘は礼美が十四、五で産み、施設へやった子のことを持ちだしてなじった。弘いわく『それが失敗だった』だとよ」

和井田は顔をしかめて、

「やつの供述はこうだ。『我慢できず、言っちゃいけないことを口にしてしまった。気の強いあの妹が、真っ青になって黙りこんだ。そして翌日の出勤時間、あいつはいつものように出ていって、それきり帰らなかった』」

「言っちゃいけないことを、か——。大須賀弘は、妹になんと言ったんだ？」

「やつの記憶によれば『女のくせに、産みっぱなしでよく平気でいられるな』となじったそうだ。『犬の子じゃあるまいし、平気なのか』と」

白石の肩が、一瞬跳ねる。

——犬の子。

ここでも、キイワードは犬か。胃がきりきり痛んだ。

和井田は警察支給の携帯電話を取りだした。白石の眼前へ、ぐいと突きだす。

二枚の画像データがつづけて表示された。

「見ろ。一枚目が、治郎に監禁されて殺された稲葉千夏。大須賀弘の義理の娘だ。そして二枚目が大須賀礼美。——どうだ、納得だろう」

「ああ」

白石は、嫌悪を押しころしてうなずいた。

稲葉千夏と大須賀礼美は、似ていた。

目鼻立ちではない。表情がかもしだす雰囲気がよく似ていた。

義理の娘である千夏を強姦し、執着しつづけたという大須賀弘。その妄執の源が、ようやくわかった気がした。

「もうひとつ、わかったかもしれない」

白石は言った。

「なぜ伊知郎さんが大須賀家を苦しめたのか、ぼくはずっと謎だった。伊知郎さんは、十二分に富裕だった。他人の財産をかすめとる必要などなかった。そんな彼が、詐欺まがいの案件に首を突っこんだ理由がわからなかった。だがこれで、ようやくなにか摑めた気がする」

彼は和井田を見た。

「大須賀家の長女は言ったそうだな。『あの子は母似だったから、父の束縛が激しく、連れだす隙がなかった』と。大須賀光男の妻。娘の礼美。そして稲葉千夏の三人は似ていた。――ターゲットは、誰でもいいわけじゃなかったんだ」

5

昼休み、海斗は北校舎の非常階段に座っていた。

手にはもちろんスマートフォンがあった。

保存した画像を次つぎ表示させていく。こらえきれない笑いで、肩が揺れる。

後妻がパトカーで保護された日の画像であった。

あの日、父は九時過ぎに帰宅した。警察から会社へ連絡がいったらしく、後妻を連れての帰宅だった。

後妻はTシャツにジャージという恰好(かっこう)だった。警察から借りたのか、父が買い与えたのかは知らない。尋ねる暇はなかった。

海斗は自室ではなく、リヴィングで父を待ち受けていた。ソファのすぐ隣には、未尋が座っていた。彼らは二人とも、土足だった。

父は肩を怒らせて入ってきた。未尋を見て、すこしひるむ。予期せぬ客だったのだろう。だがすぐに頬を引き締めて、

「海斗」

芝居がかった、重々しい声で言った。

「お友達に帰ってもらいなさい。男同士の、大事な話がある。――きみ、すまないが今日は……」

未尋はみなまで言わせなかった。

「このハゲが、海斗の親父？」

「うん」海斗はうなずいた。

「こんなやつなんだ、ごめん」

父がぽかんと口を開けた。言葉を失っていた。その背後で、後妻がなにか言いかけるのがわかった。

しかしその前に、未尋が動いた。

彼はソファから素早く立ち上がり、海斗の父を殴った。

前置きのない、突然の拳だった。

父はよろめいた。信じられないという顔つきで息子の友達を見、数歩後ずさった。

無防備なその腹めがけて、今度は未尋の靴先がめり込んだ。

ぐふ、と呻き声を上げ、父はフローリングの床に膝を突いた。

未尋は華奢だ。だが父はもっと小柄だった。息子の海斗よりも未尋よりも背が低く、なにより暴力に不慣れだった。

無様だ。海斗は思った。父も、その背後で固まっている後妻も無様だった。なんてみっともない生きものだろう。未尋と同じ人間とは思えない。

床に膝を突いたまま、父が顔を上げた。両眼に怯えが貼りついていた。

もう殴らないでくれ、とその表情が語っていた。誰だか知らないが、やめてくれ。痛いことは勘弁してくれ――と。

未尋はかがみこみ、父の頰を思いきり平手で張った。

派手な音が響いた。つづけてもう一発張る。もう一発。

「や、――やめ、……や、」

父は両手を上げ、自分の顔をかばった。

反撃する様子はなかった。突然の暴力に驚くばかりで、戦意などかけらも湧かないらしい。理不尽な支配に、早くも屈しかけていた。その背後で、後妻は立ちすくんだまま動かない。

「やめ、やめてくれ。――な、なんなんだ。いったい――……」

「海斗」

未尋は相棒を振りかえった。父親を顎で指す。

「殴れ」

短い命令だった。

「おまえ、ずっとこいつを殴りたかっただろ？　いいぜ、殴っちまえ」

ああそうだ。海斗は思った。未尋の言うとおりだ。

おれはこいつが、ずっと許せなかった。ぶちのめしたかった。やっぱり未尋は、おれの最高の理解者だ。

海斗は一歩前へ進んだ。父の顔が、ぐしゃりとゆがんだ。

父はわずかに鼻血を出していた。口の端が切れ、血が滲(にじ)んでいた。床に両膝を突いた姿勢で、すがるように息子を見上げた。

嘘だよな？　と彼は目で訴えていた。

まさかおまえは、おれを殴ったりしないよな？　実の親子じゃないか。ここまで金をかけて育ててやったじゃないか。おれのことを、恨んでなんかいないよな？　よもやおれを――。

海斗は反動を付け、父の頬に拳を叩きつけた。

人を殴ったのははじめてだった。殴りかたなど知らなかった。拳が痛んだ。だが、痛みを爽快(そうかい)さがはるかに上まわった。

二発、三発と殴った。途中から手の痛みは忘れた。アドレナリンが脳を浸していた。

父が倒れると、髪を鷲掴みにして引き起こした。全体重を乗せて、利き手で思いきり殴った。

父は身をよじり、血の混じった反吐を吐いた。折れた歯が交じっているだろう反吐だった。その上に、海斗は父を突き放した。

海斗は目線を上げた。

後妻が後ずさり、壁にへばりついていた。顔じゅうに恐怖をたたえている。目じりが痙攣していた。血の気を失った頬が、紙のように白い。

未尋は、父の頭を無造作に踏みつけた。反吐の中に顔がのめる。

「謝れ」

愉快そうな声音だった。

「このババアが息子を虐待するのを、おまえ、ずっと見て見ぬふりしたんだろ？　なーにが『帰ってもらいなさい。男同士の、大事な話がある』だ。糞のくせに、父親ぶってんじゃねえ。――謝れよ」

踵に力をこめる。嘔吐物まみれの父の顔が、床の上で醜くひしゃげていく。

海斗は冷えた目で父を見下ろした。

父の瞳に浮かんだ哀願と、一片の期待が消えていくまで、無言で見守った。

やがて父は、震える声で言った。

「……す、――なか、った」

「え？」

未尋が訊きかえす。

「……すまな、かった」

父は泣いていた。顔じゅうを涙と洟（はな）と嘔吐物でぐしゃぐしゃにし、子供のようにすすり泣いていた。その顔面を、未尋はスニーカーの爪（つま）さきで容赦なく蹴りあげた。

「ああもう、きったねぇなあ」

未尋は顔をしかめた。

「このスニーカー、バレンシアガの新品だぜ？　ケツ売ったたって千円の価値もねえおっさんが、なに汚してくれてんの？」

言いながら、未尋は笑っていた。笑いながら海斗を見た。

海斗はうなずき、壁にへばりついたままの後妻に言った。

「おい」

後妻は凍りついていた。目を見ひらき、膝から下をこまかく震わせていた。

海斗は足を踏み鳴らした。

「おいって言ってんだろ！　返事しろ、ババア！」

後妻は短い悲鳴を上げた。そして壁にすがったまま、「は、はいっ」とあえいだ。

「脱げ」

海斗は命じた。

その瞬間の後妻の顔を、海斗は一生忘れないだろう。彼女はあきらかに、ほっと安堵を浮かべた。なんだ、と言いたげな表情だった。なんだ、結局そこなのね。男なんてちょろいもんよ——と。

海斗は歩み寄り、後妻の鼻を殴った。

鼻骨が曲がり、鼻血が勢いよく噴きだした。殴った海斗が驚くほど大量の血だった。

後妻は悲鳴を上げ、わめきながら座りこんだ。そして、ひいひい泣いた。

「おまえなんかに誰が勃つかよ。自惚れんな、ブス」

海斗は倒れている父を見下ろした。

「おまえも脱げ。すぐにだ。素っ裸になって、あそこで二人とも土下座しろ」

障子の向こうを指さした。

いまだ位牌がないまま放置されている仏壇と、畳に埃を積もらせた仏間を。

「母さんが病気で苦しんでる頃から、おまえらはデキてたんだろ？　不倫してた——いや、犬みたいに交尾ってやがったんだよな。謝れ、母さんに謝れ」

海斗の声はわなないていた。だが涙ではなかった。復讐の歓喜と興奮で、体じゅうが震えた。

「あーしまった。ドッグフード買っときゃよかったな」

背後で未尋が舌打ちする。

「こんなやつらには犬の餌がお似合いなのに。まあいいや。——遊びはべつに、今日で終わりじゃねえもんな」

後妻の顔が絶望に染まるのを、海斗はこころよく見守った。

そうしていま、海斗は学校の非常階段にいる。

スマートフォンをタップし、画像フォルダをひらく。

画像はどれも全裸の父と後妻だ。裸のまま、二人が母の遺影に向かって土下座する画像。四つんばいで畳の上を這いまわる画像。鼻血を流しながら、仏壇を拭き清める父の画像。股間で縮こまった男性器まで、はっきり写っていた。

海斗は動画を再生した。

「おまえらは犬だ」

未尋の声が流れた。

「わたしは犬です、と言え。ほら言えよ、そんなんじゃ聞こえねえって。もっとだ。もっとでかい声で言え」

相棒の語尾には、愉悦が滲んでいた。

画像と動画をたっぷりと堪能し、海斗は教室へ戻った。

まだチャイムは鳴っていなかった。エアコンの効いた教室に、さざ波に似たクラスメイトたちの会話が低く満ちている。ときおり大きな笑い声が上がる。

鷺谷の姿はなかった。そういえば今日は朝から見かけていない。欠席だろうか。

——まあ、べつにどうでもいいけど。

口の中でつぶやいた。

バッグをあさられたのは不愉快だったが、スマートフォンのデータに異常はなかった。見られたのはせいぜい教科書とノート、コンビニで買った週刊誌くらいだろう。

「國広くん、どこ行ってたの？」

消しゴム女子こと、清水が声をかけてきた。

「ん、ちょっとね」

「そういえば國広くんって、昼休みになるとどっか行っちゃうよねえ。あやしいな」

「あやしい？」

「うん、あやしいあやしい」

清水が意味ありげな視線を向けてくる。海斗はにっこりした。

「じつは、エッチな画像観てたんだ」

一拍置いて、清水が「やだあ」と笑いだす。

海斗も声を揃えて笑った。われながら、澄んだ笑い声だった。

始業を知らせるチャイムが鳴った。

6

白石はいつもの時刻に目覚めた。

起きてすぐ、パソコンからメールを打つ。和井田宛てのメールであった。

「――以上がぼくの仮説だ。元庭師の善吉さんに、警察から当たってくれるとありがたい。善吉さんはもうぼくには会ってくれないだろうし、第一ぼくでは睨みがきかない。強引にでも、思いださせる必要があると思う」

送信し終え、ほっと息を吐いた。

なぜか頭がすっきりしていた。そういえば昨夜は夢を見なかったな、と気づく。このところずっと見ていた、紺野美和の夢を。

自室を出て、白石はキッチンへ向かった。

果子は今朝もきれいに朝食をたいらげていったようだ。梅雨明け宣言が出されて以来、全国各地で猛暑日がつづいている。夏バテの胃にもやさしいようにと、今朝はお粥を炊いた。付け合わせは鶏そぼろ、叩いて鰹節と和えた梅干し、きゅうりのピリ辛佃煮。そして豆腐と茗荷の冷や汁である。

白石は皿を洗い、洗濯機をまわした。心が妙に凪いでいた。

ベランダで洗濯物を干していると、かん高い音が鳴った。固定電話のベルだ。

「はい、白石です」

「おれだ」

和井田だった。あいかわらず愛想のかけらもない、不機嫌そうな声である。

「おまえをあまり誉めたかぁないが――」

唸るように和井田は言い、「あのメールはなかなかいい線いってたぞ、民間人」とつづけた。

「ありがとう」白石は素直に受けてから、

「ところで、なにかあったのか」と尋ねた。

「なぜ訊く」

「和井田の声音で、なんとなくだ」

「つくづくいやな野郎だな、おまえは」

「いいから教えてくれ。誰にも洩らしたりしない、約束する」

「おまえが誰になにを洩らすと言うんだ。友達はおれしかいないだろうが」

和井田はふんと鼻を鳴らしてから、

「――じつは薩摩志津の隠れ家に残っていた掌紋が、関係者の一人と一致した」

と言った。

「ショウモン……？　ああ、掌の文様か」

「そうだ。捜本は、掌紋の持ちぬしが彼女を拉致したと見ている」

和井田が声音をあらためた。

「持ちぬしは、薩摩家が契約していた民間警備会社の警備員だった。掌紋データは会社の生体認証のため登録していたものだ。志津は伊知郎の死後、警備会社との契約を『女性一人暮らし用プラン』に替えていた。スタンダードより見まわり回数が多いプランだ。家政婦の幸恵が辞めてからの変更だったせいで、発覚が遅れた」

「どういう意味だ」

「幸恵の言葉を覚えてるか？　治郎のかつての〝仲良しグループ〟のメンバーは〝ケイちゃんと、ナオくんと、ダイくん〟だ」

「ああ。覚えている」

白石はうなずいた。脳内で、幸恵の声がよみがえる。

――ケイちゃん。この子は可愛らしい顔立ちの子でした。次にナオくん。とても物知りで頭のいい子です。そして最後にダイくん。気は弱いけれど、やさしい子でした。

和井田は言った。

「掌紋の持ちぬしの姓名は、橋爪蛍介（はしづめけいすけ）。幸恵いわくの〝可愛らしいケイちゃん〟だ。いまや美少年の面影はどこへやら、特徴のない冴えん男だがな。足のサイズは、現場に残されていたのと同じ二十六センチ。数日前から出社しておらず、家族すら連絡がつかない。要するに失踪中だ。そして治郎の殺害現場である、ビジネスホテルの監視カメラ映像とも人相風体が一致した」

「じゃあ……」

白石は乾いた唇を舐めた。

「じゃあそいつを追えば、志津さんは見つかるんだな？」

薩摩家に出入りしていた警備員なら、離れの治郎と接触できた。かつての友人として、治郎をホテルまで呼びだすこともできただろう。

「ともかく、庭師の善吉にはおれが当たる」

白石の問いを無視し、和井田は言った。

「これ以上時間をかけていられん。爺さんも元家政婦も、今日中に落としてみせる。白石、おれは夜九時までにそっちへ行くぞ。晩飯でも用意して待ってろ」


予言どおり、和井田は九時十分前にあらわれた。

ネクタイは曲がり、髪もぼさぼさだ。しかし前回よりはマシな姿だった。開口一番、

「果子ちゃんは？」と尋ねてくる。

「まだだ」

「そいつは残念だ。……だが、今日ばかりはいいとしよう。女の子に聞かせたい話じゃねえや。飯はあるか？」

「四合炊いた。おまえはどうせ、小洒落(こじゃれ)たメニューは喜ばないだろう。スパイスたっぷりのキーマカレーと麻婆茄子(マーボーナス)を作っておいた。好きなだけ白飯にかけて食え」

「ふん。そのメニューは充分に小洒落てるぞ。カフェ飯かよ」

和井田は突っ込みを入れてから、

「だが野菜が食えるのはありがたい。捜査本部が立つと、決まりきった飯ばかりになるからな。立ち食い蕎麦も牛丼も、さすがに食い飽きたぜ」

彼はキーマカレーで白飯を二杯、麻婆茄子で一杯かきこんだ。冷や汁の残りまで、流しこむようにしてたいらげた。

食後のほうじ茶を啜りながら、

「腹立たしいが、おまえの見立ては合ってたぞ」和井田は言った。

「善吉が、伊知郎の最期の言葉を正確に思いだした。『ガキにやられた、あの糞ガキ……』だったそうだ。おい、なんだそのツラは。もっと驚け」

「いや、予想していたからな」

白石は応えた。「そうだろうと、自信があった」

頭の片隅に、ずっとなにかが引っかかっていた。それが早瀬医師の言葉だと気づいてからは、メールで送った仮説に一気にいたった。

くだんの早瀬医師の言葉とは、こうだ。

――伊知郎さんは真っ赤になって怒鳴るんですよ。白石さんもご存じでしょう。ほら、例の『馬鹿ガキがっ、糞ガキっ！』です。

「ぼくは伊知郎さんが『糞ガキ』と怒鳴るのを、一度も聞いたことがなかった」

白石は言った。

「彼が治郎くんや、善吉さんの孫や、その他の子供を罵倒するときは、いつだって『馬鹿ガキがっ！』だった。でも薩摩家に往診していた早瀬医師は、当時『糞ガキ』の罵倒を耳にしたんだろう。――伊知郎さんは、傲岸不遜だった。でも愚かじゃなかった。わざわざ死の間際に言い遺したなら、そこにはなにか意味があったはずだ」

「善吉本人は、そう指摘してもぴんと来ちゃいなかったがな。まあ孫のことで頭がいっぱいで、それどころじゃなかったんだろう。だが元家政婦の幸恵は、おまえに同調したぜ。伊知郎が『馬鹿ガキ』でなく『糞ガキ』と呼んでいた少年が一人だけいる、と。あの傲慢な伊知郎をもってしても、馬鹿とは呼びづらかった相手がな」

「ああ」

白石は生返事をした。ふたたび、幸恵の声が再生される。

――次にナオくん。とても物知りで頭のいい子です。

和井田がメモを読み上げた。

「そいつの姓名は、土屋尚文。治郎の一学年上で、幼い頃から評判の秀才児だった。しかしコミュニケーション能力が低く、同い年の友人がいなかった。中学卒業後は、県内有数の進学校に合格。だが在学中に鬱病を発症して退学している。ちなみにこれは、治郎の退学の半年後だった」

「いま土屋くんは、どうしているんだ」

白石は問うた。

和井田がわずかに目を上げ、

「現在は無職。そして橋爪と同じく、数日前から行方知れずだ。おまけに志津の隠れ家から採取された不完全指紋のひとつが、土屋のものと一致した。橋爪の掌紋と同じく、テーブルの裏側から発見された指紋だ。スピード違反で検挙された際に採取された指紋が、データベースに残っていたんだ」

「裏側ということは、拭き残しか」

「おそらくな。それからもうひとつ。薩摩志津の預金がここ四日間で、各銀行から五十万円ずつ引き出されている。各ATMのカメラに写る男は、どれも土屋もしくは橋爪と風体が一致した。……野郎ども、金が尽きてあせったかな。ようやく尻尾を摑ませてくれたぜ」

和井田は勢いよく湯呑を置いた。

そして数日後、事件は急展開する。

〝可愛らしいケイちゃん〟こと、橋爪蛍介が逮捕されたのだ。

実家の様子をうかがいに来たところを、彼は張り込み中の警官に取り押さえられた。

むろん治郎殺害と、志津誘拐容疑での逮捕であった。

〝頭のいいナオくん〟こと土屋尚文も、芋づる式に逮捕された。治郎殺害への幇助、ならびに四年前の伊知郎殺害容疑である。

彼らはともに犯行を認めたものの、

「殺されたのは治郎の自業自得だ」

「子供の頃から、治郎の親父が気に入らなかった」

と供述。その後は黙秘を通した。

薩摩志津をさらってどうしたかは、頑として口を割らなかった。

7

スマートフォンから、海斗は目を離した。ふうっと息を吐く。

場所は北校舎の非常階段である。

あれからビジネスホテル殺人事件の続報はない。新聞社に届いたという犯行声明文についても同様だ。

平穏なのはありがたかった。

だが情報から取りのこされているようで、同時に不安も覚えた。

——家のほうも、平穏すぎるくらい平穏だしな。

父は前にもまして、家に寄りつかなくなった。そのくせメールで「金は足りているか？」「足りなくなったらすぐ言いなさい。振りこむから」などと、あからさまに息子の機嫌を取ってくる。

対する後妻は、海斗が家にいる間は寝室に閉じこもって出てこない。たまに廊下などで顔を合わせると、そそくさと逃げていく。

――まあ、快適な暮らしではあるな。

金はたっぷりある。後妻はおとなしくなった。父はいない。

もうすぐ夏休みだが、家でなにをしていようが文句を言う者もない。叩かれたり食事を抜かれるなどは、もはや遠い記憶だ。

海斗はLINEアプリを立ちあげた。ひとつだけ心配なことがあった。

三橋未尋だ。

未尋はあれから、さらに気分の乱高下が激しくなった。ちょっとしたことで怒り、苛立ち、かと思えば一転して上機嫌になった。

メールやLINEに応答する頻度が落ち、「いま、暇か？　遊びに行こうぜ」「うち来いよ」などの誘いも激減した。

――これでもう、四日会えていない。

未尋と出会ってからというもの、海斗はほぼ毎日彼と遊んできた。街をぶらつき、酒を飲み、どぎつい動画を交換しあった。

――まる四日間会えず、LINEすらないなんて。

こんなことははじめてだ。

なにかあったのか、とメッセージを送ろうか迷い、結局やめた。

未尋はしつこくされるのを嫌う。執着だの依存なんて、「キモい、ウザい」のきわみだと言うだろう。彼に飽きられるならまだしも、嫌われたくなかった。

海斗は立ち上がり、北校舎を出た。

以前ほど教室は、居心地の悪い場所ではなくなっていた。でも授業はあいかわらず退屈だ。クラスメイトは、子供っぽいつまらないやつばかりだ。誰も未尋の代わりになれやしない。

引き戸を開け、教室にすべりこんだ。クラスメイトはみな仲良し同士で固まっていた。それぞれの場所で、それぞれに笑いさざめいている。

片隅に、ぽっかりと空間があった。鷺谷の席だ。

あいつ、今日も休みなんだな――。海斗は思った。これで何日連続の欠席だろう。

――まあいいや。どうでもいい。

いないほうがせいせいする。バッグをあさられる心配もない。

海斗は腰を下ろし、机から教科書を取りだした。

放課後になってすぐ、スマートフォンを確認した。

やはり、未尋からの着信はなかった。海斗は学校を出て、あてどもなくバスに乗りこんだ。まっすぐ家に帰るのが業腹だった。

――街で、未尋を捜そう。

ただ待っているより、そのほうが会える確率が高い。あの未尋が、まさか家に閉じこもりきりとは思えなかった。

海斗は繁華街でバスを降りた。

ほんの一週間ばかり来なかっただけなのに、ひどくよそよそしく感じた。

陽光の照りかえしがきつい。立ち並ぶ消費者金融のＡＴＭ。英会話塾やファストフードの看板を並べた雑居ビル。ネットカフェ。昼間から営業している居酒屋。あらためて、雑多で下品な眺めだと実感した。

海斗は歩きだした。

足は自然と、かつて未尋と過ごした店へと向かう。ファミレス。カラオケボックス。つぶれたスーパーの元倉庫。

未尋はいなかった。海斗は次いでコンビニに向かった。顔見知りの店員がアルコールを売ってくれる、例のコンビニだ。歩きながらうなじの汗を拭った。

ふと、足を止めた。

十メートルほど先で、男が女児の前にかがみこんでいた。未尋がドッグフードを食わせた、あの女児であった。どう見ても親子ではない。

変質者かな、と海斗はいぶかった。

だが変態にしては真っ昼間から堂々としている。身なりも小ぎれいだった。海斗は鼻白みながら、遠くから男と女児を眺めた。

ふいに男が海斗を振りかえった。

海斗はぎくりとした。

一瞬、男がひどく未尋に似て見えたのだ。

色白の細面。中性的で整った顔立ち。二十年後の未尋はあんな大人になっているかもしれない――。そんなふうに思わせる男だった。

海斗はきびすを返し、いま来た道を戻った。

自分でも理由はわからない。わからないが、あの男がいやだった。耳のそばで、鼓動がどくどくと鳴っている。

足は自然と三橋家へ向かった。せめて外から家の様子をうかがおう、と思った。家も未尋も変わりないのだと確認し、安心しておきたかった。

だが、見慣れた四つ角を曲がった瞬間――。

海斗は横から腕を摑まれた。

待ちかまえていたらしい動きだった。海斗は悲鳴を呑みこみ、相手の顔を見上げた。

さっきの男ではない。しかし、見覚えがあった。

よれた黒のワークパンツ。同じく黒のスニーカー。得体の知れぬ、すがるような目つき。

――ああそうだ。いつぞやも三橋家を見張っていた男だ。

その数日後には、コンビニのガラス越しに穴が開くほど見つめられた。さすがにナイロンジャケットは脱いだらしいが、間違いなく同一人物だ。

男が低く言った。

「……きみ、あの家に、出入りしていた子だろう?」

海斗は目をしばたたいた。

あの家、が三橋家を指しているのは疑いない。おまえこそなんのつもりだ、と逆に問いたかった。だが声は、喉の奥で凍りついていた。

「話を、聞かせてくれないか」

絞りだすように男は言った。

「ちょっとでいいんだ。すこしの間だけでいい。おれは、あやしい者じゃない。ただあの家の住人について、話を――」

こいつ、思ったより年寄りだ。海斗は顔をゆがめた。

手の甲にいくつも染みが浮いている。五十代なかば、いや、六十近いかもしれない。酒焼けした声や黄ばんだ爪から、荒れた生活がうかがえた。

海斗は男を振りはらった。間を置かず、走った。

「気をつけろ」

男が叫ぶのを、背中で聞いた。

「あの家には、もう近づくんじゃない。いいか、くれぐれも気をつけろ。あの家から距離を置くんだ。きみが、きみでなくなるぞ！」

海斗は振りかえらなかった。頭の中は、疑問符で満たされていた。

探偵？　警察？　いやそんなふうには見えなかった。ならば三橋家に恨みを持つ者？

借金取り？　亜寿沙の過去の男？　未尋の父親？

まさか、と思った。あんな汚らしい男が、まさか未尋の父親であるわけがない。でもだとしたら、あの執着は？　やはり三橋家に恨みがある者なのか？

奥歯を噛みしめ、海斗は駆けつづけた。

翌日は、朝からうだるような暑さだった。

そのせいか海斗までも発熱した。保健室で測った体温は、三十七度四分。

二時限目を終えたところで早退し、学校を出た。心配そうな清水に、声をかけてやる気力も湧かなかった。

アスファルトで陽炎(かげろう)が揺らめいている。逃げ水は鏡さながらに光り、やかましく鳴く蟬(せみ)が不快指数をさらに上げてくれる。

昨夜はほとんど眠れなかった。考えることが多すぎた。

ビジネスホテル殺人事件。犯行声明文。警察に被害届を出した新聞社。ときを同じくして、連絡が取れなくなった未尋。女児に話しかけていた男。その直後に海斗の腕を摑んだ、もっと不審な――いや、不気味な男。

すべてがばらばらで、同時にすべてが繋がっている気がした。

——その中心にいるのは、未尋か？

すこし前までなら、疑いなくそうだと言えた。

ここ数箇月、海斗は未尋を中心に生きてきた。心酔しきっていた。

もし未尋に「じつはこの世界は映画で、主人公はおれだ」と言われたとしても、海斗はああそうなんだ、と納得しただろう。

——でも、いまは違う。

心の片隅に、わずかながら亀裂が入っている。いつ入ったのか、なぜ生じたかもわからぬ亀裂であった。

海斗はドトールに入った。喉がひどく渇いていた。座りたかった。微熱のせいだけでなく、頭が朦朧としている。足もとがおぼつかない。

レジでアイスコーヒーを注文し、席に着いた。

冷えたおしぼりで額の汗を拭き、ストローの袋を破る。

テーブルに、ふっと影がさした。

ほぼ同時に眼前へ名刺が差しだされた。刷られた名を、海斗は無意識に目で読んだ。

——白石洛。

「國広海斗くん、だね？」

やわらかなテノールが降ってくる。

海斗はようやく首をもたげ、相手を見た。

女児と話していた、あの男だった。

ふたたび名刺に目を戻す。しらいしらく、と読むのだろうか——といぶかった。洛陽の洛だ。ほかに読みかたはあるまい。変わった名だった。

その隙に白石と名乗る男は、断りもなく海斗の向かいへ座った。

自分のトレイを置き、アイスコーヒーにポーションミルクを注ぐ。

おもむろに白石は言った。

「きみのクラスメイトの、鷺谷くんを担当することになった」

「——は？」

「四月に起こったビジネスホテル殺人事件は知っているね？『天誅』というコテハンで『われこそは殺人事件の真犯人』とネットに書きこみ、新聞社に声明文を送ったのは、鷺谷くんなんだ」

海斗はぽかんとした。相槌さえ打てず、呆然と白石を見かえす。

「鷺谷くんの供述によれば、『ビジネスホテル殺人事件に興味を持ったきっかけは、同じクラスの國広のせい』らしい。つまり、きみだ」

白石が微笑む。

「鷺谷くんはきみを、クラスカーストで最下位だと見なしていた。失礼だと思うよね？でも彼は本気でそう思っていた。そのきみが最近、鷺谷くんの好きな女子と仲良くしている。態度にも余裕が出てきた。脅威を感じた鷺谷くんは、きみの荷物をしばしばあさり、弱みを探したのさ」

「…………」

海斗は言葉を失っていた。

やつに見下されているのは知っていた。でも〝きみの荷物をしばしばあさり〟だって？　あれが最初じゃなかったのか。いったいいつからだ。

「きみはスクールバッグに、何度か週刊誌を入れていたそうだね。登校途中にコンビニで買って、昼休みにでも読もうと思ってたのかな。ともあれ何度目かで、鷺谷くんは法則性に気づいた。きみが買うのはビジネスホテル殺人事件の記事が載っている号だけだ、と察したんだ」

「え、……あ、」

海斗は言葉を呑み、舌で唇を湿した。舌も唇も乾ききって、ごわついていた。

「……だから、なんなんですか」

ようやく言葉が喉を通った。だが語尾は無様に震えた。

「べつに、週刊誌くらい買ったっていいじゃないですか。……あの事件は、ワイドショウでも大きく騒がれた。興味を持っちゃ、いけないんですか」

「いけないとは言ってないよ」

白石の微笑が大きくなった。

「ぼくが言いたいのは、鷺谷くんの書き込みや、声明文はきみへの当てつけだったたってことさ。あれはきみに対するいやがらせだったんだ。でも國広くんは、彼のことなんてどうでもいいようだ。ほかにもっと気にかかることがあるのかな？」

海斗は舌打ちをこらえた。

なぜ一瞬でも、こいつが未尋に似ているなんて思ってしまったんだろう。この余裕ぶった態度。揺らぎのない笑み。いやなやつだ。虫唾が走る——。

「きみ、三橋未尋くんと仲良しなんだね」

見透かしたように白石が言う。

海斗は反射的にうつむいた。じっとりと頭皮からいやな汗が滲んでくるのがわかる。どうしてだろう、顔が上げられない。

「國広くん。三橋家について聞かせてくれないか」

白石の声は、やはりやわらかだった。

「昨日、きみに声をかけた男がいただろう？　彼はこう言ったはずだ。『もうあの家には近づくな』と。ぼくは、きみにそうは言わない。『未尋くんに二度と近づくな』とは言いたくない。なぜなら、もうすぐ全部が終わるからだ。——終わらせるために、きみから話を聞かせてもらいたいんだ」

グラスの中で、氷がからりと鳴った。

8

時刻は午後八時。

風のない、ひどく蒸し暑い夜だった。〝彼〟は植え込みの陰に立ち、三橋家を見守っていた。

私道に面した掃き出し窓は、上までブラインドが巻きあげられている。屋敷には塀がなく、〝彼〟の立ち位置からは室内がよく見えた。

三橋家は夕飯の最中らしい。

ダイニングテーブルの上座で、亜寿沙がワインを飲んでいる。その隣では、未尋がフォークで皿の料理をつついている。

亜寿沙の向かいに座る睦月は、食べこぼしを森屋に拭いてもらっている。

どうやら未尋は虫の居どころがよくないらしい。斜め向かいの睦月をずっと睨んでいる。あからさまな視線だった。敵意を隠そうともしない。

おそらく室内の全員が、未尋の様子に気づいていた。ワインを干す亜寿沙のピッチが早い。睦月は森屋にべったり張りつき、兄の視線に怯えている。

たまりかねたか、ついに亜寿沙が口をひらいた。

うんざり顔の亜寿沙が、

「どうしたのよ、ヒロ」と言ったのがわかった。〝彼〟はその唇を読んだ。

「べつに」

　顔をそむけて未尋が言う。亜寿沙の眉が吊りあがる。

「べつにじゃないでしょ。なんなのあんた、最近ずっと態度悪いよ。そんなんだったら、部屋で一人で食べりゃいいじゃないの」

「んだよ、それ」

　未尋がテーブルを叩く。形相が変わっていた。

「そうやっておれだけハブにする気かよ。ふざけんな、魂胆はわかってんだ。おれは絶対、この家から出ていかねえからな」

「はあ？　なに言ってんの」

　亜寿沙は唖然と長男を眺めた。

「あんた、ちょっと前まで一人で食べるほうが好きだったじゃない。『家メシなんて貧乏くせえ』って、外食ばっかしてたでしょうよ。ハブにするって……。なに子供みたいなこと言ってんの」

「違ぇよ。おれが外で食ってたのは、亜寿沙が頼んだ宅配メシがまずかったからだ」

　未尋はつばを飛ばし、怒鳴りかえした。

「とにかく、おれは出ていかねえぞ。ざまあみろ。おれを追いだそうったって、そうはいかねえ。おまえらの思いどおりになんかさせるかよ」

睦月はいまや、森屋の胸にしがみついていた。泣きそうだった。

森屋が亜寿沙に目くばせする。睦月を抱えて、そっと退席しようとする。

「待てよ」

未尋が立ちあがった。

「なんで森屋さんまで行くんだ。そのガキ一人を追いだしゃいいだろ」

「ヒロ」

亜寿沙が諌める。しかし未尋は母を無視して、

「いられねえのは、そのガキだけなんだよ。なんでみんな、それがわかんねえんだ」

髪を掻きむしりはじめた。

「馬鹿ばっかだ。ああくそ、ムカつく。苛々する、苛々する、ちくしょう。くそ、くそっ」

床を踏み鳴らす。地団太を踏む。

己の髪を掻きながら、未尋が身をよじる。みるみる顔が紅潮していく。

「ヒロ、やめなさい！」

「未尋さま！」

なにかの発作にすら見えた。未尋の口の端に、泡が溜まっている。

「ムカつく、ムカつくムカつくムカつくムカつくムカつく。くそったれ。くそが。馬鹿野郎、この馬鹿ガキ——」

彼の手が、わななきながらテーブルに伸びた。皿に添えられたステーキナイフを握る。

血走ったその眼が、はっきりと睦月をとらえる。

咄嗟に動いたのは、亜寿沙だった。

掃き出し窓に飛びつく。震える手でクレセント錠を開ける。

窓を開けはなつと、亜寿沙は森屋を振りかえった。

「逃げて！　睦月と逃げて！」

だが森屋は、睦月を抱えたまま棒立ちだった。その場に凍りついている。

森屋の腕の中で、睦月が身をもがいた。骨ばった腕をすり抜け、どすんと尻から床に落下する。

一拍置いて、睦月は泣きだした。未尋の目が吊り上がった。

「うるせえ！　このガキ、殺してや――」

「やめて、ヒロ！」

夜気に亜寿沙の絶叫が響いた。

同時に〝彼〟は走った。相棒も走りだした。

相棒は見上げるような大男だ。長いストロークで〝彼〟を軽々と追い越し、いち早く三橋家の掃き出し窓に靴さきをかけた。

闖入者の登場に、亜寿沙がふたたび悲鳴を上げる。

だが〝彼〟の相棒は――和井田瑛一郎は、彼女に手帳を突きつけて黙らせた。

を見上げる。

和井田は土足のまま室内に上がりこんだ。未尋がナイフを構えたまま、呆然と和井田

「どうやら揉めごとのようだ。警察の出番ですな」

にやりと笑う。発達した犬歯が唇から覗いた。

「ご安心を。警察です」

あっけなくナイフが床に落ちた。

和井田は少年の細腕を掴み、無造作にひねりあげた。未尋が呻く。

「ありがとうよ、坊や」

和井田はせせら笑った。

「どうせ令状は持っちゃいるがな。玄関先で押し問答する手間がはぶけたぜ」

その横で〝彼〟は——白石洛は、三橋家のリヴィングダイニングを見まわした。

三橋亜寿沙が震えながらカーテンにしがみついている。

睦月が床に這ってすすり泣いている。

白とシルバーを基調に統一された内装。輸入品らしきホワイトオークの家具。洒落た食器とカトラリー。卓上のカレンダーはデザイン重視でひどく見づらい。だが『2018年』の文字はくっきりと読めた。

白石はその数字に感慨を覚えた。こみあげる激情を噛みしめながら、

「おひさしぶりです」

静かに言った。視線は、奥に立つ女性に注がれていた。

「……八年前から、あなたを捜していました。直接お会いするのは、十五年ぶりになりますね」

言葉を継いだ。

「薩摩、いえ――森屋志津さん」

薩摩治郎がビジネスホテルの一室で刺殺されたのは、二〇一〇年の四月だ。

あれから八年と三箇月もの歳月が過ぎてしまった。

〝可愛らしいケイちゃん〟こと橋爪蛍介と、〝頭のいいナオくん〟こと土屋尚文は黙秘を通した。薩摩志津の行方についても沈黙しつづけた。

かつて和井田はこう言った。

「おあつらえむきに刑事訴訟法が改正された。人殺しにもう時効はない。いくら時間がかかろうがかまわん」と。

その言葉どおり、刑事訴訟法はまさに二〇一〇年の四月に一部改正された。殺人や強盗殺人など、重大事件の時効が廃止されたのである。

二〇一一年十月、薩摩治郎殺人事件の公判が開始。

翌年一月、薩摩治郎殺害により、橋爪蛍介に懲役九年の判決。

同年三月、伊知郎殺害と治郎の殺人幇助により、土屋尚文に懲役十六年の判決。

橋爪と土屋は控訴しなかった。刑が確定し、捜査本部は解散した。

しかし、捜査は完全に終わったわけではなかった。捜査員の多くが「これは橋爪と土屋のたくらみではない」「犯行のすべてを計画し、教唆した主犯がいる」と確信していた。捜査は未解決事件専従班へ引き継がれた。

――そうして、八年と三箇月が経った。

長かった、と白石はつぶやいた。じりじりするような年月だった。だがいま振りかえってみれば、ほんの数日のようにも思える。

和井田が窓の外を見やり、顎をしゃくった。

「おい、いるんだろ？　出てこい」

夜闇に溶けていた影が、動いた。

長らく三橋家を見張っていた影、そして和井田があえて泳がせていた男であった。

影が――男がおずおずと歩み寄り、掃き出し窓のすぐ外に立つ。

キャメルカラーのナイロンジャケットは着ていない。だが黒のワークパンツに黒のスニーカーだ。

間違いなく、國広海斗に「あの家に近づくな」と忠告した男であった。

男は志津に向かって、

「ひどい――！」

と叫んだ。

「あなたを信じてたのに！　ひどいじゃないですか。アズサさん！」

確かにひどい話だ――。白石は思った。

男の名は、伊藤竜一。

三十三年前の職業は、キャバレーのバーテンダーである。大須賀光男の妻と駆け落ちした――いや、駆け落ちしたことにされた男であった。

八年前の薩摩治郎殺害事件は、その猟奇性ゆえテレビでは報道規制がかかった。しかしネットや週刊誌でかなり騒がれた。

女性を何人も監禁していた男が殺されたという概要は、市民の下世話な興味をかきたてるには充分だった。

神戸（こうべ）連続児童殺傷事件が俗に『酒鬼薔薇（さかきばら）事件』と呼ばれたように、薩摩治郎殺害に繋がる一連の事件は『茨城飼育事件』と名づけられた。

週刊誌が追いかけ、ネットでは犯人当ての考察が湧いた。

そして橋爪たちが逮捕された頃、北九州（きたきゅうしゅう）市から茨城県警に一本の電話が入った。

「すみません。あの、『茨城飼育事件』のことで電話したんですけど、いいですか」

この通報を受けた警官はのちに、

「話の要領を得ない、のろくさい男だと思いました」と和井田に語っている。

電話口の男はつづけた。

「あのう、週刊誌を読みまして……。おれ、大須賀光男さんの奥さんと駆け落ちしたことになってるらしいんです。でも、違います。違うってことを説明したいんですが、信じてもらえるかわかんないし、ずっと迷ってたんです。誰か、話を聞いてくれる刑事さんっていませんか？」

男は元バーテンダーの「伊藤竜一」と名のった。

この電話の効果は大きかった。「すべてを計画し、教唆した主犯がいる」という捜査本部の仮説が、この一報によってほぼ裏付けられたのだ。

伊藤竜一は、〝アズサ〟こと森屋志津が子飼いにしていた男女のうちの一人だ。そして、もっとも関係が長持ちした男でもあった。

伊藤とアズサの出会いは、三十六年前にさかのぼる。

当時の伊藤はキャバレー『ライラック』のバーテンダーだった。そして森屋志津は、同店でホステスとして勤務していた。アズサとは店での源氏名だ。本人の希望で付けた名であった。

「アズサさんは、不思議な人でした」

伊藤は語った。

「とくに美人じゃないし、華やかでもないし、客とばんばん寝るわけでもない。なのに気が付いたら、うちのナンバーワンでした。なんでかなあ。あの人を前にしたら、いつの間にかいろんなことをしゃべっちまうんです。天性の聞き上手なんでしょうね。人の話を、次つぎに引き出していく天才でした。まるで魔法でしたよ」

その魔法にかかったうちの一人が、薩摩伊知郎だ。

白石は想像する。おそらく志津は、一目で伊知郎を見抜いたのだ。

絶えず強がっていないと崩れそうな魂。虚勢の裏にある弱さと脆さ。胸の奥に巣食って消えない、みじめな少年時代の記憶。

——伊知郎は志津の、恰好の獲物だった。

富裕な生まれ育ちである彼は、自尊心が高かった。しかし犬神持ちと嘲られた過去のせいで、自己肯定感は低かった。

その矛盾が作る心の隙間に、志津はするりとすべりこんだ。

伊知郎は〝アズサ〟に夢中になった。彼女を口説いて店を辞めさせ、囲いものにして独占した。子供はいらないとの主義まで曲げ、彼女の言うがままに避妊をやめた。

やがて〝アズサ〟は妊娠した。

伊知郎はすぐに結婚したがったが、

「ホステスの子なんて知られたら、子供が恥ずかしい思いをする」

と志津は言い張った。その望みを容れた伊知郎は、自分が役員を務める会社に、事務員として彼女をねじ込んだ。

ちなみに当時の姓名は森屋志津ではない。

不動産会社の事務員が言ったとおり、〝伊藤志津〟である。

伊藤竜一いわく、

「おれはアズサさんより一歳上です。一日でも年長なら、相手を養子にできるんだそうですね。はい、アズサさんが事務員をする間だけと言われ、二百万もらって養子縁組に同意しました。すぐ結婚して薩摩姓になりましたから、ほんと短い間だけですよ。え、どうしてあやしまなかったかって？　どうしてって、おれはなにもする必要なかったし、損もしてないし……。それくらい、べつにいいかなって」

急ごしらえの事務員の座。急ごしらえの苗字。

典型的な経歴ロンダリングであった。

その頃、大須賀光男の妻は輸入酒類の卸売会社で働いていた。取引先のバーやキャバクラなどに、彼女自身が集金にまわることも間々あった。そのうちの一店が『ライラック』であった。

「アズサさんは、奥さんを一目で気に入ったようでした」

伊藤はそう証言した。

「『中学時代の親友に似てる』と言ってましたよ。はい、ぞっこんでしたね」

伊知郎が大須賀家から遺産をかすめとるため、『あがつま不動産』と算段をはじめたのもこの頃である。

「――これは、あくまで仮説ですが」

　二〇一八年の白石は、志津に向かって言った。

「あなたは『生まれてくる子供のことを思えば、金はいくらあっても困らない』と伊知郎さんをそそのかしたんじゃないですか？　伊知郎さんは、生涯を通して金に困ったことはない。他人の金に執着する理由はなく、詐欺とも無縁だったはずだ。……だが志津さん。あなたの目的も金じゃあなかった。あなたが〝ほしかった〟のは、大須賀さんの奥さんですね？」

　志津は棒立ちだった。微動だにしない。

　いつの間にか睦月は泣きやんでいた。亜寿沙も、未尋も呆然としていた。無言で、志津と白石を見比べている。

「本物の〝アズサ〟を警察が探しあてましたよ。あなたの〝アズサ〟をね」

　白石が言う。志津の眉がぴくりと動いた。

　和井田があとを引きとって、

「あんたの生まれは福井だそうだな。出生届の姓名は『野久保志津』。その後も親の離婚やら養子縁組やらで、何度か姓を変えている。この戸籍ロンダリングのやりくちは誰かに似ている。そう、夜逃げ後の大須賀兄妹だ。あんたの影響を、いやでも感じちまうよなあ？」

　和井田はＧａｌａｘｙのスマートフォンに目を落とした。

「まあそこはあとで追及するとしよう。『森屋志津』は、あんたの中学時代の姓名だ。あんたの当時のクラスメイトに、おれたちは瀬田梓という少女を見つけた。この少女は中学三年の秋、発作的とも言える不可解な自殺を遂げている。遺書はなかった。両親も友人も一様に『理由は思いあたらない』と語った。そしてあんたは高校三年の秋に家出し、それきり行方をくらましている」

スマートフォンの画面を、和井田は志津に向けた。

瀬田梓の、生前の写真画像が表示された画面だ。

その瞬間。

志津の顔から、すう、と表情が消えた。

十五年前にはじめて白石と会ったとき、志津は学習性無力感の手本のような女だった。無気力であきらめきった顔つきをしていた。

そのときの彼女と、いまの彼女は、似ているようでまったく違った。

いま眼前にあるのは、石のごとき完璧な無表情だ。

はじめて見る、森屋志津の素の顔であった。

和井田がつづけた。

「大須賀光男の女房と、娘の礼美はよく似ていた、稲葉千夏も同じタイプだった。だがこの画像を見るに、〝元祖〟は瀬田梓だ。つまり彼女たちは、全員あんたの好みだったんだな？」

「やめて」

　ぴしりと志津ははねつけた。

「そんなんじゃないわ。やめて」

「おっと、怒らせたならすまん」和井田は笑った。

「どうもおれはデリカシーがなくてね。あとは、心理学の専門家に任せるとしよう」

　言いながら一歩下がる。

「志津さん」

　代わりに進み出たのは白石だった。

「十五年前のあなたは、無力な人だとみんなに思われていた。無力で気の毒なバタードウーマンだと。でもぼくは、あなたを愚かだと思ったことは一度もなかった。伊知郎さんも同じだったはずだ。彼はあなたを『糞アマ』と罵倒したが、けして『馬鹿』とは言わなかった。優等生の土屋尚文を、馬鹿と罵らなかったようにだ。彼はあなたを殴り、罵った。殴りながらも――恐れていた」

　はじめて薩摩夫妻に会った日を、白石は思いかえした。

「こいつはいいんだよ。ろくにものも言えん女だ」そう白石の前で妻を侮辱した伊知郎は、直前にちらりと彼女をうかがった。

　あのときの違和感を、心に刻みつけておくべきだった、といまさらながら悔やむ。

　伊知郎は、あきらかに志津の許可をうかがっていた。

妻の許しを得てから、言葉を発していた。

「伊知郎さんは脆かった。あなたの恰好のカモだった。自己肯定感が低い人間は、カテゴリに依存しがちです。だからあなたは彼に、家庭内暴君の座を与えた。家父長制に依存させたんだ。そしてその居心地のよさで、さらに依存させていった」

志津は伊知郎からＤＶを受けていた。

だが殴られることさえ、志津にとっては支配の手管のひとつだった。

おそらく伊知郎は志津が許可したときだけ――彼女が挑発したときだけ、殴っていたに違いない。

伊知郎は妻を殴り、殴っては悔いた。

「すまんアズサ。もうしない。捨てないでくれ」と、泣きながらすがりついた。

そんな父を、志津は息子に見せつけた。自分をめぐって、息子が父と対立するように仕向けた。

そのやりとりを洩れ聞いたのが、家政婦の幸恵や庭師の善吉だ。

志津は彼らに、わざと聞かせたのだ。

――もし伊知郎が不審死を遂げれば、すぐ息子に疑いが向くように。

白石はつづけた。

「あなたは伊知郎さんを利用し、大須賀家の財産を奪わせた。そして伊藤竜一に『あんたの使い込みが店にバレた。ケツモチのヤクザはわたしが食い止めておく』と吹きこみ、金を握らせて逃がした。伊藤はあなたの言いつけどおり、全国を二十年以上転々とした。週刊誌の記事を読むまで、自分が〝よく知らない女の駆け落ち相手にされた〟とは、夢にも思っていなかった」

志津と目線を合わせる。

「大須賀さんの奥さんは、どこへ行ったんです。彼女は、駆け落ちも失踪もしていない。それどころか、あなたを頼って薩摩邸をこっそり訪れたはずだ。いまはどこにいるんです？」

「知らないわ」

志津が抑揚なく言う。

白石は首を振った。「そんなはずはない」

「ほんとうよ。――どこに埋まっているかは、知らない」

数秒、沈黙が流れた。

白石は奥歯を噛みしめた。

「でしょうね。あなたはいつもそうだ。あなたはなにもしない。あくまであなたは主人（マスター）で、まわりの人間をこき使う。いつから、そんな生きかたをしているんです？　親友の瀬田梓を喪（うしな）ったときから？」

志津は応えない。白石は言った。

「瀬田梓は、ほんとうに自殺ですか。調書によれば、梓の遺体の第一発見者は、現場から立ち去る影を目撃している。……あれは自殺ではなく、あなたと彼女の心中事件だったのでは？」

——心中事件。

その言葉に、志津の肩がちいさく震えた。

はじめて見せた人間らしい反応だった。

白石は志津を見つめた。息を殺し、彼女の唇がひらくのを待った。

しわぶきひとつない静寂の中、

「——わたしたち、家にいたくなかったの」

吐息とともに志津は言った。

「あのまま親のもとにいて、成長して、大人になる未来がまるで見えなかった。梓も、同じ気持ちだった。……なのに、わたしだけ生き残ってしまった」

「なぜです」白石は問うた。

「土壇場で、後悔したんですか？　だから自分だけ逃げた？」

「いいえ。睡眠剤が効かなかったの」

なぜか志津は笑った。

白石がたじろぐような微笑だった。

「あなた、わたしの生い立ちを調べたなら知ってるんじゃない？　わたしの親は、まともじゃなかった。おかしな思想にかぶれていた。わたしは子供の頃から親にこき使われ、密室で折檻（せっかん）された。怪我をしても病気になっても、医者には診せてもらえず、薬漬けにされた。きっとあの薬は、わたしには耐性のある成分だったんでしょう」

「あなた、は……」

ごくりと白石の喉が上下した。

「あなたは、世界中の人間が憎いんですね。いやもしかしたら、この世界そのものが」

「なに言ってるの。大げさね」

やはり志津は笑っていた。

遠くからパトカーのサイレンが近づいてくる。

白石は尋ねた。「なぜ伊知郎さんを、土屋尚文に殺させたんです？」

「用済みだったから」

志津は答えた。

「あれは年をとりすぎた。弱くなって、役立たずになっていた。わたしを〝かわいそう〟にしてくれない、ただの爺（じじ）いに価値はないの。〝かわいそう〟はわたしに一番馴染（なじ）んだ隠れ蓑（みの）なのよ。それに、ボケてよけいなことを口走られちゃ困る」

「違います。そこじゃあない」

白石は苛立った。

「知りたいのは、なぜ土屋尚文だったかです。さんざん疑惑の伏線を敷いた治郎くんではなく、なぜ彼にやらせたんです？」

「ナオくんのほうが従順で、手ぬかりのない子だったから。治郎は駄目だった。父親そっくりの間抜けで、とても任せられない」

「治郎くんは、それがショックだったんです」

嫌悪を押しころし、白石は言った。

「彼は〝アズサ〟の……あなたの愛情を、なにより欲していた。実の父親と奪いあいをするほどにね。治郎くん自身、いつか自分が父を殺すのだと思っていた。だがあなたは、土壇場でよその子を頼った。治郎くんはこう思ってしまったんです。〝自分は人殺しのひとつもできない無能だ。だから母に愛されないのだ〟と」

——ごめん、ごめんよ……ほんとうは、殴りたくない。乱暴なことはしたくない。

——でもぼくは、こういう人間でいなきゃいけないんだ。

——どこにも行かないで。離れないで。アズサ。

「ほんとうに、役に立たない子だったわ」

志津は肩をすくめた。白けた声だった。

彼女の背後では、亜寿沙と睦月が警官隊に保護されていた。掃き出し窓から、順に庭へ下ろされる。

未尋が呆(ほう)けた顔で志津を眺めながら、同じく連行されていく。

「二十一年前、大須賀礼美さんを殺させたときもそうでしたか。やはり治郎くんは、役に立たなかった？」

「そうね」

志津の微笑は崩れなかった。

もしこの場に國広海斗がいたら、彼女を美しいと思っただろう。未尋そっくりの――いや、彼女自身が未尋に〝伝授〟した微笑であった。

未尋から数日離れただけで、海斗の心は揺れた。

しかし志津が手ずから洗脳した橋爪蛍介と土屋尚文は、さすがに厄介だった。志津に不利となる証言を、彼らはかたくなに拒んだ。

だがそれでも年月には勝てなかった。

洗脳の効果が、すこしずつ薄れていったのだ。

茨城県警の未解決事件専従班は、その日を待っていた。あきらめず刑務所に通いつめ、約六年半かけて、橋爪蛍介と土屋尚文の口から自白を勝ちとった。

この経緯は一九八〇年代のアメリカで、実娘に後妻を殺させたデヴィッド・ブラウン事件を白石に思いださせる。

ブラウンはカルト宗教の教祖のごとく、家族を掌握し、支配していた。実娘は自分の意志で後妻を殺したと信じていた。しかし刑務所に収監されたことでブラウンと距離ができ、自然と洗脳が解けてしまった。実娘は獄内から「父にだまされた」と告発。ブラウンは終身刑となった。

橋爪蛍介と土屋尚文が自白したのは、昨年の十一月だ。「二十年前に、みんなで大須賀礼美を殺した」と認めたのである。

むろん志津の主導での監禁であり、拷問死であった。

当時、彼らは小学生だった。拷問を実行したメンバーには、伊田大悟と薩摩治郎もいた。なお監禁現場は、例の離れの地下室であった。

「ぼくらが言うとおりにすると、アズサは機嫌がよくなった。やさしくしてくれた」

橋爪蛍介は証言した。

「みんな、アズサの愛情がほしかった。彼女に一番愛されているのは、自分だと思いたかった。お互い競いあっていた」

志津は「離れにいるときは、わたしをアズサと呼びなさい」と命じていた。

少年たちは、志津に気に入られたい一心だった。

彼女の言うがままに大須賀礼美を傷つけ、いたぶり、「おれはもっとひどいことができる」とお互い張りあった。

「アズサの機嫌をそこねると、無視されちゃうんだ。まるでその場にいないみたいに——いや、最初からいなかったかのように、徹底的に無視される。あれが、なにより怖かった。ぼくらはひざまずいて、すがりついてアズサの許しを請うた」

許して、と懇願する少年に、アズサがくだす罰はいつも決まっていた。

〝犬になること〟だった。

ターゲットにされた少年は、首輪をはめられた。四つん這いで歩けと強要され、床の皿からドッグフードを食わせられた。そのさまを見て、志津と残りの少年たちは、指をさして嘲笑った。

少年たちは思った。屈辱の時間だった。こんな思いは二度としたくない。次こそはおれが、あいつらを嘲笑う側にまわってみせる——と。

「治郎くんが肉を食べなくなったのも、この遊戯のせいでしょう。あなたが彼らに飽き、伊知郎さんを使って追いだすまで、離れでの戯れはつづいた。しかし一方で、あなたは彼らを完全には手ばなさなかった。細く長く支配をつづけ、彼らが成人してもなお飼いつづけた」

ただし全員ではない。伊田大悟が、自殺という手段をもって脱落した。残虐な記憶に、彼は耐えられなかったのだ。

「志津さん。あなたの世界にいるのは、瀬田梓と飼い犬だけですか」

白石は言った。

「あなたは一生、瀬田梓の面影を追いつづけ、彼女を思わせる女を見つけては殺すんですか。その繰りかえしのために、生きているんですか」

「だったら、なにかおかしい？」

志津が平板に言う。

「ええ。おかしいですね」

「でも梓が死んだのに、レプリカが生きていていいわけがないでしょう」

「レプリカ？　彼女たちはレプリカなんかじゃなかった。それぞれに人格を持った、一人の人間でした。あなたはそれで瀬田梓を喜ばせているつもりなんですか。一人で死なせてしまった彼女への、あなたなりの贖罪ですか」

「違うわ」

志津はかぶりを振った。

「梓のいない世界なんてどうでもいいの。でも、梓に似た女を見ると無視できない。皮肉な話よね。生きている意味はないのに、死ぬほどの情熱もない。わたしは梓がいない世界を、梓もどきが平気な顔をして歩くのがいやなだけ」

まるで手ごたえがない、と白石は思った。

志津の言葉はきっと本心だ。この期に及んで言いのがれしようなどと思っていない。なのに摑みどころがない。流れる水を追っている気分だった。

「土屋くんたちに、治郎くんを殺させた理由はなんです？」

「わたしが教えていないことまで、あの子がやりはじめたから。いっぺんに二人を監禁するだの、死体を挽肉にして食べさせるだの、わたしの教えじゃない。あの子は、壊れてしまった」

志津の答えはよどみなかった。

「壊れることは、べつにいい。でも壊れすぎるのはだめ。コントロールが利かなくなるから」

「それだけじゃ、ないでしょう」白石は言った。

「二人目の北畠彩香さんは、瀬田梓に似ていなかった。和井田の言葉を借りれば、あなたの好みじゃなかった。……当然です。あの女性は、治郎くんの意志で選ばれていた。あなたの若い頃に、すこし似ていた」

志津はすこし目を見ひらいた。

白石の指摘で、はじめて気づいたらしい。本気で驚いた顔だった。

象徴的だ。白石は思う。

治郎は瀬田梓に似ていた稲葉千夏を挽肉にし、志津に似た北畠彩香に食わせた。しかし彼自身は、肉をいっさい受けつけなかった。

すべてがひどく陰惨で、ひどく暗喩(あんゆ)的であった。

「橋爪蛍介は、こう供述しましたよ。『アズサに、治郎を教育してくれと頼まれた。あいつが言うことを聞かない、悪い子になってしまったからと。アズサは〝場合によっては始末していい。あなたに任せる〟と言ってくれた』。また土屋尚文はこう語りました。『ぼくはずっと治郎と張りあっていた。アズサと血が繋がってるからって、調子に乗っている。ムカつくやつだと、昔から思っていた』――」

白石は志津を見据えた。

「あなたは彼らを引き合わせ、仲良くさせ、それからいがみ合わせた。あなたのもっとも得意とするパターンですね？」

「ええ、そう」志津はうなずいた。

「だって、大事なものを奪うんじゃなくちゃ、意味がない」

「瀬田梓を喪ったときのあなたのように？」

「だったらなに。わたしを追いつめてどうするの。警察はともかく、あなたになんの権限があるの？　たかが家裁調査官のあなたに」

「家裁調査官は辞めました」

白石は答えた。

「この八年の間に、大学院に入りなおしましてね。臨床心理士資格審査に合格し、現在は茨城県警と提携する『公益財団法人特別支援教育総合センター』でカウンセラーとして勤務しています。確かにぼく個人に、たいした権限はありません。だが捜査に協力はできるんです」

白石は海斗に名刺を見せ「鷺谷くんを担当することになった」と言った。

あれははったりではない。真実だった。カウンセラーとして鷺谷を診るよう、警察に要請されたのだ。

そして鷺谷の証言から國広海斗が浮上し、さらに三橋未尋へと繋がった。

二〇一八年現在も、志津の力は健在だった。

未尋の不可思議な二面性は、志津の影響を受けたせいだ。そのアンバランスな攻撃性と、志津そっくりの仕草や言動に、國広海斗は魅了された。

「あなたは三橋家にもぐりこみ、未尋くんが睦月くんを嫌うよう仕向けた」

白石は言った。

「あなたをめぐって張りあうよう誘導した。お得意の手法です。あなたは彼を、土屋尚文の後釜にしたかったのかな？　でもその計画も、今日で終わりだ」

「そのとおり」

和井田が背後で笑った。

白石の肩を摑んで「演説、ご苦労」と押しのける。

志津の真正面に、和井田は立った。

だらりと垂れた彼女の腕を片手で摑み、もう片手で令状を突きつけた。

「ほれ、お待ちかねの逮捕状だ。——森屋志津。午後八時四十八分、殺人および殺人教唆の容疑で逮捕する」

9

森屋志津の逮捕で、『茨城飼育事件』は八年ぶりに人びとの耳目を集めた。

とくに元バーテンダーの伊藤竜一は生活が激変した。

取材の申し込みや、ワイドショウへの出演依頼が彼に殺到したのだ。

逃亡中も水商売を転々としていた伊藤は愛嬌があり、なかなかの話し上手だった。

志津について、二十数年の放浪生活について、彼は得々と語った。「手記を出さないか」と持ちかける出版社も二社ほどあるらしい。

対照的に非難を浴びたのは、稲葉弘こと大須賀弘である。

起訴こそされなかったが、彼が礼美と千夏にした仕打ちはひどいものだった。世間は彼を悪しざまに罵った。彼も薩摩夫妻の被害者であること、故郷を追われた際に十代だったことは、とくに斟酌(しんしゃく)されなかった。

千夏の母親と弘は、すでに離婚が成立していた。

「また苗字(みょうじ)を変えて静かに暮らすさ。さいわい下の名も、ツラも平凡だしな。みんなおれのことなんか、すぐ忘れる」

捨て台詞のようにうそぶいて去ったという。

その言葉どおり、大須賀弘の以後の行方はわかっていない。

もうひとつの変化といえば、薩摩邸だ。

いまだ取り壊されぬ屋敷の前に、花束や菓子が置かれるようになったのだ。すこし前まで寄りつく者もなかった門扉は、色とりどりの花であふれた。

薩摩邸内で死んだ者は、わかっているだけで大須賀礼美、稲葉千夏、そして薩摩伊知郎だ。

誰に対する花束なのかは判然としなかった。

無言の献花は、夏が終わるまでつづいた。

10

志津の逮捕から、約二箇月が経った。

白石は、和井田と水戸駅南口のタリーズコーヒーにいた。

陽が射しこむ窓際の席で、白石はエスプレッソを、和井田はアイスコーヒーを前にしている。

平日午前の店内は、緩んだぬるい空気に覆われていた。

スマートフォン片手に、器用にパスタを啜るサラリーマン。人待ち顔の主婦。テーブルいっぱいにノートを広げ、レポートにいそしむ大学生。

そんな彼らを横目に、和井田が口をひらく。

「――森屋志津の公判がひらかれるまでには、まだまだ時間がかかりそうだ」

「だろうな」

白石は首肯した。

志津が余罪ざくざくであることは確かだった。しかしどこまでさかのぼれるかが問題だ。憲法三十九条は、遡及（そきゅう）処罰を禁止している。検察と裁判官とで、解釈が割れることは必至であった。

和井田がアイスコーヒーを啜って、

「しっかし、志津の人気はえらいもんだ」と嘆いた。

「伊藤竜一なんて目じゃねえぜ。大衆週刊誌はわかるにしても、ファッション系の女性誌でも志津特集が組まれやがった。ああいうのをカリスマ性と言うのかね」

「志津の弁護士は決まったのか？」

「ああ。高名な人権弁護士だ。五十くらいのおっさんだが、独身でな。早くも志津にめろめろらしい。近ぢか獄中結婚するんじゃないかと、もっぱらの噂だ」

「想像つくよ」

白石はため息をついた。

暦の上ではとうに秋だ。しかし窓の外は、いまだ居座る残暑にうだっている。半袖シャツの男たちが、顔を扇ぎながら横断歩道を渡っていく。

——二〇一〇年も二〇一八年も、ひとしく猛暑の夏だった。

だがその八年間で、いろいろなことが変わった。

まず白石が果子のマンションを出て、一人暮らしをはじめた。無事に再就職も果たした。

二〇一一年には東日本大震災が起こった。ＬＩＮＥなどのＳＮＳ文化が発達し、ＯＳＷｉｎｄｏｗｓからはブリーフケースツールが消えた。ボブ・ディランがノーベル文学賞を受賞し、かと思えばアメリカ共和党からトランプ大統領が誕生した。

白石が臨床心理士資格審査に合格した一方、和井田は警部補に昇進した。

地元の国立大学で法学を専攻した和井田は、キャリアでこそないものの、県警ではそれなりのコースにいる。だが本人いわく、

「これ以上、昇進試験を受けるべきか悩むぜ。警部となると管理職だしな。おれは現場が向いてるんだ」

だそうである。

果子はといえば、二年前に和井田と婚約した。

しかしながら現在はシンガポールの支社へ赴任中だ。

この異動で、結婚式はあえなく延期となってしまった。社からは「数年で日本に戻す」と言われたものの、いまのところ帰国の目途は立っていない。

「しかし、冷静に考えたら……」

白石はつぶやいた。

「和井田が義弟になるというのは、ものすごく気持ち悪いな。きょうだい、義弟、家族、親族……。うん、どれもいやだ。等しく気持ちが悪い」

「なら冷静に考えるな」

和井田はむっつりと言った。

「ブルース・リーのごとく、考えず感じろ。それがいやなら常時取り乱していろ」

「むずかしい注文だ」

視界の隅で、ななめ横の女性がくすっと笑うのがわかった。

和井田がさらに仏頂面になる。

「見ろ、笑われたじゃねえか。おまえのせいだ。四十を過ぎても、まだ女に注目されるとは気に入らん。おまえのようなやつはとっとと老けろ、いや禿げろ」

「はあ？　目立ってるのはぼくじゃないぞ。でかい図体をしたおまえだ。和井田こそ老けろ。老けて早く縮め」

「ケッ、幼稚なことを言いやがる。小学生か」

自分を棚に上げてから、和井田はスーツの内ポケットに手を入れた。

一通の封書を差しだす。

「……なんだ？」白石は目をしばたたいた。

「國広海斗から預かってきた。三橋未尋宛てだとよ。おまえから渡してやれ」

「ああ、なるほど」

白石は納得した。未尋のカウンセリングは、白石の担当なのだ。

「ちょうど今日、未尋くんのアポが入ってる。十一時からだ」

「そうか、今日……ん？」

和井田が眉根を寄せる。

「ちょっと待て。例のあれは七日、つまり今日じゃなかったか？」

「そうだよ」白石は笑った。

「午後から、半日の有休を取ったんだ。未尋くんのカウンセリングを終えたら、その足で行ってくる」

三橋未尋は、ひどく痩せて細かった。

森屋志津が逮捕されたあの夜から、一箇月で六キロ落ちたという。もともと華奢だった顎は尖り、げっそり頬が削げた。

しかしカウンセリングの甲斐あってか、最近はすこしずつ食欲を取りもどしつつある。

「これ、國広海斗くんから」

会ってすぐ、白石は封書を手渡した。

「海斗から？」

未尋が怪訝そうに目を落とし、おずおずと封書を受けとる。

「……ここで、読んでいい？」

「もちろんいいさ」

慎重に封を開ける未尋を、白石は見守った。

二〇一八年に起こったビジネスホテル殺人事件と、未尋に直接の関係はない。ただ八年前の治郎殺害事件と現場が近く、状況がやや似ていたことから志津が興味を持ったのだ。未尋はその影響を受けただけである。

殺されたのは、クリーンなイメージで売っていた若手国会議員だった。死の直後に女性問題や暴言、汚職などが明るみに出たため、マスコミが飛びついたのだ。犯人はいまだ捕まっていない。だが和井田の話によれば「逮捕は時間の問題」だそうである。

未尋は熱心に手紙を読んでいた。

なかばまで読んだところで、

「……なんだこれ」と笑う。

「『ありがとう』ばっか、何度も書いてある。変なやつだよな、海斗って。おれにさんざん振りまわされたのに、なにが『ありがとう』だよ」

「本心だと思うよ」

白石は言った。

「彼はきみと、友達でいたいんだ」

未尋の目じりが引き攣れた。

「んなこと言われても……。いまさら、どんなツラして会えばいいかわかんねえ」

「そのままの顔でいいさ」

「よくねえよ」

未尋は首を横に振った。

「だってさ、だって、そのままの……ありのままのおれは、つまんねえやつなんだ。弱虫で、くよくよしてばっかのゴミクズなんだ。……いまでもたまに、森屋さんが作りあげたおれに、還りたくなる」

声を詰まらせる未尋を、白石は静かに見つめた。

なぜ志津が三橋家に目をつけ、ベビーシッターとして入りこんだか。

三橋亜寿沙によれば、出会いは偶然だったという。

息子たちを連れた病院の待合室で、亜寿沙は志津と出会った。未尋と睦月はものの数分で志津になついた。

「仕事を探している」という彼女に、「それなら、下の子の面倒を見てくれない？」と亜寿沙は持ちかけた。

「なぜ信用したかって……。あんなに子供がなつくからには、悪い人じゃないと思ったから。客商売やってて、人を見る目には自信があったしね。いま思えば、その過信を逆に突かれたんでしょう。第一、あんな弱々しい女性じゃないですか。天涯孤独だって聞かされてたし、一人じゃ生きていけない人だと思ってました」

白石の想像では、志津を三橋家に惹きつけたきっかけは、むろん「アズサ」という名の響きだ。三尋は母親を下の名で呼ぶ。病院の受付はフルネームを呼ぶ。

とはいえ三橋亜寿沙は、瀬田梓に名前以外まったく似ていなかった。

志津を〝その気〟にさせたのは、未尋の存在である。

彼女の獲物として、未尋は恰好のタイプだった。かつて薩摩伊知郎がそうであったように、繊細で、自尊心が高く、自己肯定感は逆に低い。

未尋はその日本人ばなれした容貌(ようぼう)で、幾度となくいじめられた。『メンタルクリニック早瀬』に通うほどに傷ついていた。志津はその傷に付けこみ、自分を愛させた上で、弟に敵対心を抱くよう仕向けていった。

手紙を読み終えた未尋に、

「まだ会う自信がないなら、返事を書けばいいよ」

白石は言った。

「新しいメアドやＩＤは教えたくないんだよね？　だったら、手書きの手紙が一番だ。消印で居どころを知られたくないなら、ぼくと和井田が郵便屋になる」

「……文通しろってこと？　昭和かよ」

未尋が小声で言う。

白石は肩をすくめた。

「レトロでいいだろう。一周まわって新しいかも」

「んなわけねえって。だっせえよ」

憎まれ口を叩きながらも、未尋の目はかすかに潤んでいた。


申請どおり、白石は午後から有給休暇をとった。

向かった先は東京であった。

水戸駅から特急で一時間十五分かけ、東京駅へ降り立つ。ひさしぶりの東京駅はあいかわらず人が多く、みな脇目もふらず早足で歩いていた。

白石の横を、いくつも土産袋を提げた親子連れが追い越していく。袋には『TOKYO

SKYTREE』の文字が刷ってあった。

――スカイツリーか。

白石はひとりごちた。心が、あの納涼会の夜へ飛んでいく。

紺野美和を送るため、あの夜の白石は私鉄に乗っていた。あの頃まだ東京スカイツリーはなく、『とうきょうスカイツリー駅』は『業平橋駅』だった。業平橋駅から曳舟駅、そして美和が住んでいた東向島駅。当時の業平橋駅では、大量の乗客が降りることもなかった。

白石は案内板を確認しながら、駅構内を歩いた。丸の内地下中央口の改札を抜け、東京メトロ丸ノ内線のホームに立つ。

電車はすぐに来た。空いていたが、白石は立つことにした。吊り革に摑まり、振動に身を預けつつ記憶を掘り起こした。

元主任の名取から電話があったのは、半月前だ。

「おい白石、こないだゴールデンタイムにおまえの名前が流れたぞ。いやあ驚いた。事前に知らせてくれよ。びっくりしすぎてビールをこぼしたぜ」

ゴールデンタイムうんぬんは、某関東ローカル局が制作した番組のことだ。日本の女性犯罪者を扱った九十分番組で、白石は森屋志津についてコメントした。たいした意見ではなかったが、最後のテロップで名前が流れたのである。

「顔が映ったわけじゃないし、期待させちゃ悪いですから」

と苦笑した白石に、

「いや、じつはテロップを観て驚いたのは、おれだけじゃないんだ」名取は言った。

「はい？」

「東京本庁には、おれの同期もいたと前に話したろう。そいつのとこに、懐かしい人から連絡があったそうだ。紺野美和さんだよ」

白石は息を呑んだ。一瞬にして思考が止まる。

名取がつづけた。

「というわけで、彼女から伝言だ。『白石さんが元気でご活躍されているようで、ほっとしました。お別れも言わず故郷へ逃げ帰ったことが、ずっと心残りでした。白石さんも辞められたとのちに知り、申しわけなく思っていました』と」

「そんな」

白石はあえいだ。頭が真っ白だった。

「そんな、紺野さんが、申しわけなくなんて――」

数秒絶句してから、白石はおずおずと問うた。

「あの、……紺野さんは、いまはなにを」

「二年ほど故郷で静養したあと、ふたたび上京して学校へ入りなおしたそうだ。いまは千葉で言語聴覚士をしている。入学からの再スタートだから、おまえのお仲間だな」

「はあ……」

白石は相槌のような、吐息のような声を洩らした。

ほかに言えることがなかった。安堵と畏れと悔恨が、いっせいに押し寄せる。せつなく胸を塞いでしまう。

「それでだな」

名取は言った。

「来月の七日、その同期が東京で紺野さんと会う約束をしてるんだ。よかったら白石も来ないか、とのことなんだが——どうする、行くか？」

そのとき自分がなんと答えたのか、白石はさっぱり覚えていない。だが否と言わなかったことだけは確かだ。

その証拠に彼はいま、こうして地下鉄で揺られている。

——八年前の自分だったら、きっと即答できなかったな。

おそらくは迷いに迷った末、名取に断りの電話を入れていただろう。

いや、それは美和のほうも同じかもしれない。

再会がかなうまでには、お互い、十一年の年月が必要だったのだ。

事件直後では、むろん無理だった。三年でも五年でも駄目だった。

これだけの歳月を経たからこそ、ようやく顔を合わせられるようになった。

白石は電車を降りた。

待ち合わせのカフェは、入り組んだ場所にあった。スマートフォンを片手にグーグルマップの案内どおりに歩いたが、それでも迷ってしまった。

やっと着いたときには、七分の遅刻であった。

店に入り、中を見まわす。

奥のテーブルに、元上司の顔を見つけた。窓際の席だ。大きな窓から陽が射しこんでいた。元上司と向かいあう女性の髪が、陽光を弾(はじ)いて輝いている。

――紺野、美和。

白石の心臓が跳ねた。

しまった、駅で鏡を見てくるんだった――。いまさらながら後悔した。

髪は乱れていないだろうか、ネクタイは曲がっていないか。歩いたせいで、汗くさくないだろうか。

美和はこちらに背を向けている。顔は見えない。

だがまぎれもなく紺野美和だった。彼女だと、まとう雰囲気でわかった。彼女のまわりだけ空気が澄んでいた。

白石は、前へと踏みだした。

まっすぐに歩きだす。

気配を感じたのか、美和の肩が動いた。元上司が笑顔で片手を上げる。

テーブルの横で、白石は足を止めた。

エピローグ

扉がひらいた。

射しこむ光を背に、黒い影が眼前に立ちはだかる。

逆光ゆえ、その表情はまったく見えない。

ここに閉じ込められてから、いったいどれほど時間が経ったのだろう。部屋はひどく蒸し暑かった。剝(む)きだしの肌に浮いた汗は、とうに塩の粒になってしまった。

爪は十指のうち三枚が剝(は)がれ、膝(ひざ)は擦(こす)れて血が滲(にじ)んでいる。膝の傷は、幾度となくひざまずかされた証(あかし)だ。だが爪は剝がされたのではなかった。影が去ったあと、昼となく夜となく壁を掻(か)きむしり、出ようとあがいたせいだった。

影の――父の視線を感じた。

冷えきった軽蔑(けいべつ)の眼差(まなざ)しだ。この視線だけは、何度向けられても慣れない。降りそそぐ侮蔑の言葉より、かん高い嘲笑(ちょうしょう)より、ひときわ鋭く胸に突き刺さる。

やがて父は、缶詰を手にとって開けた。

バタくさい犬のイラストが印刷された、外国製の缶詰だ。湿った音とともに、肉塊が床の皿に投げこまれた。飛沫が床に飛び散る。独特の臭気が鼻を突く。

食え――。父は命じた。

這いつくばったまま、餌皿に口を付けて食うのだ、と。

今回の懲罰がなにに対する叱責であるのか、少女は知らない。

父の靴に磨き残しがあったのか、話し声が大きすぎたのか、それとも彼女が勝手に友達を作ったからなのか。

その全部かもしれない。もしくは、どれでもないのかもしれない。少女がこうして生きているだけでも、罰に値するのかもしれなかった。

少女はあきらめの息を吐き、餌皿に顔を近づけた。

すでに何度も口にしてきた肉だ。ウエットタイプのドッグフード。どこの国で製造されたかも不明な、生臭くて味のないぐちゃぐちゃの肉。

──おまえは犬だ。

実父が笑う。

──いい恰好だ。犬にお似合いの無様さだ。

いっそほんとうに犬だったなら──。絶望の中で、そう思う。

逃げることがかなわないならば、せめて死にたい。死んで生まれ変わりたい。ああそうだ、次に生まれるときは、あの子の犬がいい。飼い主であるあの子に可愛がられ、愛されて暮らせる幸福な犬に。

涙が滲んだ。父が背後に立つ。スカートがめくられ、下着をおろされる。そして、ぞっとするような時間がはじまる。

少女は——志津は、顔を伏せたまま目線だけを上げた。
明かり取りの窓から、四角く切りとられた空が見える。
——あずさ。
胸の中で、志津はちいさく親友の名を呼んだ。

引用・参考文献

『わたしは家裁調査官』藤川洋子　日本評論社
『「非行」は語る　家裁調査官の事例ファイル』藤川洋子　新潮選書
『公務員の仕事シリーズ　家裁調査官の仕事がわかる本　改訂第4版』法学書院編集部編　法学書院
『被害者のこころ　加害者のこころ　子どもをめぐる30のストーリー』藤原正範　明石書店
『愛欲と殺人　世界の愛憎猟奇殺人50』マイク・ジェイムズ編　金子浩訳　扶桑社ノンフィクション
『恐怖の地下室』ケン・イングレイド　河合修治訳　中央アート出版社
『連続殺人の心理　下』コリン・ウィルソン　ドナルド・シーマン　中村保男訳　河出文庫
『カニバリズム　最後のタブー』ブライアン・マリナー　平石律子訳　青弓社
『児童虐待　ゆがんだ親子関係』池田由子　中公新書
『日本民俗文化資料集成7　憑きもの』谷川健一編　三一書房
『完全犯罪を狙った奴ら』M・ウルフ&K・マダー　秋岡史訳　扶桑社ノンフィクション

解説

千街晶之（ミステリ評論家）

代表作『死刑にいたる病』（二〇一五年。『チェインドッグ』を二〇一七年に文庫化の際に改題）が映画化されるなど話題作となったことで知れ渡ったけれども、櫛木理宇の創作活動においては、シリアルキラーという存在が大きな領域を占めている。作家としてデビューする前、著者はコリン・ウィルソンの『現代殺人百科』の影響を受けて、シリアルキラーに関するウェブサイトを運営していた。何故、人間は人間を殺すのか。それも、愛憎や復讐や金銭欲といったわかりやすい動機によってではなく、快楽を追い求めるように理不尽な殺戮を繰り返すのか——そんな精神構造の不可思議に対する探求心が、著者の中には常に存在し続けているようなのだ。

そんな著者のシリアルキラー路線の作品に属する本書『虜囚の犬　元家裁調査官・白石洛』は、《文芸カドカワ》二〇一九年八月号および《カドブンノベル》二〇一九年九月号〜二〇二〇年四月号に連載され、二〇二〇年七月に『虜囚の犬』としてKADOKAWAから刊行された。連載時には何度も月間読者数第一位になり、連載満足度アンケートでは98パーセントという驚異の数字を記録した話題作である。

主人公の白石洛は、元は家庭裁判所の調査官だったが、ある出来事を機に心を病んで退職していた。そんな彼のもとを、茨城県警捜査一課の巡査部長・和井田瑛一郎が訪れる。和井田は白石の高校時代の友人で、同じ大学にも通った仲だ。和井田は、水戸市内のビジネスホテルの一室で薩摩治郎という男の刺殺死体が発見されたと白石に告げる。治郎は七年前に白石が家裁調査官として担当した人物であり、当時十七歳だった。治郎がどんな少年だったかを問う和井田に、白石は守秘義務を理由に返答を拒むが、和井田が治郎のことを知りたがっているのは、今回の事件がありきたりなものではなかったからだった。警察官が治郎の家に向かったところ、離れ家の地下室から首輪と足枷をはめられ監禁された女性が発見され、庭からも二体の女性の死体が発掘されたのだ。白石が知る高校時代の治郎は、暴君的な父親・伊知郎の支配下で無気力状態に陥っており、「ぼくは犬だ」と自分の無力さを表していた。そんな彼が、何故その後監禁犯に転じたのか。

かつて自分が担当した気弱な少年の変貌の理由を知るべく、白石による調査が始まるのだが、ここで家裁調査官という職業について説明しておく（以前は少年保護司あるいは少年調査官と呼ばれていたが、家事調査官との統合で現在の名称となった）。主に少年犯罪や、離婚などの家事事案について調査し、意見書を提出することを職務としており、ミステリに主人公として登場する場合もその種の事件を担当することが多い。具体的な作例としては、伊坂幸太郎の『チルドレン』（二〇〇四年）とその続篇『サブマリン』（二〇一六年）、深水黎一郎の『五声のリチェルカーレ』（二〇一〇年）、柚月裕子の『あしたの君へ』（二〇一六年）、松下麻理緒の『不在者　家裁調査官 加賀美聡子』（二〇二〇年）、五十嵐律人の『不可逆少年』（二〇二一年）、乃南アサの『家裁調査官・庵原かのん』（二〇二二年）といったあたりが思い浮かぶ（厳密には『あしたの君へ』の主人公は研修中の家裁調査官補だが）。

しかし、これらの作品とは異なり、白石は退職して今は一般人であり、調査の資格は持っていない。それでも、七年前に知り合った薩摩家の関係者たちは白石の退職を知らず、今でも彼が家裁調査官だと思い込んでいるため、過去の肩書が話を聞き出す上でメリットとなっており、和井田もそれを半ば黙認している。

とはいえ、その肩書を使えば何でも聞き出せるというわけでもない。白石は、薩摩家の元家政婦や出入りしていた庭師といった事情を知る人々のもとを訪れるが、彼らは何かを隠している様子だった。そんな関係者たちの固い口から辛うじて聞き出せたのが、大須賀なる人物が死んだ伊知郎を怨んでいたらしいことと、薩摩家が犬神筋の家系と誹謗されていた過去。また、監禁されていた女性の証言からは、正体不明の「アズサ」という存在が浮上し、謎は混迷を深めてゆく。

一方、第三章からは、中学三年生の國広海斗を主人公とするパートが始まる。海斗は父親の再婚相手からある時期まで虐待されており、成長して継母に体格で勝るようになると目立った虐待はなくなったものの、露骨に疎んじられていた。そんな彼は、同じ中学三年生の三橋未尋と知り合い、意気投合するが……。海斗も未尋も第三章からいきなり登場する人物であり、それまでの物語との関連は読者には全くわからない。このパートが本筋の事件とどうつながるのかという興味も、本書の謎を奥深いものとしている。

光文社のウェブサイト《本がすき。》掲載のインタヴュー（二〇二〇年八月八日）で、著者は本書の事件の発想源がゲイリー・ヘイドニック（一九八六年から翌年にかけて六人の黒人女性を監禁し、そのうち二人を殺害したアメリカのシリアルキラー。犠牲者を解体してドッグフードに混ぜ、他の女性たちに食べさせていた）の事件であることを明かし、「私の作品には自己評価の低い人間がよく登場しますが、それは自己評価の低い人同士で抑圧の連鎖を続けているのでは、と考えているからなんです。治郎は、監禁した女性に対しては強者ですが、治郎自身がいじめや抑圧を受けていたので、そこから考えたら弱者です。〝絶対的な強者は存在するのか〟。それが今回の作品のテーマでした」と創作意図を説明している。

絶対的な強者の不在というテーマは、本書において虐待の連鎖として表現されている。薩摩治郎に限らず、本書では虐待の加害者も別の局面では被害者としての面を持つ。『虜囚の犬』というタイトルは、犬のように鎖でつながれて監禁されていた被害者女性たちを示すとともに、登場人物の誰もが何かに縛られているという本書の人間関係の暗示でもある。本書における負の連鎖は幾重にも複雑に絡み合っており、その始点まで辿りつくのは容易ではない。そして、そのテーマが、女性の監禁や父と子の対立といったモチーフから読者が連想するであろうイメージを利用したミステリ的な仕掛けと緊密に組み合わさっているあたりが本書の秀逸さだ。ラストで暴かれる〝悪〟の正体は、読者の心理的死角を衝いて驚かせること必至である。

残虐な描写も多い本書だが、それを中和しているのが心優しい白石と、図々しい言動とは裏腹に気配りの人であり、白石のよき理解者である和井田というコンビの存在である。白石は家裁調査官を退職後、妹の果子のマンションに同居して「専業主夫」として暮らしているのだが、料理のレシピを日々考えたり、海外ミステリを読んだりといった彼の日常の描写が、ストーリーの陰惨さを和らげる効果につながっている。

なお、今回の文庫化ではタイトルに副題が新たにつけられたが、これは白石を主人公としてシリーズ化を視野に入れているということなのかも知れない。また、改題のみならず、文庫化に伴って終盤が改稿されている。単行本版では事件解明のくだりで新たな人物名がいっぺんに言及されたので、その部分が修正されたのだ。シリアルキラーの精神構造を掘り下げるとともに、ミステリとしてのサプライズという近年の著者の作品に顕著になった特色も兼ね備えた本書が、より完成度が上がったかたちで広く読者の目に触れることになったのを歓迎したい。

本書は、二〇二〇年七月に小社より刊行された単行本を加筆修正のうえ、副題を加えて文庫化したものです。

虜囚の犬　元家裁調査官・白石洛
櫛木理宇

角川ホラー文庫　23601

令和5年3月25日　初版発行

発行者——山下直久
発　行——株式会社KADOKAWA
〒102-8177　東京都千代田区富士見2-13-3
電話 0570-002-301（ナビダイヤル）
印刷所——株式会社暁印刷
製本所——本間製本株式会社
装幀者——田島照久

●お問い合わせ
https://www.kadokawa.co.jp/（「お問い合わせ」へお進みください）
※内容によっては、お答えできない場合があります。
※サポートは日本国内のみとさせていただきます。
※Japanese text only

ISBN978-4-04-112602-8　C0193

角川文庫発刊に際して

角　川　源　義

第二次世界大戦の敗北は、軍事力の敗北であった以上に、私たちの若い文化力の敗退であった。私たちの文化が戦争に対して如何に無力であり、単なるあだ花に過ぎなかったかを、私たちは身を以て体験し痛感した。西洋近代文化の摂取にとって、明治以後八十年の歳月は決して短かすぎたとは言えない。にもかかわらず、近代文化の伝統を確立し、自由な批判と柔軟な良識に富む文化層として自らを形成することに私たちは失敗して来た。そしてこれは、各層への文化の普及滲透を任務とする出版人の責任でもあった。

一九四五年以来、私たちは再び振出しに戻り、第一歩から踏み出すことを余儀なくされた。これは大きな不幸ではあるが、反面、これまでの混沌・未熟・歪曲の中にあった我が国の文化に秩序と確たる基礎を齎らすためには絶好の機会でもある。角川書店は、このような祖国の文化的危機にあたり、微力をも顧みず再建の礎石たるべき抱負と決意とをもって出発したが、ここに創立以来の念願を果すべく角川文庫を発刊する。これまで刊行されたあらゆる全集叢書文庫類の長所と短所とを検討し、古今東西の不朽の典籍を、良心的編集のもとに、廉価に、そして書架にふさわしい美本として、多くのひとびとに提供しようとする。しかし私たちは徒らに百科全書的な知識のジレッタントを作ることを目的とせず、あくまで祖国の文化に秩序と再建への道を示し、この文庫を角川書店の栄ある事業として、今後永久に継続発展せしめ、学芸と教養との殿堂として大成せんことを期したい。多くの読書子の愛情ある忠言と支持とによって、この希望と抱負とを完遂せしめられんことを願う。

一九四九年五月三日

瑕死物件
209号室のアオイ

櫛木理宇

この世には、住んではいけない物件が、ある。

誰もが羨む、川沿いの瀟洒なマンション。専業主婦の菜緒は、育児に無関心な夫と、手のかかる息子に疲弊する日々。しかし209号室に住む葵という少年が一家に「寄生」し、日常は歪み始める。キャリアウーマンの亜沙子、結婚により高校生の義母となった千晶、チョコレート依存の和葉。女性たちの心の隙をつき、不幸に引きずり込む少年、「葵」。彼が真に望むものとは？ 恐怖と女の業、一縷の切なさが入り交じる、衝撃のサスペンス！

角川ホラー文庫

ISBN 978-4-04-107526-5